辣腕上司の甘やかな恋罠

Aiko & Minato

綾瀬麻結

EB

エタニティ文庫

目次

辣腕上司の甘やかな恋罠

第一章

雲一つない澄み渡る青空と、燦々（さんさん）と照りつける太陽。

オフィスビル内はエアコンが効いて涼しいとはいえ、窓の外に広がる青空を眺めるだけで、出勤時の強い陽射（ひざ）しや蒸し暑さが甦（よみがえ）ってくる。

今年は残暑が厳しいと予報されているので、これからも熱中症対策を講じなければならないだろう。

三十二歳の茅野藍子（かやのあいこ）は、窓に向けていた視線を、秘書室主任の高市宗武（たかいちむねたけ）に戻した。

お盆休み明けというのもあり、今朝は連絡事項が多い。藍子は必要だと思われる内容を手帳に書き留めた。

藍子は、コンピューターシステム開発に重点を置くIT企業に勤めている。

会社自体はそれほど大きくない。しかしプログラマーを海外企業に出向させたり、大学の教育プロジェクトに協力したりして、人材育成に力を入れている。その結果があってか、業界内では一定の評価を得ていた。

「秘書室からの連絡は以上になります」

藍子より三歳年上の高市の言葉で、秘書室の朝会が終わった。

ここで主任は自分の仕事に戻る。そしていつものように一般秘書業務を行う一課と、主に部長クラス以上の専属秘書を務める二課の秘書たちが一ヶ所に集まり、互いのスケジュールを確認し合う。

しかし、今日は休み明け。

次第に脱線し、お盆休みに彼氏とどこに旅行したとか、海外旅行で素敵な出会いがあったとか、女子トークが始まった。

華やかな彼女たちは皆、恋愛に積極的だ。若い女性らしくはつらつとし、その姿は眩しいほど輝いている。そんな秘書たちの中で、藍子の存在は異色だった。

藍子の会社では、秘書はまず、一課で一般的な技能を身に付けるところからスタートする。そして四、五年経験を積んだのち、二課への異動願を出し、叶えば、部長以上の役職者の専属秘書となる。それ以後は、取引先の素敵な男性と出会って寿退社するのが定石だった。

だが秘書室に配属されて十年にもなるのに、藍子は未だ一課に留まっていて、そのルートからは完全にはずれている。何故なら、寿退社を目指していないからだ。

秘書室に所属する藍子以外の女性秘書は皆、二十代。才色兼備な彼女たちがそのルートを歩みたいなら、いくらでも応援しよう。

そもそも藍子は、結婚して家庭を築きたいという憧れもなければ、昇進して社会的地位を固めたいという望みもなかった。それよりも一課に居続けて、縁の下の力持ち的な存在に徹したかった。

どうしてそこまで異動を避け、先輩たちのあとに続きたくないのか。

その理由は一つ。

男性など、傍に近づきたくもなければ、個人的なかかわりを持ちたくもないからだ。

約十年前、藍子には恋人がいた。ところがその男性に、藍子は酷い言葉で罵られ、女性として不出来との烙印を押されたのだ。

彼曰く、藍子は色気がなく、男性の欲望をまったくくすぐらないらしい。そんな女には誰も見向きもしない、本気になる男などいないとまで言われた。

そんな彼の隣には、裸身の美女がベッドに横たわり、彼の胸板に手を這わせながら藍子を鼻先で笑った。

元カレの言葉に藍子の心はズタズタに引き裂かれて、同時にトラウマを植えつけられた。

女性としての魅力のない藍子が、男性に好かれるはずがない……と。

そうして藍子は、男性と距離を置き、自分からは絶対に近づかなくなった。

過去の辛い経験でいろいろとこじらせてしまったせいで、恋がどういうものだったのかもはや記憶にない。でも後輩たちが彼氏の話ではしゃぐ姿を見ているのは、とても楽しく、微笑ましく思っていた。

輪の外で後輩たちを見守っていると、高市が藍子の方へ近寄ってきた。

「茅野さん、ちょっといいか？」

「はい」

高市はおしゃべりに興じる課員たちにも「さあ、君たちも仕事に戻りなさい」と声をかけた。

「はーい」

席に着く後輩たちの姿を目で追いながら、藍子は眼鏡のブリッジを指で押し上げる。度の入っていない伊達眼鏡——それは、藍子が男性と距離を取るために身に着けたもの。心をガードするには心許ないが、それをかけることで安心感を得られる方が大事だった。

また見た目的にも地味になる。これで仕事一辺倒の態度を取っていれば、誰も藍子には関心を持たないだろう。

もう二度と男性には傷つけられたくない。その一心で、使用している。今ではもう、藍子自身を守る鎧のようなものとなっていた。

藍子は眼鏡から手を離し、背の高い高市の隣に並んだ。

「どうされたんですか？　何か、見落としでもありました？」

「いや、そうじゃない。ちょっとこっちに来てくれ」

促（うなが）されて主任のデスクへ向かい、後輩たちに背を向ける形で立ち止まった。

「君に呼び出しがかかってる。総務部長からだ」

内緒話をするように、高市が上体を少し屈（かが）める。

「わたしに、ですか？」

「ああ。システム研究部の部長も一緒だ」

突然の知らせに、藍子は目を見開いた。

総務部は、秘書室や総務室を、システム研究部はシステム関連の開発室や支援室をまとめている部署だ。そこの部長が藍子を呼ぶとは、いったいどういうことだろう。

「会議室に来てほしいらしい」

続いて時間を告げられ、藍子は腕時計に視線を落とした。あと十分ほどしかない。

「茅野さんの仕事は？　何かあれば、こちらで対応するけど」

「大丈夫です。午前中はスケジュール管理と資料の整理のみで、急ぎの仕事は入っていません」

「そうか。それなら良かった。……じゃ、とりあえず、行っておいで」

藍子は高市に頷くと、一度デスクに戻った。

何故呼び出されるのか見当もつかないが、とりあえずシステム手帳を持ち、ホワイトボードに席を空ける旨を記載して、秘書室を出た。

会議室へ向かう藍子の目に、廊下の先で立ち話をする総務部長とシステム研究部長の姿が入った。

二人は眉間に皺を寄せて、意味深に頷き合っている。

その様子に藍子は不安を感じ、足を止めてしまった。

システム手帳を掴む手に力が入った時、総務の西田部長が藍子に気付いた。

「ああ、茅野さん」

「おはようございます。お待たせしてしまいましたでしょうか。申し訳ありません」

藍子は慌てて彼らのもとに駆け寄る。西田は伊達眼鏡を直す藍子を見て頷き、システム研究部の部長に向き直った。

「彼女が秘書室一課の茅野さんです。茅野さん、こちらはシステム研究部の阿川部長だ」

「茅野です。よろしくお願いいたします」

藍子が挨拶すると、西田が頷いた。

「では、詳細は中で話しましょう」

藍子は素早くドアを開けた。上司たちを室内に通したあと、コーヒーを頼むため内線電話の受話器を持つ。

「茅野さん、飲み物は結構だ。すぐに話を終わらせなければならないからね」

西田に言われて、藍子は受話器を戻す。座るように促され、ソファに腰を下ろした。持参したシステム手帳を膝の上に置き、背筋を伸ばす。

「改めまして、彼女が秘書室一課の茅野藍子です。年齢は三十二歳。とても有能で、彼女ならどのような難しい仕事でも冷静沈着に対処できると、秘書室長から推薦されています。秘書室内での評価が非常に高い一課のベテランで、他の秘書たちも一目置く存在ですよ」

「それほど有能ならば、既に役員付きになってもおかしくないのでは？　二課に異動の話は出ていないのか？」

「茅野さんから異動願は出されておりません。つまり、彼女の意思で一課にいるのかと。どうなんだい？」

話を振られて、藍子は一瞬固まってしまう。

何故藍子がこの場に呼ばれたのか、その理由がわからない。何をどう話せば上司たちの望む答えになるのだろうか。話の行き着く先を予想できず、簡単に口を開けなかった。

すると、西田が藍子を和ませるように微笑んだ。

「訊かれたことに答えるだけでいいよ。私たちは、茅野さんを知るために質問しているのだからね」

「はい……」

頷いたものの、身が竦む思いだった。けれど、これ以上部長たちの思惑を気にしても進まない。

藍子は再び姿勢を正し、強張る頬の緊張を無理に解いた。

「秘書室には、有能な後輩たちがいます。二課への道は彼女たちに譲り、わたしはこれまで培った経験を生かし、いつでも彼女たちを助けられる存在でいたいと思っています」

「つまり……茅野さんは誰かの専属になるのが嫌だという意味かい？」

「いいえ」

阿川の問いを藍子は即座に否定した。

「指示があれば従います。しかし、わたしには専属秘書になりたいという願望はありません。一課の秘書として、皆のサポートに徹したいと望んでいます」

部長たちが、さっと顔を見合わせる。阿川が頷くと、西田が藍子に目線を戻した。二人の妙な態度が気になって仕方がないが、藍子は口を閉じて次の質問を待つ。

「なるほど。〝サポートに徹したい〟か。いい心掛けだ。指示があれば従うという答えも気に入ったよ。それはそうと、茅野さんの月末までの予定を教えてもらいたい。長期で休む予定などあるかね？　仕事のスケジュールはどうなってる？」

「有休を取る予定はありません。また、今月末までの主な仕事ですが、基本的な資料整理やスケジュール管理の他、二課の補佐となっています」

阿川は頷くと、内ポケットから取り出した用紙に目を走らせた。

「茅野さんは、料理教室に通っているのか？」

「はい。そうですが……」

藍子が料理教室に通っていることは、秘書室で雑談していた時に話したので、特に秘密ではない。だが、それが今、何の関係があるのだろう。

「英会話に不自由しない件は事前に秘書室長から聞いて知っていたが、料理までできるとは……うん、これは申し分ないとしか言いようがない」

困惑する藍子をよそに、阿川はすっきりした表情で顔を上げた。そして、西田に目配せをする。阿川にあとを任された西田が、藍子に向き直った。

「茅野さん。八月いっぱいまで持ち場を離れてほしい。会社には出勤しなくて結構だ」

「……えっ？」

これはまさか、左遷？

藍子の顔から一気に血の気が引いていく。

後輩たちのように、綺麗でもなければ可愛くもないが、地道に仕事に取り組んできたつもりだ。

それなのに、この仕打ちはあんまりだ。

藍子はシステム手帳をきつく握り締めると、身を乗り出した。

「あの！」

「その代わり、とても重要な別の場所へ行って……うん？　何だい？　質問かな？」

二人の声が重なり、西田が言葉を止めた。藍子は失礼なことをしてしまったと焦るものの、彼が放った言葉が頭の中でぐるぐる回るのを止められない。

別の場所へって、いったい？

「茅野さん？　どうした？」

阿川が、藍子を心配げに見つめる。藍子は我に返り、頭を下げた。

「お話を遮ってしまい申し訳ありませんでした。どうぞ続けてください」

二人の顔を交互に見ると、今度は阿川が口を開いた。

「この先は私から伝えよう。えっと、どこまで話したかな……。そう、今の業務を脇に置いてでも、君に頼みたい重要な仕事がある。茅野さんの秘書としての取り組みを評価した上でのことだ。期間は八月いっぱい。これから概要を説明させてもらおう」

阿川が一枚の紙を藍子に渡した。

そこに書かれていたのは、ある男性の略歴だった。目が飛び出るほどの凄い内容に、藍子は自然と目を見開く。

大学在学中に国内外のセキュリティハッカーコンテストに出場し、表彰台を総ナメにしたグループのリーダー。今はこの会社の社員だが、アメリカの大企業に出向中と明記されていた。

出向先でも実力を発揮し、世界規模で事業展開する大企業のシステム制作に関わったようだ。

藍子は数々の輝かしい業績を見たあと、そっと顔を上げる。

業界内で有名人であるはずのその人物が何故(なぜ)、アメリカの大企業へ就職せず、日本の会社に入社したのか。そして、このようなものを見せて、一体上司たちは藍子に何を頼もうとしているのだろう。

「彼は黒瀬湊人(くろせみなと)。二十八歳と若いが、システム開発室の誰よりもセキュリティプログラミングに通じている天才だ。さらにエンジニア……SEとしても優秀。その彼が帰国し、九月からここに出社する。八月の頭に帰国してるが、現在彼は、うちが協力している技術者育成プロジェクトに関連する仕事を自宅でやっていてね。会社ですればサポートもできるから出社しろと伝えたが、辞令は九月一日からと言って……。とはいえ、会社の業務を行っていることに変わりはない。そこで、彼のもとへ優秀な秘書を派遣することに決めた。私たちが白羽の矢を立てたのは、君だ」

「……わたし？」

二人が力強く頷く。

「黒瀬君は、我が社を代表するプログラマーだ。会社にとって、非常に重要な人材でもある。私たちは、彼が仕事に専念できる場を用意しなくてはならない。彼は秘書など不要と拒んでいるが、何と言われようとも、茅野さんに行ってもらい、雑用のすべてを任せたいと思ってる。私の言っている意味、わかるね？」

「はい」

藍子は素直に返事する。

ここへ来て、ようやく部長たちの目的がわかった。藍子の左遷話ではない。黒瀬という天才プログラマーの自宅へ赴き、八月いっぱいまでそこで雑務をしろという命令だ。

「……いつからでしょうか？」

「今日このあと、すぐにだ」

「わかりました」

「ああ、こういう秘書がやっぱり望ましいね」

反論など一切せずに受け入れる藍子に、二人は満足げに口角を上げた。

阿川が、封筒を藍子の前に置く。

「黒瀬君の自宅住所や、君への指示、彼に渡してもらいたい書類が入っている。ここに書かれた内容は、社外秘のみならず、秘書室内でも共有不可だ。いいね？」

「はい」

藍子はずしりと重い封筒を膝の上に置く。顔を上げると、西田が真剣な表情で藍子を見つめていた。

「この件については、私から秘書室の小林室長に連絡を入れておく。……さて、他に何か訊きたいことはあるかい？」

「いいえ、ありません」

「よし、それならば早速出発してくれ。頼んだよ」

それを退出の合図に、藍子は立ち上がる。二人に頭を下げて会議室を出るまでは背筋を伸ばしていたが、一人になった途端下肢の力が抜けた。

廊下の壁に凭れて、早鐘を打つ心音を宥める。何度も深呼吸を繰り返していると、徐々に落ち着いてきた。

「左遷じゃなくて良かった！」

思わず口をついて出た本音に、藍子は苦笑する。でもすぐに、ドア一枚隔てた上司たちに意識が向いた。

何故、黒瀬という天才プログラマーのもとに藍子を送ると決めたのだろうか。優秀という意味でなら、藍子より英語が堪能で気が利く後輩がいる。

室長が藍子を推した理由に小首を傾げそうになったその時、急に部長たちの笑い声が聞こえてきた。

反射的に姿勢を正すが、上司たちが出てくる気配はない。

藍子が耳を澄ませていると、彼らは廊下にまで聞こえる声量で話し始めた。

「正直な話、黒瀬君の自宅に秘書を送るのは本当に正しいのか、かなり悩んだよ。だが、茅野さんと会って安堵した。彼女なら任せられる。黒瀬君より年上だから、簡単に言い負かされないだろう。何が起こっても簡単に引き下がらないと見た」

「ええ、本当に。容姿端麗な秘書を送れば、黒瀬君の仕事の邪魔になったかもしれない。その点、茅野さんなら大丈夫でしょう。小林室長も彼女の秘書としての能力に太鼓判を押してましたし」

「茅野さんを見る限り、黒瀬君の足を引っ張るような真似などしないのが伝わってくる。色恋沙汰で彼の才能を潰すわけにはいかないからな」

盗み聞きしていた藍子はうな垂れて、唇を強く引き結んだ。

そうだったんだ……。容姿端麗じゃないからわたしに回ってきたのね——と力ない笑みを零すが、そう思われても仕方ないのは、藍子自身が自覚していた。

ちらっと廊下の窓に視線をやり、そこに映る自分の姿を見つめる。

同僚たちの中には、華やかな装い（よそお）をしている者も多いが、藍子は清楚（せいそ）な服装を心掛けていた。膝丈の上品なスカート、袖ドレープが特徴的の柔らかなシフォンの半袖、そしてミドルヒールを見れば明らかだ。

だからといって、決して女を捨てているつもりはない。セミロングの髪を緩（ゆる）やかに巻いて後ろで一つにまとめ、小さなスタッドピアスを付けるぐらいのお洒落（しゃれ）はしている。

ただ、藍子は男性の目を避けるために、オーバルフレームの伊達（だて）眼鏡をかけていた。

それがなくても、男性の興味は可愛くて素敵な同僚たちに向くので、藍子に声がかかることはない。わかってはいるが、それでも眼鏡をかけるのは、藍子自身が男性を拒絶していると態度で示すためだった。

男性たちはそれを肌で感じるのか、異性ではなく秘書として藍子に接する。

これこそ、藍子自身が望んだこと。頼りになる秘書だと思ってもらえればいい。

藍子は、それを誇りに生きていくだけだ。

会議室では、まだ部長たちが話している。今も黒瀬の話題が続いていたが、藍子にできるのは与えられた仕事を誠心誠意こなすこと。それだけだ。

藍子はその場を立ち去り、秘書室に戻った。

自分のデスク周りが片付いているのを確認してバッグを持ち、小林のもとへ向かった。

それに気付いた彼が、手元の書類から顔を上げる。

「引き受けたのか？」

「はい」

「そうか。では、秘書室内の調整はこちらでする」

「ありがとうございます。今受け持っているスケジュール調整だけ、わたしが責任を持ちます。後ほどご連絡させてください。他の資料整理などはお願いできますか？」

「わかった。それについては、私から高市主任に伝えておこう」

　小林が頷く。そして、少し間を置いて言った。

「今回の業務は……特殊なこともあって、やりにくいだろう。しかし、これはとても大切な仕事だ。何があろうと極力堪えてほしい。あと、これを覚えておいてくれ。茅野さんが一課に戻ってくる日は九月一日だ」

　小林の言っている意味を、即座に理解する。天才プログラマーに何を言われても、逃げ帰ってくるなということだ。

「わかりました」

「よし！　早く行ってこい。時間はないはずだ」

「失礼いたします」

　高市に簡単に挨拶してから、藍子は秘書室をあとにした。

　オフィスビルの一階ロビーで、藍子はフロアに置かれたソファに座る。そして、阿川から渡された封筒の中身を取り出した。

黒瀬の連絡先の他、英語と数字が書かれた書類もたくさん入っている。そこには、赤字でいくつもの注釈が書き添えてあった。

藍子への指示書には、その書類と一緒にUSBメモリも渡すようにと明記されている。そして最後に、〝何があろうとも、秘書に徹しろ〟とあった。

当然そのつもりだ。にもかかわらず、ここまで何度も念を押されると、逆に不安になってくる。

それでも、上司の期待に応えなければ……

藍子は封筒をバッグに入れると、意を決して立ち上がった。そして黒瀬の住所が書かれたメモを握り締め、彼の家へ向かうため一歩踏み出した。

――一時間後。

閑静な住宅街に建つ、高級そうな低層マンションの前に着いた。タワーマンションとは真逆のその建物は、個々の部屋が広いのが外からでもわかる。

「ここに住んでるの⁉」

藍子は目を見開いて思わず立ち止まり、建物や周囲を見回す。

コンクリート打ちでありながら、ところどころにレンガ風のタイルが埋め込まれ、洒落(しゃれ)た模様を作る外観。広々とした明るいエントランス。そして、温もりを感じるウッド仕様の庭。それらすべてに目を奪われる。

黒瀬の年齢で、こんな高級そうな場所に住むのは可能なのだろうか。

そんな考えが脳裏に浮かぶが、すぐに先ほど見た黒瀬の略歴を思い出した。

もしかしたら、ここは日本に戻ってくる黒瀬のために会社が用意したものかもしれない。

部長たちの口ぶりから、黒瀬は会社にとってとても大切な人材だということがわかった。そんな彼の秘書に、藍子は選ばれたのだ。

失敗は決して許されない。心して仕事を全(まっと)うしなければ……

再度自分に言い聞かせて、藍子は建物の中に入った。

洗練されたフロアを進み、セキュリティパネルの前に立つ。メモにある番号を打ち、呼び出しボタンを押した。

『……はい』

深いバリトンの声が響くなり、藍子の背筋に疼(うず)きが走った。

スピーカーから聞こえただけなのに、その声は耳孔(じこう)を侵(おか)して心にまで浸透した気がする。その不思議な感覚に、躯(からだ)が震えて言葉に詰まった。

だが最初で躓(つまず)いてはいけないと気持ちを立て直し、何度も生唾(なまつば)を呑み込んでカメラのレンズに視線を合わせる。

「黒瀬湊人さんですか？　茅野と申します。システム研究部の阿川部長――」

『結構！』

スピーカーの音がブチッと切れた。

用件も言っていないのに、まさか阿川の名前を出しただけで門前払いされるとは。

これは、想像を絶する大変な仕事になるかもしれない。

ここから先、どういう行動を起こせばいいのだろうか。

思わず呻（うめ）き声が零（こぼ）れる。

ついと目線を手元に落とした時、抱える封筒が視界に飛び込んだ。ハッとなり、再度呼び出しボタンを押す。

ところが、今度は応答もない。

だけど藍子には、ここで引き下がるわけにいかない事情がある。間を置かずにボタンを連続で押した。

『……うるさい！』

「お忙しいところすみません。ですが……」

封筒を顔の前に掲げる。

「大切な書類を預かってきました。おそらくプログラミングに関係するものだと思います。あと、USBメモリも一緒に渡すようにと指示を受けてきました」

そこまで一気に伝えるが、返答がない。

これでも無理？

一向に返事をもらえず、時間だけが過ぎていく。藍子が焦れてきた頃、スピーカーから黒瀬の深いため息が聞こえた。

『コンシェルジュに連絡を入れるから、彼女に渡して——』

「いけません！」

藍子は封筒を下ろし、真顔でカメラを覗き込んだ。

「他人に大事なデータを渡せと言うんですか？」

『君も他人だろ？』

「違います！　わたしは会社の人間です。黒瀬さんに渡さなければならない大事な書類を、見知らぬ人に渡すことなどできません」

黒瀬が今、どういう表情を浮かべているのか想像がつかない。でも、藍子の声が届かなければ、この先秘書として彼の傍で仕事などできない。そんな事態に陥るのだけは、どうしても避けたかった。

でも、もし信用してもらえなかったら——そう思うだけで、どんどん最悪な状況が脳裏に浮かんでいく。次第に、封筒を持つ手が冷たくなっていった。

藍子がもう一度説明しようと試みた時、スピーカーから黒瀬の投げやりなため息が響き、そしてガラスドアが開いた。

ようやく信用してくれた？

藍子は自動ドアが閉まる前に、慌ててそこを通り抜けた。

黒瀬の部屋は、最上階の三階。エレベーターを降りると化粧鋼板の重厚な玄関ドアを横目に進み、目当ての部屋の前で立ち止まった。

失敗は許されない。どのような仕事を指示されても秘書として真面目に取り組むのが、今の藍子にできること。

藍子は黒瀬との対面に備えて、何度も深呼吸をした。気持ちを整え、インターフォンのボタンを押す。

数秒後、重たそうなドアが開いた。

藍子は上司の前に出る時と同じ姿勢で、現れた男性を伊達眼鏡のレンズ越しに見上げる。

「はじめ、まし――」

そこで思考が止まった。目を見開き、自分を凝視する黒瀬に思わず見入ってしまう。

黒瀬は俳優並に精悍な顔立ちをしていた。それに加えて、見事に引き締まった体躯。まるで一流ファッションモデルのように華がある。背も高く、立ち姿からは男の色気も漂っていた。

野性的に見えるショートウルフカットの髪型に、くっきりとした二重の双眸。真っすぐな鼻梁、そして形のいい薄い唇。どの部分を見ても目を惹かれる。

そんな黒瀬は、黒いカーゴパンツに、躯の線を露にする白いTシャツというラフな服装をしていた。恰好よく見せているわけではないのに、年上であるはずの秘書室の高市よりもはるかに男っぽく魅力的だ。

こんな男性は初めてだ。

黒瀬を目にするだけで、藍子の心がざわつき脈が飛び跳ねる。

「茅野さん……って言った？」

「は、はい」

吃る藍子に黒瀬が頷き、静かに片手を差し出す。一瞬握手を求められたのかとどぎまぎしたが、そうではなかった。

黒瀬が示したのは、藍子の持つ封筒。預かってきたそれを早く渡せという意味だ。

とんでもない勘違いに顔が熱くなるが、何とか平静を装い、秘書として振る舞うべく考えをめぐらせる。

玄関先でこれを手渡したら、絶対にすぐにドアを閉められてしまう。そうなれば、もう二度と開けてもらえないだろう。

黒瀬と接してまだ数分しか経っていないが、藍子は見抜いていた。彼には頑(かたく)なな部分があると。接し方に気を付けながら、冷たい目を向ける彼を見上げる。

「秘書室一課の茅野藍子です。本日から月末まで、黒瀬さんの秘書として働くために来ました」

「〝秘書〟は必要ない。会社には何度もそう伝えてあるから、それを俺に渡して、とっとと会社に戻ってくれる？」

そう言うと彼は、苛立ちを目に宿して、藍子に覆(おお)いかぶさるように威嚇(いかく)してきた。

でも、こうなるのは想定済み。藍子が怯(ひる)まずにいると、黒瀬の眼光が鋭くなる。

「俺の言ってる意味、わかる？　いつ爪を立てようかと考えてるみたいだけど、俺の腕を引っ掻(か)こうとしても無理だよ、子猫ちゃん」

子猫ちゃん⁉

あまりに突拍子もない台詞(せりふ)に目をぱちくりさせる藍子に、黒瀬が手を伸ばしてきた。子猫をあやす手つきで、藍子の顎(あご)をそっと撫(な)で上げる。

十年ぶりに男性に触れられて、藍子の心臓が高鳴った。つい、躯(からだ)がぶるっと震えてしまう。

藍子は顎(あご)の下に触れる黒瀬の指に促(うなが)されて、彼を見上げた。空気を求めてかすかに唇を開けると、彼の目がついと口元に落ちる。

途端躯の中心を疼かせる熱が膨張して、藍子の吐息が甘くなった。

その反応が伝わったのか、黒瀬の面持ちが少し好色に緩む。しかし、藍子を見る目には、侮蔑に似た色がある。

黒瀬の浮かべる相反する表情に、藍子は混乱しそうになるが、そこであることに気付いた。

おそらく、これまでの黒瀬は、こうやっていとも簡単に女性を虜にしてきたのだろう。自分がモテるとわかっていて、相手を唆す行動をあえて取っている。しかしそうでありながら、簡単に誘惑に落ちる女性に嫌悪を抱いているのだ。

黒瀬がそういう行動に出るのには、理由がある。

多分黒瀬は、誘惑に負けた藍子では仕事にならないと言い放って追い返そうとしているに違いない。

しかし、思い通りにはさせない。

藍子は、ゆっくり口角を上げた。

黒瀬の双眸に光が宿り、藍子の目を射貫く。

「言ったと思うけど。俺の裏をかこうとしても、それは無駄な足掻きになる。それがわからないから子猫ちゃんだと言ってるんだ。さあ、さっさとその封筒を渡して会社に戻ってくれないか」

黒瀬の声が、一層低くなる。

藍子はここが肝心だと気持ちを引き締めて、ドアに手を置いた。黒瀬の視線がそこに落ちたのを確認して、今だと目を細める。

「初めてです。こんなわたしを可愛い子猫にたとえてくれる人がいるなんて……」

「はあ?」

黒瀬が片眉を上げて、明らかに不機嫌な態度になった。藍子は意図的に、頬を緩める。

「わたしより四歳も年下の黒瀬くんに、子猫扱いされるとはね」

「えっ? 俺より四歳上? ……君が⁉」

黒瀬が驚愕したのを逃さずに、藍子はドアを押し開いた。

ドアを支える黒瀬が正気に戻る前に、彼の腕の下を潜り抜ける。

「あっ、おい!」

黒瀬が藍子に腕を伸ばし、押し止めようとした。彼との距離の近さが恐い。それを必死に隠して彼を見上げた時、ドアの閉まる音が響いた。

外の音が遮断されて、静寂に包み込まれる。

男性と二人きり。しかも黒瀬の腕は、藍子に触れそうなほどの距離にある。緊張がどんどん高まっていくが、ここで弱みを見せては仕事に差し支える。

最初が肝心だとばかりに、藍子は、挑みかかるようにして黒瀬の目を見つめた。

「技術者育成プロジェクトの作業で、忙しいと伺っています。わたしは秘書なので、そちら方面の専門的な知識はありません。ですが、黒瀬くんの手を煩わせる雑用などを引き受けます。秘書であるわたしに何でも指示してください。……年上のわたしには仕事を頼みたくないかもしれませんが」

最後の一言で、黒瀬は開きかけた口を悔しそうに閉じた。

藍子を早々に追い返すつもりだったのに、今ではどう対処すればいいのか、答えが出ないようだ。

黒瀬はきっと、頭をフル回転させているだろう。

黒瀬の反応が鈍っている今を逃す手はない。チャンスだ！

仕事を続けるには先手が必要だと、藍子はすかさずヒールを脱いだ。そして、廊下の奥に見える磨りガラスのドアへ向かおうとする。しかし、足を一歩踏み出したところで黒瀬に腕を掴まれ、壁に押さえ付けられた。

黒瀬が藍子の両脚の間に片脚を入れてくる。下肢が触れ、彼の体温が衣服を通して伝わってくる。心臓が口から飛び出すのではないかと思うほど、ドキドキし始めた。

黒瀬に惹かれているわけではないのに、呼吸のリズムが崩れていく。彼の言動すべてに、心を揺さぶられる。

その事実に混乱している藍子に、彼が上体を屈めて覆いかぶさってきた。

黒瀬の吐息が頬をかすめるだけで、下腹部の深奥がざわざわする。二度と感じたくないと思っていた不快なうねりに、藍子の躯（からだ）が震える。

「……君の名前、何て言った？」

唐突に訊ねられて喉の奥が引き攣（ひ）（つ）ったが、藍子は平静を装（よそお）って黒瀬を見上げた。

「茅野藍子、三十二歳です。入社以来、秘書室に籍を置いています」

「ふ〜ん。藍子って本当に三十二歳？　もっと若いんじゃないの？」

黒瀬が藍子をからかうように、いきなり名前を呼び捨てにした。

不意に自分の名を口にされ、衝撃が躯（からだ）の芯を駆け抜ける。思わず奥歯をぎゅっと噛み締めた。我が身の変化に戸惑うが、自分を律して彼に焦点を合わせる。

「信じていただけないのなら、免許証をお見せしましょうか？」

「いや、その必要はない」

藍子の言葉を黒瀬は一蹴（いっしゅう）し、今度は真面目な顔つきで藍子を威嚇（いかく）してきた。

「もう一度言うよ。俺に秘書は必要ない」

黒瀬の有無を言わせない主張に、藍子の手の先が冷たくなっていく。エアコンが効いていて涼しいのもあるが、それとは別の緊張のせいだ。

「黒瀬くんの気持ち、よくわかりました。でも、ここでわたしを追い返しても、第二、第三の秘書が現れます。仕事に集中したいと思うのなら、わたしで手を打つのが一番賢明かと思います。あの……一度だけわたしにチャンスをいただけませんか？　この週末までの三日間、わたしを試してください」

藍子はもう賭けに出るしかなかった。

秘書は必要ないと告げる黒瀬の気持ちを尊重したい思いもあるが、そうすると上司の気分を害するだろう。このままでは、どっちつかずで終わってしまう。それは、藍子が望む結果ではない。

先ほどまで、少しでも自分が優位に立とうと黒瀬を煽っていたが、もうそれは止めよう。秘書として来た以上、仕事で認めてもらえるよう努力すべきだ。

その先には必ず突破口があると信じ、藍子は黒瀬に対峙する。

「わたしの存在が黒瀬さんの邪魔になるなら、素直に上司に報告します。お一人でも充分に対処できる方だと。これでも女性秘書の中では一番の年長者です。わたしの言葉なら、総務部長も信じてくれると思います」

「まどろっこしいことなどせず、今すぐ社に戻って言えばいいんじゃないか？　お互い、嫌な思いしなくていいと思うけど」

黒瀬の挑発的な言い分に怯みそうになるが、藍子は毅然とした態度を崩さず、顎を上げた。

「わたしにも秘書として誇りがあります。職種は違えど、仕事に向き合う姿勢は黒瀬さんと同じです。……どうか、その気持ちはわかってくれませんか?」

するると、黒瀬が藍子から躯を離した。彼の温もりが消えて、少し心細くなる。

……うん?

突如湧いた気持ちに小首を傾げてしまいそうになった時、黒瀬が口を開いた。

「そんなに仕事がしたいなら、たっぷりさせてあげよう。但し、俺の気に障る真似をしたらすぐにでも追い出す。秘書失格という烙印を押してね。藍子はその覚悟で言っているんだろ?」

「当然です!」

「それなら、俺が君を秘書として認めたら、俺を黒瀬くんと呼ぶのを許してやるよ」

「……えっ?」

黒瀬はおかしそうにふっと口元を緩めたが、すぐに表情を引き締め、顎で奥を指した。

「藍子、こっちに来て」

親しげに名前を呼ばれて、藍子の頬が上気する。

〝藍子〟と呼ばないでと言いたいが、黒瀬はアメリカで働いていたのだ。仕事仲間をファーストネームで呼ぶのが彼にとっては普通なのかもしれない。

藍子は気持ちを切り替えて、黒瀬のあとに続いた。彼は廊下の突き当たりにあるドアを開け、藍子を促す。

「失礼します」

黒瀬の前を通って、室内に足を踏み入れる。

楽しく料理ができそうなアイランドキッチン、八人掛けの大きなダイニングテーブル、そしてリビングルームに置かれた大型液晶テレビと、柔らかそうなソファが視界に飛び込んできた。

一人暮らしには勿体ないほど広々としている。ただ、どこか生活感がない。たとえるなら、住宅展示場のショールームみたいだ。

藍子がこっそり室内を観察していると、黒瀬が隣に立った。

「ここ以外に、あと二部屋ある。一室はベッドルーム、もう一室はPCルームとして使ってる。他に部屋はないから、藍子はダイニングルームを仕事場として使ってくれ。但し、さっきの二部屋は立ち入りは禁止。そこに踏み入った時点で、即刻帰ってもらう。仕事の出来不出来、善し悪しは関係なくだ。いいね？」

黒瀬の有無を言わせない口調に、素直に頷く。すると彼は仕事の指示もせず、藍子をその場に置いて、ダイニングルームを出ていった。

藍子は、この状況に戸惑いを隠せなくなる。

もしかして黒瀬は、藍子に仕事を一切与えず、週末までこの状態で過ごせと暗に示しているのだろうか。

黒瀬を追いかけようかと思うが、彼の部屋には入るなと言われている。ここで彼を追えば、そのまま家から追い出されるかもしれない。

それだけは絶対に避けなければ……

藍子はダイニングテーブルの椅子にバッグを置き、軽く部屋を見て回った。何か手を加えるところはないかと探すが、ハウスキーパーがいるのかきちんと整理されている。埃(ほこり)も積もっていなかった。

次にキッチンに行き、大きな冷蔵庫を開ける。

「えっ？　飲み物だけ？」

そこには、ビールとミネラルウォーターしかない。冷凍庫も、市販のロックアイスが数袋入っているのみ。

今回の仕事は特殊だ。藍子は秘書として与えられた仕事だけをすればいいわけではない。担当する上司が仕事に集中できるよう、雑務を担(にな)うのも務めだ。そこには、食事面の管理も含まれている。数時間前、阿川が藍子が料理教室に通っているという話をあえてしたのも、そういう意図のもとだろう。

食材を買い込む必要があることを頭に入れて、さらに調理器具などを確認する。

もう少ししたら買い物へ行こうと心に決めつつ、まずはダイニングテーブルにノートパソコンを置いた。

黒瀬がこれからどう動くのかが気になるが、今の藍子にできるのは、小林室長に連絡を入れ、受け持っているスケジュール管理をすることだ。

十数分後。担当していた分のスケジュール調整を終えて会社に情報を送信した時、ドアが乱暴に開かれた。

腕にたくさんのファイルを抱えた黒瀬を見て、藍子はすかさず立ち上がる。そんな藍子には視線すら向けず、彼はそれらをテーブルに無造作に置いた。

「これ、整理して。あと、会社に提出する書類の作成、電話の対応もよろしく。これらを三日後までに仕上げてほしい」

藍子はテーブルの上に広がるファイルの量に、生唾(なまつば)をごくりと呑む。

どういう書類なのかわからない上に、ぱっと見でも三日で終わる仕事とは到底思えない。

それを理解しているのに、ここでの答えはイエス以外ない。

「……わかりました」

「仕事時間は九時から十七時まで。残業は許さない。あと、これを預けておく」

黒瀬が、家の鍵と指示書をファイルの横に置いた。代わりに、藍子が持ってきた封筒を掴む。

「いちいち俺に断らなくても、勝手に家に入ってきていいから。あと、休憩は勝手に取ってくれ」

黒瀬はこれ以上話す気はないと告げるように、藍子に背を向けた。彼が部屋を出ていく前にと、慌てて「黒瀬さん！」と呼びかける。

立ち止まって振り返る黒瀬の眼差しは、凍り付きそうなほど冷たい。

「何？」

「黒瀬さんと連絡が取りたい時はどうすればいいですか？」

黒瀬はアイランドキッチンを指す。そこにはコードレス型の子機が置いてあった。

「子機ボタン三番でＰＣルームに繋がる。但し、俺は仕事中に邪魔されるのは好きじゃない」

続いて、リビングルームに置いてある複合機を目で示す。

「向こうにはファックスとコピーもある。好きに使っていいから、俺の手を煩わさないでほしい。いいね？」

「わかりました」

黒瀬はこれで話は終わりだとばかりに、ダイニングルームを出ていった。

残された藍子は、椅子に座り、黒瀬が置いていったファイルを開く。

まず目に入ったのは、山盛りの領収書。日付など考えずに、乱雑に束ねられていた。

整理するのに時間こそかかりそうだが、これは慣れた作業なので問題なくこなせる。

難題なのは、会議や商談などに必要な文書の作成だ。そこにあるものをただ清書すればいいわけではない。添付されている情報を取捨選択してまとめる必要がある。

しかも、与えられた仕事とは別に、黒瀬の身の回りの環境も整えなければならない。

これはとても過酷な三日間になる……

エアコンが効いて涼しい室内で、藍子のこめかみに嫌な汗が流れた。

だが、この仕事をすると決めたのは藍子だ。ここで躊躇している暇などない。

藍子は指の腹で汗を拭うと立ち上がり、鍵と財布を掴んで部屋を飛び出した。

外へ出るなり、燦々と照りつける陽射しに目が眩む。

肌にまとわりつく熱気に汗が噴き出して不快な気持ちになりつつ、マンションから数百メートル行った先にあるスーパーへ急ぎ足で向かった。

三日分の食材や調味料などを購入した藍子は、重たい袋を提げて来た道を戻り始める。

だが、徐々に真夏のこの暑さに息が上がってしまう。立ち止まって休みたいが、時間は待ってくれない。

藍子は玄関のドアを開けた。

頭の中でやるべきことを整理しつつヒールを脱いでいると、先ほどと変わらない服装にアポロキャップをかぶった黒瀬が奥の廊下から現れた。

長財布を後ろポケットに入れながら顔を上げた黒瀬は、藍子を見るなりぎょっとし、苦々しげに口元を歪めた。

「ファイルを見て、逃げ帰ったと思っていたよ」

藍子は疲れを振り払い、黒瀬の方へ歩き出す。

「お出掛けですか?」

「ああ、昼飯に行ってくる。藍子も好きな時間に食べて。キッチンも好きに使っていいし」

黒瀬が藍子の横を通り過ぎる。藍子は一瞬、手を伸ばして彼の腕を掴もうとしてしまい、自分の行動に驚いた。

仕事とはいえ、自ら男性に触れようとするなんて……

藍子は自分の行動を打ち消すように躯の脇で握り拳を作り、奥歯を強く噛み締めた。

「……黒瀬さん、何のためにわたしがいるとお思いですか?」

黒瀬の足がぴたりと止まり、ゆっくり振り返る。

「どういう意味?」

「買ってきましたよ」

藍子はにっこりして、手に持つ袋を見せた。

「お仕事に集中できるよう、黒瀬さんのお食事はわたしが用意させていただきます。すぐに準備しますね。どうぞ安心して仕事に専念してください」

「へえ、俺のためにそこまでしてくれるんだ。じゃあさ――」

黒瀬が藍子に近寄る。思わず後ろに下がった藍子を、彼は壁に手を突いて囲い込んだ。さらに上体を屈めて、これ見よがしに顔を近づけてくる。

「俺の性欲が高まって仕事ができないって言ったら、その相手もしてくれるってこと？」

黒瀬の台詞で、脳裏に彼に組み敷かれる自分の姿が自然と浮かんだ。

藍子の服を脱がし、素肌を撫で上げて唇を落とす黒瀬。藍子はされるがまま受け入れ、彼の愛戯にベッドで身悶えてしまうだろう。

でも結ばれた直後、黒瀬は失望し、藍子を奈落へ落とす。それが容易に予想できた。

元カレが〝藍子って、本当に男心をそそる色気がないよな。男をその気にさせる術を知らない女とのセックスって、満たされるどころか疲れるだけだ〟と嘲ったみたいに。

わかりきった結末が次々と浮かんで、藍子の顔から血の気が引いていった。

「……藍子？」

黒瀬の問いかけに、藍子は恐怖に満ちた目で彼を見上げる。

あれは過去の出来事であって、今起きたのではない。二度とそういうショックを受けないために、伊達眼鏡をかけて心を守っている。

大丈夫、冷静に対処すれば、この状況から脱することができる。

そもそも藍子は、男性の目を惹くようなタイプではない。彼に興味のある素振りもしていない。

つまり、黒瀬がこんな性的な挑発をしてくるのは、藍子に関心を持っているからではなく、ただの嫌がらせ。秘書が逃げ帰るようにしているだけだ。

藍子は黒瀬の挑発から目を背けて、大きく深呼吸をした。心臓はまだ痛いほどの強さで打っていたが、何でもない振りをして彼を仰ぐ。

男性の軽口に過敏に反応したら負けだ。

藍子は秘書としてだけでなく、年上らしく振る舞うことを心掛けて表情を和らげた。

「その役割は、黒瀬さんの恋人にお任せしたいと思います」

「恋人？　俺にいると思う？　日本に戻ってきて、まだ一ヶ月も経っていないんだ。しかも、俺の時間は仕事に費やされている。その俺に女ができるはずない。……藍子は？　男がいるのか？」

仕事中だというのに思わず藍子の躯に熱が籠もり始める。けれどもそれを感じさせないように、なるべく変わらない姿勢を心掛けた。

「わたしは仕事に生きているので……」

「仕事に、生きてる？」

黒瀬が怪訝な顔をした。詰め寄られる気配を感じて動転しそうになるが、何とか感情を押し殺す。

「黒瀬さんも仕事に集中していれば……他の欲はどこかへ吹き飛ぶんじゃないですか？」

それとも、仕事に専念したいと言っているのは嘘だと？――そんな目で黒瀬を見つめて、話はこれで終わりだと小さく会釈する。

藍子は黒瀬に背を向けて、リビングルームに続くドアへ進んだ。取っ手を掴んだ瞬間、強い力で手首を握られた。前触れもなく触れられて、激しく動揺する。

「俺が仕事に集中していないって？　挑発しているの？　……わかったよ。答えが出るのは三日後だ。俺の性欲についても確認してもらおう」

黒瀬はそう言い捨てると、藍子から手を離した。苛立たしげにアポロキャップを脱ぎ、奥の部屋に姿を消す。

ひとまず山を越せたと胸を撫で下ろし、藍子はリビングに入った。

購入してきた食材を整理し、続いてサンドウィッチ作りに取りかかる。手軽に食べられたらという気持ちもあるが、主たる目的は別にあった。これで黒瀬の好みや体調を知ろうと考えたのだ。

オムレツのようにふんわりさせた玉子焼き、がっつり目のトンカツ、そしてポテトサラダを作り、パンに挟む。それぞれ味つけにも工夫をしているので、食べ終えた量から、黒瀬の好みだけでなく夏バテをしているのかどうかもわかるだろう。

しばらくキッチンで動き回っていると、先ほどセットしたコーヒーのいい香りが漂ってきた。すべての準備が整ったのを確認して、藍子は子機で黒瀬を呼び出す。

「昼食ができました。こちらで食べますか？　そちらにお持ちしましょうか？」

『俺が取りに行く』

そう言ったあと内線が切れる。藍子がコーヒーカップをトレーに置いたところで、黒瀬が現れた。

「仕事しながら食べられる方がいいと思い、サンドウィッチにしました。コーヒーメーカーが食器棚にあったので使わせてもらいましたが飲めますか？　他の飲み物も用意できますが」

「コーヒーでいい。あと、砂糖とミルクはいらない」

藍子は頷くとトレーから不要なものを除き、代わりにウエットティッシュを横に置いた。

「コーヒーはたっぷり作りましたので、呼んでくれればおかわりを持っていきます」

「……わかった」

黒瀬はトレーを持つと、さっさと出ていった。

「さてと！」

藍子もダイニングテーブルに移動して、黒瀬に作ったのと同じサンドウィッチを急いで食べた。

食事を終えたら、いよいよ仕事だ。まず、領収書の仕分けを始める。続いて整理されていない書類を分類していくが、それが困難だった。わざとぐちゃぐちゃにして、藍子に時間をかけさせているとしか思えない。だが、文句を言っても仕方がない。

藍子が集中して作業を進めている間に、黒瀬は二度ほどダイニングルームに入って来た。そして自らコーヒーを注ぐ。

カップを手にした黒瀬は、藍子の背後にしばらく立ち止まった。まるで、藍子を監視するかのような態度を取られて気が気でなくなる。彼に見つめられるだけで効率が悪くなり、持っている書類が小刻みに震えた。

黒瀬もそれに気付いているはずなのに、藍子に声をかけることはなく静かに仕事部屋に戻っていく。

黒瀬の無言の振る舞いに、藍子の神経はかなりすり減っていた。でもここで逃げては、何をしに来たのかわからなくなる。藍子は自分を奮い立たせて、仕事に集中した。

そして、十六時を回った頃。

調子がいいとは言い難いが、藍子は仕事の手を止めた。テーブルに広げた書類をひとまとめにして、急いでキッチンに立つ。

シンクには、黒瀬の使った食器があった。

藍子特製の味つけとして、玉子サンドにはサルサソースを、ポテトサラダにははらっきょう酢を隠し味として入れていた。そこそこ量もあったはずだが、彼は完食している。

黒瀬の体調は良好、夏バテもなし、そして好き嫌いもあまりなさそうだ。

「これなら、何でも食べてくれるかも……」

藍子は鶏モモ肉を使って、黒瀬の夕食を作り始めた。キッチンに食欲をそそる甘辛い香りが充満していく。付け合わせの野菜なども準備し、冷蔵庫に入れる。仕上げに、メモ用紙に夕食の説明を書き添えた。

時計を確認すると、もう十七時目前に迫っていた。

時間までに退出しなければ、黒瀬に秘書失格の烙印を押されてしまう。挨拶して出ようかと思ったが、黒瀬はそれを望んでいないだろう。邪魔するなと告げて鍵を渡しているのが、その証拠だ。

藍子は最後に部屋全体を確認して、マンションを出た。帰宅途中にカフェへ寄り、主任に仕事の報告メールを出す。そこでやっと、ひと息吐くことができた。

一日目は、渡されたファイルを確認して仕分けするだけで終わってしまった。残りはあと二日しかない。

明日は朝一番で会社に寄って必要な資料をコピーし、黒瀬のマンションへ向かおう。

「疲れた……って言ったらダメだけど、今日は本当に辛かった」

藍子は伊達眼鏡を外すと目頭を手で揉んだ。それから、脱力してテーブルに突っ伏す。

周囲の目があるが、構ってなどいられない。頭の中は、すっかり黒瀬のことで占められていた。

藍子は、これまでも気難しい上司と仕事した経験が多々ある。そこには無理難題も多かったが、可能な限り努力し、誠実に対応してきた。そのため、彼らとはそれ相応の信頼関係を築けるまでになっていた。

黒瀬は、藍子の対応を素直に受け入れてくれない。それだけでなく、彼は仕事以外の話や意味深な言動で、藍子のリズムを崩そうとしてくる。

仕事以外の話に逸れた時は、本当にどうにかなりそうだった。

現在恋人はいないようだが、黒瀬の男らしい相貌から判断すると、付き合う女性はモデルタイプの綺麗な人ばかりだと考えられる。本来なら藍子など歯牙にも掛けないだろうに、藍子に恋人の有無を訊ねるなど、一体どういう了見なのか。

いや、あの行為には深い意味はないのだから、引っ掛かってはいけない。黒瀬は藍子に嫌がらせをして、追い出そうとしているだけ……

藍子は深いため息を吐いたのち、自宅に帰った。

それからの二日間、藍子は仕事に忙殺された。

二日目は、一日目と同じタイムスケジュールを基本にしつつ、文書作成に勤しんだ。

彼の体調を考慮した食事を用意するのも怠らない。

そして三日目にして、やっと調子が上がってきた。でも、波に乗ってきたと思ったら、もう最終日。あと数時間しか残っていない。

藍子は会社でコピーしてきた資料と黒瀬に渡された文書を見比べつつ、書類作成に励む。

結果、この三日で、彼が様々な案件にかかわっているということがわかった。

渡されたその文書の項目は多岐にわたっており、どの書類にも、最終確認者として黒瀬の名があった。

それらをまとめることは藍子にとってかなりのプレッシャーだが、これまでの知識と直感を信じて、打ち込むスピードを上げていく。

「あと、もうちょっとだけ……」

そろそろ昼食の用意を始める頃合いだが、藍子は手を止めずキーボードに指を走らせた。

ページを捲ろうと指を離した拍子に、黒瀬の家の電話が鳴り響いた。ノートパソコンの横に置いていた子機を掴む。

「黒瀬です」

『あっ、茅野さんですよね？　連日すみません。昨日もお電話した小田原です。あの黒瀬……さんはいますか？』

「はい、少々お待ちください」

保留にして黒瀬に連絡しようとした時、リビングルームのドアが開いて彼が現れた。

「黒瀬さん、小田原さんからお電話です」

「ああ」

仕事部屋に戻るかと思いきや、黒瀬は藍子に手を差し出した。藍子は子機を渡して、代わりに彼が持つ空のマグカップを受け取る。

「菫（すみれ）？　……昨日の今日で連絡って、そんなに俺が信じられない？」

初めて耳にする、黒瀬の穏やかな口調。しかも彼は嬉しそうに笑い声を上げた。

瞬間、藍子の胸の奥にぎゅっと締め付けられるような痛みが走る。

何、これ……

忘れていた何かが藍子を雁字搦（がんじがら）めにする。

藍子は不可解な感覚から逃れるために黒瀬に背を向け、マグカップを洗ってコーヒーを淹（い）れた。

振り返ると、黒瀬はダイニングテーブルの椅子に座って電話をしていた。

「何時に行けばいい？　……わかった。行くよ」

藍子は黒瀬に近づき、彼の前にマグカップを置く。彼が頷くのを確認して、キッチンへ向かった。

黒瀬がそこに座って電話をしていたら、仕事に集中できない。ここで切り上げて、昼食の準備をするのが一番いい判断だ。

藍子は冷蔵庫の扉を開けて、昼食に必要な材料を取り出した。

がっつり系でも難なく食べる黒瀬のために、牛肉の梅肉和え（ばいにくあ）スタミナ丼を作る。

しばらくして黒瀬は電話を切ったが、席を立つ気配はない。彼はキッチンにいる藍子を見ながら、コーヒーを飲んでいた。

黒瀬に食い入るような目を向けられて、藍子の手元が狂いそうになる。手順もあやうく間違えそうになったが、なるべく彼を見ずに集中することを心がけた。

キッチンに充満する、醤油（しょうゆ）と砂糖の甘辛い香り。さらにそこに梅干しがまざり、食欲をそそる匂いが広がった。

炊きたてのご飯の上に梅肉和え（ばいにくあ）を盛り、かいわれ大根とポーチドエッグをトッピングする。横にオニオンサラダも置く。

藍子がトレーを持とうとした時、黒瀬がアイランドキッチンに来た。

「美味（おい）しそうだね。食欲をそそる、とてもいい匂いだ。いつもありがとう」

黒瀬の言葉に、藍子は戸惑う。彼が礼を言うとは思っていなかったので、口籠もってしまった。

藍子が呆然としていると、彼はトレーを手にとり、かすかに口角を上げてダイニングルームを出ていった。

黒瀬の不可解な態度に、藍子はしばらく立ち尽くしていたが、ひとまずぐちゃぐちゃな思考回路を脇へ退けようと頭を振った。

今は黒瀬のことを考えるべきではない。やるべきなのは、目の前にある仕事だ。

藍子は小さな器に盛った自分の分をテーブルに置くと、急いで食べ始めた。

その後は、再び集中力を高めて仕事に取り組む。

黒瀬の望むレベルの書類が完璧にできているとは思えないが、それでも、藍子なりの精一杯で仕事を進める。彼が気にしている箇所の注釈は別に参照資料を作り、システム技術支援への要望なども、合わせて清書する。

資料作成はここで終了、として時計を確認すると、もうすぐ十六時になろうとしていた。

残り一時間でできるか不安だが、最後に残していた経費精算の作業を始める。領収書を確認しては入力し、項目欄にチェックを入れていく。

「あと少し……！」

ひたすらキーボードを叩いた結果、十七時五分前にすべての仕事が終わった。

本当にギリギリだった。ひとまず、首の皮一枚繋がったと言えるだろう。あとはなるようにしかならない。

藍子は急いでダイニングテーブルを片付けて、続いてキッチンも綺麗に掃除する。濡れた手をタオルで拭いていた時、黒瀬が入ってきた。

時計の針は、ちょうど十七時を指していた。

「さあ、約束の時間だ。初めに、すべて仕事を終わらせたのか教えてほしい」

「はい、終わりました」

黒瀬が片眉を上げて、意味深に藍子を見つめる。心を射貫くような眼差しに恐れを成しつつ、藍子は促(うなが)され席に座った。そして、山積みのファイルを彼に差し出す。

内容的にいろいろ訊ねたい箇所があったので、そこには付箋(ふせん)を付けて、再度彼が手直しできるようにした。

黒瀬がそれらすべてを確認する間、藍子は口を閉じてじっと待つ。

黒瀬は最初こそ無表情だったが、徐々に目を見開き用紙を捲(めく)るスピードが速くなっていった。別途で用意したファイルを掴み、その中身にも目を走らせる。

「これは、俺がわざと抜いたデータだ。

「昨日の朝、こちらに伺う前に寄ってコピーしてきました」

黒瀬はそれ以上何も言わない。再び資料に視線を落とす。

それから十数分後。黒瀬がため息を吐(つ)き、ファイルをテーブルに置いて腕を組んだ。

「俺の感想を言っていいかな？」

「はい」

藍子は椅子の上で居住まいを正し、レンズ越しに黒瀬の目を真っすぐに見返した。

「まず、秘書がこの仕事を三日間で終わらせるのは無理だと踏んでいた。経費の精算はともかく、俺がメインで頼んだのは、システム関連の文書作成だ。かなりわかりやすく書いてはいたものの、専門分野の知識がないとわからない言葉も多かったはず。にもかかわらず、藍子は俺の手を煩わせずにやり遂げた。……脱帽だよ」

そこで初めて、黒瀬が口元をほころばせた。さらに目を輝かせて、藍子を見つめる。

「しかも、俺の仕事がスムーズに進むように、いろいろと気を配ってくれた。仕事部屋に入るなという約束も守った。どうりで阿川部長が藍子を推すわけだ」

「推す？」

「ああ、俺の邪魔をしない、絶対に役立つ秘書だ……とね」

黒瀬の意味深な言い方で、システム研究部と総務部の部長たちが話していた内容が藍子の頭を過った。

自然と自嘲の笑みが浮かぶ。でも、それは喜ぶべきことだろう。秘書として携わる際、一番認めてもらいたいのは仕事ぶりなのだから。

藍子がホッと息を吐いた時、黒瀬が「まさしく――」と続けた。藍子に優しく笑いかける。

「部長の言うとおりだった。藍子、合格だ。君は俺の秘書として、この先もきっと役に立ってくれるだろう」

「……っ！」

認められた嬉しさで、我にもなく感極まるが、込み上げる思いを必死に抑え込む。

黒瀬は感傷的になる秘書など望んでいないだろう。彼が傍に置きたいのは、彼の邪魔にならない、彼の手足となって動く秘書だ。

藍子は目を細めて、感謝の意を示した。

「ありがとうございます」

「ああ、そうだ。これからは俺を〝黒瀬くん〟と呼ぶのを許す」

からかうような口調で、黒瀬が続けた。

「はい、わかりました……黒瀬くん」

「じゃ、よろしく頼む。そうだな、俺の仕事は週明けに説明するよ。その前に――」

黒瀬が立ち上がる。藍子は自然と彼の姿を追って顎（あご）を上げ、近寄ってきた彼を見上げた。

「藍子は俺の専門を知ってる？」

「……はい？」

「俺の専門は、ハッキングだ。だから、鍵を掛けられるのは好きじゃない。……いや、違う。そうされればされるほど、俺の血が騒いで、そのセキュリティを突破したくなる」

出し抜けに、黒瀬が藍子に手を伸ばす。

「えっ？　あの……」

黒瀬は藍子の伊達眼鏡のテンプルに触れた。そしていとも簡単に取り去ってしまう。心を隠す仮面を奪われて、藍子の気持ちが不安定に揺れた。

それに気付いたのか、黒瀬が探るような目をする。彼は取り上げた眼鏡で藍子の顎に触れ、顔を上げろと促した。

黒瀬が藍子に覆いかぶさってくる。まるで肉食動物に射竦められた小動物みたいに、身動きできない。

黒瀬の顔が近づき、吐息で素肌を優しく撫でられる。藍子の心臓が早鐘を打ち、息遣いが浅くなった。

「俺の前で伊達眼鏡はかけないで。……いいね？」

声が出ず、頷き返すこともできない。

藍子は高鳴る鼓動に翻弄され、唇をかすかに開いて息を吸い込んだ。黒瀬の目線が唇に落ちたその直後、藍子は彼に口づけられていた。

「ン……っ、んぅ！」

藍子は目を見開き、椅子の上で躯を硬直させる。でも黒瀬の唇は離れない。それどころか、藍子を宥めるように動き、濡れた舌先で唇を舐め始めた。張り詰めた躯の芯が蕩け、とうの昔に捨てたはずの熱が下腹部の深奥で燻り始める。

躯を震わせながら、藍子は黒瀬のキスに酔いしれ、知らないうちに目を閉じていた。

第二章

数日前の出来事を思い返せば思い返すほど、藍子の顔が真っ赤になる。

どうしてされるがままに唇を許してしまったのだろう。

約十年ぶりに恰好いい男性にキスされて、心が揺らいでしまったのはわかる。でもまさか、黒瀬が舌を口腔に差し入れてきても、拒まずに受け入れてしまうなんて！

あのあと、背中に手を置いた黒瀬に玄関へ促された記憶はある。しかし、彼と何を話したのか、どうやって家に帰ったのかは覚えていない。

藍子の脳裏を埋め尽くしたのは、黒瀬の口づけばかり。

男性とは距離を置いて、仕事に生きると決めていたのに……

「藍子、こっちがPCルームだ」

黒瀬に言われて、我に返る。

週が明け本格的に仕事が始まったというのに、何をぼんやりしているのだろう。

秘書として認められたからこそ、黒瀬は藍子を個人的な仕事部屋へ案内してくれている。それを決して忘れてはいけない。

「はい」

藍子は、そっと黒瀬に歩み寄った。

黒瀬は先日のキスなど忘れてしまったかのように、平然としている。

海外生活の長い黒瀬にとっては、あれはただの挨拶であって、特別でも何でもないのかもしれない。

本来ならホッとしてもいいはずなのに、藍子の胸の奥に針で刺されたような痛みが走った。

「……っ⁉」

「藍子？」

「す、すみません！」

とにかく、黒瀬が再び何かをしたとしても、軽く受け流そう。そうしなければ、彼の傍で仕事などできない。

心の中で自分を戒めて、藍子はドアを支える黒瀬の前を通って部屋に入った。

そこで、足がぴたりと止まる。

部屋の壁際には大きなデスクがあり、その上に大きなモニターが三台もあった。キーボードやマウス、マイク、乱雑に積み重ねられた資料も目に飛び込んでくる。窓の反対側の壁には巨大な書棚があり、たくさんの本が並んでいた。

「家にいる時は、ほとんどこの部屋で過ごしてるかな。聞いてると思うけど、うちの会社はソフトウェア技術者の育成プロジェクトに協力してる。そのプロジェクトリーダーが俺だ。今はその関係で、大学院生向けのプログラミングに追われてる」

藍子は情報を頭に叩き込み、黒瀬を仰ぎ見た。

「それは八月中に仕上げないとダメなんですか？」

「いや、締め切りはまだ先だけど、会社に行けば挨拶回りや、他にも煩わしい会議があるだろう？　せっかく早めに帰国したんだ。やるべき仕事があるなら、先に家で集中して取り組みたいと思ってね。他にも、システム開発室が取り組んでる別案件のチェックもいくつか行ってる。藍子が阿川部長から預かったあの封筒はそっち関係だ。途中の作業に携わってないが、最終チェックは必ず俺がするから」

その説明で、何故黒瀬があれほど仕事に追われていたのかようやく納得がいった。と同時に、藍子への急な命令の理由もわかる。彼は本当に忙しく、傍で雑用をする秘書が必要だったのだ。

でも、どうして黒瀬がプログラムの最終チェックをするのだろうか。

「あの……質問してもいいですか？」

「何？」

「どうしてプログラムの最終チェックを黒瀬くんが？」

「ああ、実は日本に戻ると決まった頃から、俺は上にいろいろ提案しててね。これはひと握りの上層部しか知らないが――」

黒瀬が藍子に近寄り、そっと背に手を置いてきた。ワンピースの薄い生地から伝わる、彼の温もり。そこが発火しそうなほど熱い。

早鐘を打つ心音と不可解な昂り(たかぶ)のせいで脚の力が抜けそうになる藍子を、黒瀬がデスクへと導いた。

黒瀬は藍子に触れた手を離さずに、モニターの電源を入れる。

「これは、納期直前の貨物追跡システム。少し甘いから、俺はセキュリティ面での追加指示を出すつもりだ。……とはいえ、ほとんど完成していると言っていい。これをライバル社が何らかのルートを使って手に入れたらどうなる？」

「取引先の信用を落としてしまいます」

「そのとおり。うちの会社は、納品前のデータをライバル社に盗まれることなどあり得ないと高を括ってる。だが、そういう気持ちの緩さがいつか大変な事態を招くんだ。だから俺は最終チェックと称して、データにちょっとしたセキュリティをかけている。この件を知っているのは、会社でも本当に少数の人と……そして藍子だけだよ」

黒瀬の発言に、藍子は大きく息を呑んだ。

上の者しか知り得ない大事な情報を、一介の秘書に話してもいいのか。

藍子がまじまじと黒瀬を見ると、彼は藍子に流し目を向けた。

「俺のために働いてくれるんだろう？　先週、俺は藍子の仕事に対する責任と意気込みを充分に感じた。俺はそれに応えたいと思った。……これで、もう俺の傍から逃げられないよ」

「望むところです」

この先にあるのは、きっと充実した秘書生活だ。それこそ藍子が望むべき未来だと信じて力強く頷く。だがそんな藍子を見て、黒瀬が気怠げに肩を落とした。

「あの、何か……？」

「俺の言ってる意味をわかってる？」

そう言うなり、黒瀬が手を伸ばし、数日前と同じ仕草で藍子の伊達眼鏡を外そうとした。藍子は素早く下がって彼の手を避け、両手でテンプルを押さえる。

「これは、わたしの……秘書としての武器なので、外せません！」

こんな風に言うつもりはなかった。でもこれを取り上げられてしまうと、ずっと隠してきた心の傷が表に出てしまいそうで怖い。

事実、前回黒瀬に眼鏡を奪われたあと、藍子の記憶は飛んでいる。動揺のあまり、心のコントロールを失ったのだ。もう二度と、同じ轍は踏みたくない。

「さあ、何をするのか指示をください」

藍子は黒瀬と距離を置いて顎を上げる。すると彼は、藍子の挑戦を受けるように腕を組み、おかしそうに笑った。

「面白いことを言うね。俺は最初に忠告したのに、また新たな情報で俺の血を騒がせるなんて。藍子、音を上げるのはなしだから……覚悟してて」

「えっ？　……はい」

黒瀬が何を言いたいのか見当もつかないが、秘書としてどんな仕事にも立ち向かうという意志に変わりはない。

黒瀬は楽しげに頬を緩めると、藍子の傍を離れ、デスクに置いてあるファイルを手にした。

「今、俺が携わってる件に関して、手伝ってもらうものはない。ただ、九月に出社してからの仕事が目白押しなんだ。そのスケジュール調整をお願いする。……そうだな、今週末までに仕上げてもらえる？」

「わかりました」

藍子は黒瀬からファイルを受け取るが、何故か彼は一向に手を離そうとしない。少し強く引っ張ると、綱引きをするように彼が力を入れた。

「あの、どうかされました？」

黒瀬は藍子を観察していた。藍子は眉間に皺が寄るのも構わず、レンズ越しに彼を窺う。

いつまでこの硬直状態が続くのかと訝しく思った時、黒瀬が急に手を離した。

「えっ⁉　……黒瀬くん？」

「悪い。ちょっと考えてた。何故なのかな……って」

「何故なのか、ですか？」

藍子は思わず小首を傾げる。そんな藍子を見る彼の双眸に、決意のようなものが漲っていく。そこに宿る強い光に思わず怯むが、気持ちを強く持ってこれまでと変わらない態度で向き合う。

だが、どこかで黒瀬の眼差しに恐れを成していたのかもしれない。

藍子は手にしたファイルを胸元で抱きしめた。

黒瀬はその動きを追い、再び藍子と目を合わせる。

「いつかわかるよ。……それより、仕事を始めよう。前はこの部屋に入るなと言ったけど、今週からは自由に行き来して構わない。雑務も頼みたいから」

「わかりました」

「あっ、そうそう――」

黒瀬がデスクの引き出しを開けて、一枚のカードを取り出す。そこに何かを書き入れて、藍子に渡した。

「俺の携帯番号とアドレスだ。折り返し、俺の携帯に藍子も送ってくれ。わかった?」

藍子はカードに書かれた黒瀬の番号を見て「はい」と返事した。

「じゃ、よろしく頼む」

黒瀬はそう告げると、席に着いた。すぐさまモニターに集中し、凄まじい速さでキーボードを打ち始める。既に仕事モードに突入していた。彼はもう、藍子の姿など目に入っていない。

その集中力の高さに驚くと同時に、彼の仕事姿にドキッとした。

藍子の躯（からだ）の中心で生まれた温もりが、鼓動を刻むのに合わせてじわじわと広がっていく。ファイルを持つ手に自然と力が入った。

もう二度と傷つきたくない、あの想いに気付きたくない……!

突如芽生（めば）えた、胸を苦しめる想いに戸惑いながらも、藍子は黒瀬の仕事部屋をあとにした。

ダイニングルームに入ると、自分のやるべきことを始める。

会社に業務報告をしてから黒瀬にコーヒーを淹れ、買い物に出た。戻ると昼食作りに入るが、今日は何故か彼もキッチンに来て手伝い始めた。

「冷蔵庫には何もないし、調味料もない。だから俺は一切料理しないと思っていただろ？　こう見えて、アメリカでは自炊してたんだ。パーティに呼ばれる日以外はね」

「そうだったんですね……」

相槌を打ちつつも、近くに黒瀬の熱を感じて落ち着かない。粗相をしてしまわないよう意識しながら、材料をボウルに入れた。今日はツナ缶を使った和風スパゲティーを作る予定だ。黒瀬がボウルを持ち、率先して具材を合わせ始めた。彼の意外な一面を知ったことで、また強く彼を意識してしまう。

「こぶ茶を入れるって？」

「はい。ここに……」

藍子はアイランドキッチンの背後にある棚へ移動した。上の戸棚を開け、背伸びをして調味料と一緒にある缶を取ろうとする。

その時、黒瀬が藍子の背後に立ち、腰に手を触れた。藍子の背中に胸板が密着するほど躯を寄せて、彼が上に腕を伸ばす。

「これか？」

黒瀬の腕が触れ、体温が伝わる。さらに男らしいムスクの香りに鼻腔をくすぐられ、それらすべてが、藍子の感覚と思考を呑み込もうとしていた。

たった一瞬の接触で、長い時間をかけて築いた心の壁が、泥土となって崩れ落ちていく。藍子の躯が小刻みに震えた。

それを悟られてしまったのだろうか。

黒瀬がぴたりと動きを止め、藍子の反応を見極めるように、腰を抱く腕に力を込めてきた。

藍子の身も心も簡単に攫おうとする黒瀬の触れ方に、息がし辛くなる。

「藍子……」

黒瀬の吐息が感じやすい耳殻や首筋を撫でる。両脚の付け根を襲う痛いほどの疼きに、藍子の心拍が速くなっていく。

こんなのは耐えられない！

藍子は黒瀬の腕の下を潜って逃げ出し、何とか平静を装ってコンロの前に戻る。

「スパゲティーをボウルに入れるので、その後にこぶ茶をティースプーン一杯ぐらい入れてまぜてください」

「オーケー」

黒瀬は、それ以上何も言わない。

藍子は麺を湯切りして、彼の持つボウルに投入した。彼がこぶ茶を振りかけてまぜる間も口を開かず、料理に意識を向ける。

だがそれも藍子がスパゲティーと野菜スープをテーブルに並べ、二人して一緒に食べ終わるまでだった。

食後のほうじ茶を用意した藍子に、黒瀬が前置きなしにさらりと話を戻す。

「ところで、何故さっきのはスルー？　これまでもさ、俺が触れても何もなかったみたいな態度を取ってたけど。もしかして、それが藍子のスタイル？」

まるで天気の話でもするかのように口にするので、藍子の手が止まる。ちらっと黒瀬を窺うと、彼は美味しそうにほうじ茶を飲みながら藍子を見つめていた。

心の奥まで覗き込もうとする眼差しから逃げるのは、相手の思う壺だとわかっている。だが、藍子は堪らず目を逸らした。

「……仰っている意味がわかりませんが」

藍子の声が上擦る。すると、黒瀬がおかしそうに笑い、挑戦的な鋭い目を向けてきた。

「嘘ばっかり。わかっていてはぐらかそうとしてる。藍子をそうさせた理由は何？　その年で男に慣れていないのは……何故？」

「ですから、黒瀬くんが何を――」

あくまで知らぬ存ぜぬで、わからない振りをする。けれども、黒瀬は一蹴した。

「俺が普通に藍子と接していたと思う？　言っただろう？　心の扉を閉ざせば閉ざすほど、頑なな鍵をどうにかしてこじ開けたくなるって。俺は藍子がこの家に来た時から、ずっと観察していた。そこでわかったことがある」

黒瀬が意味深に言葉を区切り、藍子の心を覗き込むように凝視する。その目つきに、藍子の肌が湿り気を帯びてきた。喉の脈がぴくぴく跳ね、藍子の動揺が大きくなっていく。

藍子は膝に置いた手に力を込めて、黒瀬の前で平静を装おうと努力した。でも、彼は一歩も退かない。藍子は徐々に虚勢を張るのが難しくなってきた。

藍子が怯んだ時、黒瀬がふっと唇を緩めた。

「誰にも触れられたくない何かを、藍子は胸の奥に隠していると。俺が近づくと、藍子の心は開き始める。なのに、また鍵を掛けようとする。その目に恐怖と痛みを浮かべてね。気付いてないのか？　今日で三回目だ。もう誤魔化しはきかないよ」

「な、何を言って……」

藍子は視線を泳がせ、椅子の上で躯を強張らせた。

わたしが目に恐怖と痛みを浮かべるって、どうしてそんな――と思ってハッとなる。

黒瀬は目を合わせるだけで、藍子が隠したいと思う気持ちを読み取ってしまうのだ。

堪(たま)らず顔を背(そむ)けるが、テーブルに手を置いて前のめりになった黒瀬に顎(あご)を掴まれた。

息を呑み、覗き込んでくる黒瀬をまじまじと見つめ返す。

これ以上心に踏み入ってほしくないのに、黒瀬の黒い瞳に引きずり込まれそうになる。

進みたくない。できることなら引き返したい！

そう思えば思うほど闇が忍び寄り、前へ進めと迫ってきた。

行き着く先には痛みしかないのに……

藍子はとうとう我慢ならなくなり、黒瀬から目を逸(そ)らした。すると彼も、藍子の顎(あご)から手を離す。

「……やっぱりその伊達(だて)、禁止だ」

「あっ！」

気付いた時には、眼鏡を奪われていた。

「もしかして、これで心をガードしてきた？　でも、俺の前ではもう通用しない。先週、藍子にキスした時宣言したのに、通じていなかったみたいだね。だからあえて、はっきり言うよ。俺は藍子の心を開いて、その奥に隠しているものを明らかにするつもりだ」

黒瀬のぐいぐい押してくる言葉に愕然(がくぜん)となる。何とか誤魔化したかったが、言い訳が一向に頭に浮かばない。

藍子は黒瀬の強い眼差しに射竦(いすく)められ、とうとう逃げるように視線を落とした。彼の骨張った男らしい手を見る。

そこで不意に、この状況がおかしいと気付いた。

どう考えても、黒瀬は女性に不自由する人ではない。彼の漲る魅力に惹かれて、自然と美しい女性が集まるだろう。

それを外から眺めるのが、藍子の立ち位置だと認識している。

なのに、どうして黒瀬は後ろで控える藍子を前へ引っ張り出そうとするのか。

「……何故、わたしに構うんですか？」

「わからない？　俺の気持ちを感じ取れないほど、藍子の心は恋枯れしてる？」

黒瀬の物言いに、藍子の躯が熱くなった。

男性に弱みを見せたくない、自分の心に誰も踏み込ませたくない。その一心で、藍子は心をガードしてきた。

否定はしない。でもそれは、自ら好んで進んできた道だ。黒瀬に茶々を入れられる筋合いはない。

藍子は手を握り締め、これ以上近寄らないでと顔を顰めた。

「わたしが黒瀬くんの傍にいるのは、あくまで仕事です。他のことにまで口出しされたくは――」

「口を出したい気にさせる藍子が悪い。俺は忠告したはずだよ。藍子の心の奥にあるものを暴きたい、とね」

「何故そんな真似をするんですか！　わたしなんか、放っておいて——」

黒瀬が、再びテーブルに手を突いて上体を倒してきた。そうされると怯むと知っていて、あえて近づいてくる。

黒瀬の顔や男らしい匂い、体躯から漲る熱に、藍子の躯の中軸がざわざわする。

「まだわからない？　これだけあからさまにしてるのに通じないなんて。俺はね、藍子がほしいって言ってるんだよ」

「……はい？」

素っ頓狂な声を零す藍子に、黒瀬はこれ見よがしに視線を動かす。一度唇に落ち、続いてワンピースの生地を押し上げる胸元へと視線がたどる。

藍子は、やっと彼が口にした意味に気付いた。

まさかこんな平凡な藍子に、女性として興味を持っている⁉

黒瀬の双眸に宿る、熱烈な欲望の光。それを目にするだけで、自然と下腹部の深奥が甘怠くなる。

躯の反応にくらくらして、藍子は吐息を零しそうになった。慌てて口を真一文字に引き結び、黒瀬を見上げる。

自ら動かなくても、綺麗な女性に不自由しそうにない黒瀬。そんな彼が、藍子をほしがっている？

到底、本気とは思えない。でも万が一、これが本当であるなら、いったい藍子の何が黒瀬をその気にさせたのか。

「俺の言っている意味、やっと理解してくれた？　これからもっと処理能力を上げて……いや、積極的にいくから、そのつもりで。ご馳走さま」

黒瀬が愉快げに食器を持ち、アイランドキッチンのシンクに置く。あれほどぐいぐい攻めてきた彼だったが、その後は藍子には目もくれず仕事部屋に戻っていった。

あまりの衝撃に、藍子の頭が追いつかない。気分をどうにか変えたくて、眼鏡を外して目頭を揉もうとした。だが、そこで藍子の手が止まる。

「あっ……。眼鏡、黒瀬くんに奪われたままだった」

いつもだったら気になって仕方がないのに、奪われたことさえ忘れていたなんて……激しく動揺しつつ、でも頬は、数日前にキスされた時のように熱を帯びていた。

仕事中心の生活を送ろうと決めて以降、男性とは距離を置いてきた。この先も、その考えを変えようとは思わない。にもかかわらず、黒瀬はあの手この手で藍子の心の塀を崩そうとする。

これまで誰にも心を乱されたことなどないのに、何故黒瀬の言葉だけは別なのだろうか。

確かに黒瀬は、今まで藍子が仕事で出会ってきた男性たちとは違う。初めて彼と顔を合わせた際、その男っぽい色気に心臓が高鳴ったのは事実だ。また、仕事に対する真摯な姿勢にも驚いた。

だけど、どうしてこんなにも黒瀬が気になるのかわからない。

きちんと、自分の気持ちを確かめたい……

藍子は立ち上がり、コーヒーメーカーをセットした。黒瀬が使うマグカップを用意し、そこに淹れ立てのコーヒーを注ぐ。トレーにカップを載せてキッチンを出ると、ＰＣルームのドアをノックして開けた。

黒瀬はこちらに背を向け、モニターを注視している。

藍子は、足音を立てずに黒瀬に近づいた。空になったマグカップを回収し、代わりにコーヒーを置く。

「ありがとう」

黒瀬は仕事の手を止め、椅子を回転させて藍子を仰ぎ見る。彼の瞳に仕事で寄せる信頼の他に、心を揺り動かす強い光も宿っているように感じた。

「い、いいえ……」

吃る藍子を、黒瀬が眩しげに見る。

瞬間、藍子の胸の奥に熱いものが湧き上がった。合わせて、熱が血流に乗って四肢の隅々にまで広がっていく。

身に起きるこの感覚を、もう誤魔化せない。

黒瀬に見つめられるだけで弾む息遣い、火照る頬、そして期待で疼く躯の芯。どれも藍子が、傷つきたくない一心で捨てたものだ。それが、十年ぶりに甦ってくる。

「藍子……」

黒瀬が藍子の腰に触れた。トレーを持つ手の力が抜けそうになり、慌てて掴む。落とさなくてホッとしたのも束の間、黒瀬に触れられていると実感するにつれて、心が騒ぎ出す。藍子は甘い蜜に吸い寄せられるように、視線を上げた。

「黒瀬く――」

藍子を仰ぐ黒瀬と視線がぶつかる。

黒瀬は彼への想いを隠せずにいる藍子を観察しながら、ゆっくり手を動かし始めた。腰から背中、反対の脇腹へと回る。力が込められたと気付いた時には、藍子は黒瀬の両脚の間に引き寄せられていた。

黒瀬の瞳が興味深げに光る。

藍子の枯れた女心が揺り動かされた。

だが一瞬にして、藍子の顔から血の気が引く。藍子を嘲笑い、心底嫌そうに女としての魅力がないと言い放った元カレと、黒瀬の姿がダブったのだ。

藍子は元カレに心をずたずたに引き裂かれた。女性としてのプライドも、何もかもを絶望の底に落とされた。

もちろん黒瀬と元カレは全然違う。目を惹く容姿や仕事に取り組む姿勢、物事の捉え方は真逆と言っていい。

だが、元カレが藍子にしたことを、黒瀬がやらないとどうして言い切れるだろう。魅力的でもない、男性をその気にさせる色気もない藍子を知れば、黒瀬だって背を向けるに決まっている。

黒瀬が藍子に興味を持つのは、藍子がこじらせた恋の古傷が気になるからだ。彼も言っていた。ハッキングが専門で、閉じられているものが目の前にあれば突破したくなるのだと。決して、女性として惹かれたのではない。

簡単に出た答えに、藍子の鼻の奥がツンとして、涙腺が緩んだ。

藍子はそっと瞼を閉じ、小さく息を吸う。黒瀬への想いを胸の奥に押し込めて、生唾を呑み込んだ。そして開きそうになった心の鍵を、頑丈に掛け直す。

黒瀬への想いなど関係ない。ただ、これ以上踏み込まれたら、必ず見破られる。元カレと同じ蔑みの目を向けられるぐらいなら、仕事上だけの付き合いを続ける方がマシだ。

「お仕事の邪魔をしてしまってすみません。わたし、向こうへ戻りますね」

藍子は黒瀬の腕の中から抜け出そうとした。なのに彼は、腕に力を込めてくる。

「俺の気持ちを受け入れてくれたと思ったのに、違うんだ？」

「黒瀬くんが望むのなら……どんな仕事でも引き受けます。でも、個人的な申し出は――」

「何故（なぜ）？　俺が嫌い？」

「まさか！」

藍子は目を見開き、それは決してないと訴える。

いろいろな人の下で仕事をしてきたが、黒瀬ほど仕事に真摯（しんし）に取り組む人はいなかった。

最初に藍子の目を惹いたのは、黒瀬の男らしい容姿かもしれないが、心を捉えたのは、彼の仕事に対する姿勢だ。そういう彼を嫌うはずがない。

「じゃ、俺を許せないとか？　難題を押し付けて、藍子を追い返そうとしたから」

「いいえ！　あれは、とてもやり甲斐がありました。初めての仕事で大変でしたけど、達成感を得られました」

「それなら何故（なぜ）？　お互いに迷惑をかける相手はいない。藍子は一歩踏み出してもいいと思うけど。もしかして、年齢を気にしてる？　俺が藍子より年下だから気が進まないとか」

黒瀬が藍子の腰に触れる指をかすかに動かし、感じやすい脇腹を優しく撫（な）でた。鼓動が弾み、身も心も歓喜で震える。

　でもそれとは裏腹に、この先藍子に向けられるであろう黒瀬の蔑みに満ちた目が、頭の中でちらちらした。根深いトラウマが、勢いを増して迫ってくる。

　藍子は唇を強く引き結び、呻き声を殺した。

「そういう理由ではないみたいだね。なら、どうして悲しい目をしてる？」

「……っ！」

　心をハッキングするかのような黒瀬の眼差しに耐えきれなくなり、藍子は顔を背けた。

「逃げても無駄だよ。俺は藍子を追いかける。言ったはずだ。隠そうとすればするほど、俺の血が騒ぐって」

「もう、わたしのことは放っておいてください。黒瀬くんは女性に不自由していないでしょ！」

　つい大声を出してしまい、いつもと違う自分の反応に愕然となる。

　秘書として、仕事中に感情を表に出すことなんて今まで一度もなかった。それなのに今、素になってしまった。自分を律せられなかったことにショックを隠せない。

　黒瀬にどう思われたかと不安で恐る恐る窺うと、彼は目を輝かせて藍子を見ていた。

「もっと俺に素の藍子を見せて」

「黒瀬くん、お願いです。こういうのは、わたし――」

戸惑いながら告げた時、黒瀬のデスク上で携帯が鳴った。張り詰めていた空気が緩む。

藍子は肩の力を抜くが、黒瀬は動こうとしない。

「あの、……鳴ってます」

「わかってる」

黒瀬は気怠げにため息を吐き、ようやく藍子から手を離した。

早く腕を解いてほしかったはずなのに、黒瀬の大きな手の感触と温もりが消えると、焦燥感が込み上げる。

感情の赴くまま、黒瀬の方に足を踏み出してしまいそうになり、藍子は慌てて踏ん張った。

何もなかった振りをして仕事に戻るのなら、今こそチャンスだ。

藍子は黒瀬の応答を耳にしながらドアの方へ歩き出す。しかし「何の用だよ、菫」という言葉に足がぴたりと止まった。

思わず振り返り、表情を和ませる黒瀬を見つめた。

「そう何度も念を押さなくてもわかってるよ。俺が約束を破ったことってないだろ？そもそも昔から、誰も菫に逆らえないんだから」

その女性は、これまで黒瀬の家に電話をかけていた。でも今は、携帯に連絡をしている。

二人はとても親しい関係？

胸の奥にじりじりと、嫉妬に似た感情が湧き上がってくる。

藍子は戸惑いを隠せず視線を彷徨わせるが、黒瀬の「俺たちがよく使っていたホテルだろ？　遅れないって……」という返事に目を見開いた。

俺たちがよく使っていたホテル⁉

驚きで喉の奥の筋肉が引き攣る。堪らず空気を求めた時、黒瀬が顔を上げる。それまで口元をほころばせていた彼が、緩やかにその笑みを消す。

そして浮かべた訝しげな表情に、藍子は自分の思いが顔に出ていたと知った。

黒瀬の観察眼は鋭い。このままでは、心の奥を覗かれてしまう。

「藍子？」

「……失礼します」

小声で告げ、藍子は黒瀬に頭を下げて部屋を出た。

あれほど誰にも心を奪われないと決めて仕事に打ち込んできたのに、この約十年の頑張りはいったい何だったのか。

突然降りてきた恋に戸惑いながらも、藍子は、この先の生活が何も変わらないことも自覚していた。

黒瀬に自分の気持ちを告げるつもりはない。もう二度と、男性に傷つけられるのはごめんだ。

使用した食器を洗い、再び仕事に戻った。黒瀬を思い出さないようにするには、ひたすら仕事をこなすに限る。

でも、今日は勝手が違った。単調な作業になればなるほど、藍子の脳裏に黒瀬の姿が浮かぶ。あまりにも心をこじらせたために、藍子は自分で自分をコントロールできなくなっていた。

十六時を過ぎた頃、藍子はとうとう仕事の手を止めた。もやもやする気持ちを払拭するため、一心不乱に部屋の掃除をする。

一時間ほど動き回っていたら、部屋はすっかり綺麗になった。後片付けを終えて帰宅準備を始めたところで、黒瀬がやってきた。

「藍子」

「はい、何でしょうか」

落ち着いた振りを心掛けるが、黒瀬を前にするだけで藍子の躯が熱くなる。

何とか黒瀬に気取られないようにして、彼に向き直った。

「このあとって、用事ある？」

「特に予定は入っていませんが……急ぎの仕事ですか？　わたしにできることがあるなら、お手伝いします」

藍子は手にしたバッグを再び椅子に置いた。

「良かった。急遽明日必要になった書類があってね。それをまとめてほしいんだ。何時までここにいられる？」

「終電に間に合う、十一時三十分ぐらいまでに出られれば……」

「よし！　じゃ、資料を持ってくるから、パソコンの準備をしておいて」

ほどなくして、黒瀬は数十枚の用紙を手に戻ってきた。

「清書をお願いしたい。技術者育成プロジェクトで使う資料なんだ。大学の講義で使うから、出典を明記してほしい」

受け取った用紙の余白には、黒瀬の字がびっしり書き込まれている。反映に、かなり時間がかかりそうだ。

「あの……」

打ち込む前に確認しようとするが、その前に黒瀬が藍子の背後から顔を覗かせて、手元の用紙を指してきた。

「ここ、別途資料ってあるけど、そこにある番号を記すだけでいい。学生たちには自分で調べてもらうから。あと――」

黒瀬がまた何かを言うが、藍子の意識は彼の言葉ではなく、自分に迫る体躯に向いていた。

黒瀬に抱きしめられ、彼の腕にすっぽり包み込まれている感覚に襲われる。

接触していないのに、背中から伝わる彼の熱、耳元で聞こえる息遣い。藍子の躯の芯が焦げるように疼き始めた。乳房が張り、先端が硬く尖ってブラジャーに擦れるのがわかるほどだ。

「これはまだ途中段階なんだ。大学側に、こういう流れで進めると説明するために、事前に渡さなければならなくてね。……藍子、俺の話を聞いてる？」

「聞いて、ます……」

喉の奥の筋肉が強張ってなかなか返事ができなかったが、藍子は声を振り絞って頷いた。

「意味がわからないところがあれば、空欄で大丈夫。あとで俺に訊いてくれたらいいから。……悪いけど、俺は少し出てくる。何か問題が起きたら携帯に連絡を入れて」

「わかりました」

藍子は書類から目を離せなかった。横を向けば、黒瀬と目が合ってしまう。

吐息がまじる至近距離で見つめ合ったらどうなってしまうか……

「ありがとう。よろしく頼むよ」

黒瀬が耳元で囁いたと思ったら、藍子の肩に手を置いた。そして、頬にキスを落とす。

唇の感触に、藍子の心臓がぎゅっと縮み上がる。

「じゃ、ちょっと行ってくる」

黒瀬が身を起こした際、彼の指先が襟足をかすめた。

「……っ」

藍子は小さな喘ぎを堪えるため、手の中にある用紙をきつく掴んだ。その直後、ドアの開く音が響き渡る。続いて閉まる音がしたが、藍子は顔を上げられなかった。

黒瀬は四方八方から攻めてくる。彼が宣言した〝逃げても無駄だよ。俺は藍子を追いかける〟という言葉は嘘ではなかった。

「こんな調子では、黒瀬くんに堕ちてしまう！」

何故男性に心を許さないのか、もう一度、藍子は自分に言い聞かせる。そして頭を仕事に切り替えて、黒瀬に任された書類作成に集中した。

仕事を開始して二時間が経とうとした頃、黒瀬が戻ってきた。

「お帰りなさい」

腰を浮かせかけた藍子に、黒瀬が頭を振る。

「そのまま続けて。俺はキッチンにいるから」

「はい……」

両手に大きな紙袋を提げた黒瀬が、アイランドキッチンへ向かう。位置的に藍子の真後ろになるので、彼が何をするのかは見えない。

だが、振り返るつもりはなかった。もし好奇心に負けて背後に目をやり、彼がニヤリとしたら、きっと恥ずかしさでいても立ってもいられなくなる。

黒瀬を何とも思っていないと態度で示すため、藍子は仕事を続けた。

しばらくして、まな板の上で何かを切る音や、火にかける音が聞こえ始める。油の弾ける音がしたと思ったら、香辛料の香りが室内に漂い始めた。

食欲をそそる匂いに、藍子の口腔に生唾が込み上げてくる。

黒瀬は料理を作っているようだ。これから友達でも来るのだろうか。

藍子は背後で動き回る黒瀬を感じながら、手元にある用紙に視線を落とした。

どんなに急いでも、まだ数時間はかかる。黒瀬の客が現れても終わっていないようであれば、仕事部屋を貸してほしいと告げよう。

目の前の仕事をやり遂げるために、藍子は集中した。

それから二時間ほどして、作業は無事に終わった。凝り固まった肩の力がやっと抜けていく。

藍子は伸びをしながら立ち上がり、そこでふと、黒瀬はどうしたのかと振り返った。

刹那、藍子に衝撃が走る。

スツールに座った黒瀬がキッチンの台に肘を置き、藍子を食い入るように見つめていたのだ。しかも藍子と目が合うなり、彼は蕩けるような笑みを浮かべた。

「終わった？」

「は、はい……」

「わからなかった箇所は？」

「きちんと補足されていたので、特に問題となる不明な点はありませんでした。プリントアウト中なので、あとで確認お願いします」

「ありがとう。早めに終わらせてくれて助かったよ」

そう言うなり、黒瀬は立ち上がって炊飯器を開けた。そこから大きな肉の塊が入った袋を取り出し、まな板の上に置く。

その光景に、藍子は来客の可能性があることを思い出す。

急いでダイニングテーブルを片付け、帰宅準備をした。続いて、印刷された書類をテーブルに置く。

「それでは――」

藍子が退室の挨拶をしようとするが、それを察した黒瀬に遮られた。彼は料理を盛ったお皿を両手に持ち、顎でリビングルームを指す。そして黒瀬は、リビングルームの低いガラステーブルに並べ始めた。

「何をボーッとしてる？　ほら、早くこっちに座って」

「えっ？　あの……」

藍子が知らぬ間にセッティングされた、二人分のワイングラス、フォークとナイフ、そしてお皿。藍子が呆然と立ち尽くしていると、ワインボトルを持った彼に手を握られた。

「黒瀬くん⁉」

黒瀬に強引に引っ張られて、藍子はソファに腰掛ける。彼は藍子の隣に座り、手慣れた手つきでワインのコルクを抜いた。

どうすればいいのかわからず、藍子はテーブルに並べられた料理に目をやる。カニのむき身サラダ、色鮮やかなミルフィーユ仕立ての寿司ケーキ、ローストビーフといった、美味しそうな料理が並んでいた。

「さあ、グラスを持って」

黒瀬はまるでどこかのレストランで愛しい人を前にした男性のような表情で、藍子を見る。

雰囲気に呑まれて、藍子は思わずグラスを受け取ってしまった。でも、甘い空気を醸し出そうとする黒瀬に引っ張られてはいけない。

自分をきつく戒めながら、藍子は黒瀬と目を合わせた。

「あの、お友達を呼んでいるのでは？」

「友達？　ああ、俺は家に友達を呼ばない主義なんだ。友達と会う時は、必ず外でと決めてる」

「それじゃ、この料理は――」

「藍子の歓迎会だよ。とは言っても、作ったのはローストビーフと寿司ケーキだけで、あとは百貨店の総菜売り場で適当に見繕ってきた」

「わたしのため……」

しみじみと呟く藍子に、黒瀬がグラスを目線近くまで持ち上げた。

「本格的に俺の傍で働いてくれるんだから、きちんと歓迎の意を示さなければと思ってね。改めてよろしく。これからも俺を支えてほしい」

そんな風に歓迎してもらえて、心が躍らないはずがない。

「ほら、乾杯」

「ありがとうございます。乾杯」

ワイングラス越しに見つめる艶っぽい双眸に、胸の奥がざわざわする。藍子の乳房の先端を硬く尖らせるほどだ。

躯が敏感になっていることに気付き、藍子は慌てて口を開いた。

「こうして歓迎してもらえるのは光栄ですけど、ここまでしなくても大丈夫ですよ。黒瀬くんに助力するのが、わたしの仕事ですし」

「わかってる。ただ俺はね、藍子とは仕事の付き合い以上に関係を深めたいんだ。藍子に興味があるって、何度も示してるだろう？」

黒瀬の目に宿る色が、濃くなる。

藍子以外に興味を惹くものはないとでも言いたげな目つきに、躯の中核を焦がす小さな火が燃え始めた。双脚の付け根が戦慄くほど敏感になってくる。

これ以上見つめられたらどうにかなってしまう！

席を立ちたくなったが、逃げればきっと追いかけてくる。下手したら、何故逃げるのか、藍子のトラウマを明らかにしようとするかもしれない。

そうならないためには、何でもない振りをして自分の心を隠す他ない。

藍子は逃げるように、ワイングラスを傾けた。

本来ならゆったりと味わうものなのに、ついごくごく飲んでしまう。

実は藍子は、アルコールに弱く、お酒の席では飲み過ぎないように節制していた。ワインやビールは一杯だけと決め、あとはグラスを空けないようにしている。飲み過ぎると、眠気に襲われてしまうせいだ。

でも今は、そんなことに構っていられない。躯の反応と黒瀬の眼差しから逃れたい一心で、矢継ぎ早にワインを一口、二口と飲んでいく。

お陰で気持ちは平静になってきたが、今度は空きっ腹にアルコールを入れたことで、躯が火照ってきた。全身に気怠さが広がり、グラスを掴むのさえ億劫になる。

藍子は、まるで宙に浮いたようなふわふわした感覚に包まれた。

「藍子って、意外といける口だったんだ?」

黒瀬がおかしそうに笑い、グラスに口をつける。

「……いえ」

勧められても困るし、アルコールに弱いとバレるのもあまりいいとは思えない。

藍子はどっちつかずの返事をするが、黒瀬に見つめられるだけで喉が渇いて仕方がなかった。

この状態ではまずいと思うのに、フルーティな香りに誘われて、ワインを飲むのを止められない。黒瀬が注いでくれた二杯目が空になる頃には、藍子の瞼(まぶた)は重くなり始めていた。

「ワインばかり飲んでたら酔っ払うよ。ちゃんと食べないと」

黒瀬がお皿にローストビーフと寿司ケーキを盛り、藍子に差し出す。藍子は空になったワイングラスを置いて、それを受け取った。

「いただきます」

このまま座り続けていたら、眠気に襲われて意識を保てなくなりそうだった。

黒瀬には悪いが、お皿に盛ってもらった料理を食べ終えたら、何か理由を付けて帰ろう。

そう思いながら、黒瀬手作りのローストビーフを口に入れる。直後、藍子は目を見開いた。思わず隣に座る彼を、食い入るように見つめる。

藍子の反応を予期していたのか、黒瀬は嬉しそうに目を細めた。

「どう？　美味しい？」

「とても美味しいです！　お肉はとても柔らかいし、玉ねぎベースのソースも甘辛くてローストビーフに合ってて……。これを炊飯器で作ったなんて信じられません」

黒瀬は、表面をこんがりと焼いた肉の塊を、炊飯器から取り出していた。あれこそが、このローストビーフの正体だったのだ。

さらに目を惹く色鮮やかな寿司ケーキに意識を移した。サーモンやイクラ、錦糸玉子が盛られたその寿司を口に運ぶ。

酢の塩梅はちょうどいいし、サーモンも脂がのっていて美味しい。

藍子が感嘆していると、相好を崩した黒瀬が二人のグラスにワインを注ぎ入れた。そして、藍子に差し出す。

これ以上飲んだら大変なことになるとわかっているのに、藍子はグラスを受け取ってしまった。

「喜んでもらえて良かった。料理が得意ってわけではないけど、アメリカでパーティに招かれた時は、この二品を作るのが俺の役目だったんだ」

「黒瀬くんの役目？　……わかります。寿司ケーキは見た目が花みたいで可愛いですし、ローストビーフはとても美味しくてワインも進むから。黒瀬くんって、意外と器用なんですね。わたしにもこのローストビーフの作り方を教えてほしい――」

そこまで言って、藍子は言葉を失う。世の女性たちが意中の男性の気を惹くためにしていると聞く媚びを、いつの間にか自分も売っていたからだ。

「意外と器用って……」

黒瀬が噴き出し、ワイングラスを傾ける。美味しそうに飲み干すと、藍子に流し目を向けた。

「藍子が頼むのならレシピを教えてもいいけど、でもこれは……俺が藍子のために作ってあげたいな」

黒瀬が藍子の背後に腕を回した。ソファの背に手をついているので、直に触れられているわけではない。だが、少しずつ距離を縮めてくるので、彼に抱かれているような錯覚に陥る。

これでは数時間前と同じだ。

黒瀬から逃れたくて、無理やり視線を引き剥がす。でも彼は怯まない。徐々に彼の躯が近づいてくる。藍子のグラスを持つ手がかすかに震え始めた。

恋愛から遠ざかっていた藍子ですら、黒瀬の行為が何を意味するのか想像はつく。

呑み込まれてしまう……！

その時、黒瀬が藍子の耳殻(じかく)に唇を寄せた。

「こんな風に誰かのために何かをしてあげたいと思ったのは、藍子が初めてだよ」

黒瀬の声が藍子の耳孔(じこう)をくすぐる。心を揺さぶる甘い電流が下腹部奥へと伝わり、妙な疼(うず)きに支配された。

思わず出そうになった喘(あえ)ぎを、藍子はワインで流し込んだ。

これ以上飲んではいけない。

完全に酔いが回る前に止めなければと認識しているにもかかわらず、どこからか〝逃げずに受け入れなさい〟という声が聞こえる。

相反する感情に耐えきれなくなり、藍子は目を閉じた。

「ワインを気に入ってくれて良かった。他にも、口当たりのいいのもあるんだ。持ってくるから待ってて」

黒瀬は藍子の耳元で優しげに囁(ささや)くと、離れていった。

ソファが上下に揺れ、フローリングを歩く音が耳に入る。黒瀬がキッチンへ向かった。

もしかしたら、今が帰宅するチャンスかもしれない。

藍子は黒瀬に話しかけようとするが、言葉が喉の奥で引っ掛かり、代わりに呻(うめ)き声が漏れた。視界がぐるぐる回り、ガラステーブルにある料理がどんどんぼやけていく。

「……うっ」

目を閉じたのがいけなかった。一気に酔いが回り、重くなった瞼を開けられない。意識も朦朧としてきた。

ああ、どうしよう。眠ってしまいたい……

ワイングラスを持つ腕の力が抜けるが、それを倒してはいけないという思いが強かったのだろう。藍子は静かに手を膝に下ろし、ゆっくりうな垂れた。

「これも美味しいんだ。きっと藍子も気に入ると……藍子？　どうした？　……気分が悪いのか？」

黒瀬の声が焦りに似た声音に変わる。藍子はかすかに躯が揺れるのを感じて、瞼をほんの少しだけ開ける。

「藍子、俺の声が聞こえるか⁉」

「ごめ、んなさい……。わたし、弱いのに……飲み過ぎて、しまって。心配しなくても、……大丈夫です。ただ、もう眠くて……」

黒瀬の顔がボヤけてはっきりと見えない。

そんな状態でも黒瀬を安心させなければと思い、眠気と闘いながらも途切れ途切れに告げる。それが藍子にできる精一杯の努力だった。

「藍子」

黒瀬が藍子を広い胸に引き寄せて支えてくれる。彼から伝わる体温が気持ちよくて、躯の力が抜ける。

強く抱きしめられた感覚を最後に、藍子は深い眠りに誘われていった。

＊＊＊

「俺、最初からお前のこと好きじゃなかったんだよね。ただ、知的な藍子がセックスでどれほど淫らになるのか、そこら辺に興味あっただけで。でも、お前と一緒にいてもまったくそそられなかった。正直、マグロの藍子を抱くのってかなり苦痛だったよ。なあ……自分がどれほど色気がないのかわかってる?」

ジムで鍛えた肢体を惜しげもなく晒す、藍子の彼氏。彼はベッドに腰掛けて、侮蔑の目を藍子に向けていた。そして、細身のジーンズに躯の線を隠す大きめのセーターを着た藍子を眺め回し、苛立たしげに舌を鳴らす。

彼は、藍子に初めてできた恋人だった。藍子の勤め先と取引のある会社の人で、彼を会議室に案内したのが切っ掛けで親しくなった。

彼に告白されて付き合うようになって、数ヶ月。最初こそぎこちなさがあったが、躯を許したことで、今までは言えなかった気持ちをやっと口に出せるまでになっていた。

もっと距離を縮めていきたい――と思った矢先、それは起こった。

贈られた合い鍵を使って、出張から戻る彼のために夕食を作ろうとしたのがいけなかったのだろうか。

玄関の鍵を開けた藍子の目に飛び込んできたのは、色気の漂う女性とベッドで抱き合う彼氏の姿。

彼は藍子の登場に驚いた様子だったが、女性に羞恥は一切なかった。

「俺、ずっと二股かけてたんだよね。藍子じゃ性欲処理できないし。俺の言ってる意味、わかる？　つまり、俺の本命はこっちだってこと」

彼氏がベッドに横たわる女性を顎で指す。そして、玄関に立ち尽くす藍子にもわかるよう、苛立たしげに大きなため息を吐いた。

「ほら、お前のそういうところが嫌なんだよ。すぐに黙るから会話も続かない、彼氏が別の女とセックスしてたと知っても嫉妬すらしない……もううんざりだ！　出ていけよ。ああ、合い鍵は置いていけ」

藍子は握り締めていた合い鍵を、ドアの傍の下駄箱に置いた。

「さようなら、藍子。そうだ、最後に餞別をやる。お前さ、少しは男の悦ばせ方を覚えないと。いつまでもマグロのままじゃ、新しい男ができてもまた同じことの繰り返しだよ。まあ、藍子を好きになる奴なんていないと思うけど」

彼氏の言葉に、ベッドにいる女性が嘲るような笑い声を上げた。

「そんな風に言ったらダメよ。可哀相だわ」

「いいんだよ。これぐらい言わないとわからないだろ？　男の欲望すら刺激できない、色気のない最悪な女だって教えてもらえただけましさ」

恋人だと思っていた相手に、女性として全否定されるなんて……

もうそれ以上聞いていられなかった。

心臓から血が出るのではと思うほどの痛みに襲われる中、何とか震える脚に力を入れて彼氏の部屋を出る。

買い物袋を持つ手の力が抜け、玄関先で落としてしまった。だが拾う気力はない。

彼が藍子以外の女性と関係を持っていた事実もショックだったが、それよりも藍子の胸を締め付けたのは、女性として蔑まれ、欠陥品だと思われていたことだ。

あまりにも辛くて、涙がどんどんあふれてくる。

心が痛い……、もうイヤ……、もう二度とこんな思いはしたくない！

「……っ！」

嗚咽が漏れる。藍子が声を抑えても、涙はあふれる。頬を伝い落ちたそれは、足元を濡らし始めた。

その時、誰かが藍子の頬を撫でて、濡れた目許を拭う。

……えっ？

一瞬にして、記憶にある木々や町並みが眩い光に包まれ、真っ白になっていった。

＊＊＊

「う、……んっ」

小さく頭を動かすと、柔らかな枕の感触があった。男性的なムスクの匂いが鼻腔をくすぐる。そして、藍子を慰めるように動く手の感触が強くなった。

「藍子」

名前を呼ばれた気がしたが、まだぼんやりとしていて、現実と夢の狭間がわからない。

身じろぎすると、腕に温かいものが触れ、男性のボディローションの香りが漂ってきた。

……男性の？

ハッとして、閉じようとする重たい瞼を押し開いた。でも霞んでよく見えない。何度も瞬きして、ようやくぼやけていた視界がクリアになった。

「……えっ？」

そこには、藍子の隣に寝そべってこちらを覗き込む黒瀬がいた。

黒瀬は藍子に手を伸ばし、指の腹で目尻に触れている。

「何がそんなに悲しい？　声を殺して、ずっと泣いてた。辛そうに、とても苦しそうに」

黒瀬の言葉で、夢の中で涙を流していたと気付いた。

藍子は狼狽えながらベッドに手をついて上体を起こす。すると、上掛けが肩から滑り落ちた。

本来なら感じないはずの、腹部を撫でる上掛けの感触。

藍子は恐る恐る自分を見下ろした。

「嘘っ！」

目に入ったのは、レース仕立てのブラジャーだ。

パニックになりながら、上掛けを掴んで胸元を隠す。素肌を隠せて少しホッとするが、何故下着姿で黒瀬とベッドに入ることになったのか、まったく思い出せない。

昨夜、ワインを飲み過ぎたところまでは覚えているが、その後の記憶はなかった。

ひょっとして、黒瀬と……!?

藍子の顔から血の気が引いていく。上掛けを掴む手が震えてきた。

「してないよ。俺は藍子の服を脱がせたけど、セックスはしてないから」

「えっ？」

「確かに藍子がほしいとは言った。でも、俺は意識のない女を抱く趣味はない。セックスは独りよがりでするものじゃないし。それに服を脱がしたのは、藍子がワインを零したからだ」

「本当……?」

恐る恐る黒瀬を窺う。彼は上半身裸だ。鍛えられた胸板や引き締まった腹筋が目に飛び込んでくる。

藍子は、思わず呻き声を上げて目を瞑った。

それがいけなかった。昔の夢を見たせいで、黒瀬と元カレの姿がオーバーラップする。夢と現実がごちゃまぜになっていくのに耐えきれず、手で顔を覆った。

そうしても、元カレの姿は消えない。脇へ追いやろうとすればするほど、投げつけられた暴言が頭の中を占領していく。

「藍子?　……藍子」

黒瀬が藍子の名を呼ぶ。藍子を気遣う声に手を下ろした。

「こっちを見て」

黒瀬が藍子の素肌に触れる。彼は躯を起こし、藍子ににじり寄っていた。

「また泣いてる」

黒瀬が再び藍子の目尻に指を走らせ、流れ落ちた涙を拭う。

涙腺が緩むのは、いろいろなことが重なって起きているからだ。

いつもなら強い気持ちを保てる。しかし、黒瀬に迫られ、そして元カレにされた酷い仕打ちを夢で受けた今、感情を揺さぶられて、藍子は心を強く持てなくなっていく。

「藍子……」

黒瀬はかすれ声で囁きながら、顔を近づけてきた。頬に口づけ、ぽろぽろとあふれる涙を唇で受け止める。

「……っ！」

黒瀬の手が藍子の首筋、肩、二の腕へと滑り下りていき、愛おしむように唇を落とす。

こじれた感情を投げ出して、黒瀬に身も心も委ねられたらどんなに楽だろう。もしかしたら、この恋枯れした心は満たされるかもしれない。

でも、ひとたび藍子を抱いたら、彼も……

「やめて！」

藍子は声を振り絞り、黒瀬の肩を乱暴に押しやる。ところが力が入らず、彼と完全に距離を取ることはできなかった。

藍子の心を読もうと、黒瀬が目を覗き込んでくる。近づくにつれて、素肌を撫でる吐息が伝わってきた。

「やめてください。お願い……」

「藍子、もう一人で苦しむのはやめろ。これまでどおり一生誰にも心を開かず、一人で枕を濡らすのか？　俺は受け止めると言ってるんだ。……吐き出せよ、俺に」

「イヤです！」

「何故」

「嫌われたくないから！」

　そこまで言って、藍子は唖然とした。

　これでは何故そう思うのか、黒瀬に訊いてくれと告げたようなものだ。

　藍子は唇を引き結び、上半身を捻って黒瀬の手から逃れる。だがその僅かな間を待っていたかのように、彼の手が藍子の顎に触れた。無理やり顔を上げろと促される。

　黒瀬の真摯な眼差しに射貫かれて、藍子の心拍が上がり喉の脈が激しく打ち始めた。

「俺が藍子を嫌うって？　勝手に俺の気持ちを決めつけないでほしいね」

「違っ――」

「いや、違わない。藍子は他の男に、……そう、何かを言われたんだな。それが原因で、俺も同じ真似をするんじゃないかと決めつけている」

　藍子は小さく頭を振るが、黒瀬は視線を逸らさない。

「もしかして、前の男が藍子を傷つけた？　ああ、わかった。藍子はその男を愛していたから、傷ついたんだね。つまり俺に嫌われたくない理由は、藍子は俺を――」

「違う！……違います！」

黒瀬の手を振り払って逃げ出したいのに、震えて動けない。感情の昂りを抑え込もうとするが、それも上手くできなかった。

藍子の顎を掴む黒瀬の小指が感じやすい首筋をかすめるだけで、反論の言葉が搔き消えていく。

「じゃ、心の奥に隠す傷を俺に吐き出して。何とも思っていないのなら、俺に話せるはずだ。そして試せばいい。俺がその男と同じ態度を取るのかどうか」

「イヤです。この話はもう――」

「終わらせないよ。やっと藍子の心の奥へ辿り着く切っ掛けを手に入れたのに、俺がここで諦めると思う？」

黒瀬が顎から手を離す。一瞬ホッとした藍子だったが、彼が首筋、鎖骨、肩へ指を走らせるのを感じて、違った緊張に襲われる。喉の奥が引き攣り、喘ぎに似た声を漏らしてしまった。

黒瀬の動きは止まらない。その指でブラジャーの紐を弄び、肩口へ滑らせる。さらに藍子の胸元を覆う上掛けに触れ、引きはがそうと力を込めてきた。

「く、黒瀬くん！」

「意識のない女性に手を出す趣味はないけど、今は違う」

黒瀬のかすれた声を開いて躯の中軸を走る疼きに、堪らず身を縮こまらせてしまう。

すると、ブラジャーの紐が肘まで落ちた。

「あっ……」

黒瀬の片腕が背後に回り、慣れた手つきでブラジャーのホックを外す。

「やめて！」

黒瀬は藍子の言葉など聞かない。藍子の首筋に、肩に、唇を落とした。その感触に躯が反応して、乳首が硬くなっていく。

黒瀬の攻めをどうにかしてかわさなければと思うのに、吐息で肌を愛撫されるだけで、何も考えられなくなる。心に築く壁が崩れ始めていった。

「藍子、先に進むよ」

黒瀬の手が、背筋に沿って下へと滑る。腰を通り過ぎ、パンティの中へ指が侵入してきた。

「ン……ぁ」

びりびりとした刺激が尾てい骨に走り、躯がビクンと跳ねる。

このまま身を任せたい……

心が傾きかけた瞬間、藍子は黒瀬に押し倒されていた。

躯にかかる黒瀬の体重。彼が呼吸するたびに動く筋肉までわかる。逞しい大腿、硬くなった彼の象徴部分の感触も生々しく伝わってくる。

黒瀬は、本気で藍子を求めている。

俺の気持ち、わかるだろう？　――そう伝えるように、黒瀬が腰を動かして藍子の下腹部に昂りをぐいぐい押し付けてくる。嘘偽りのない躯の反応が、彼の想いを証明していた。

それが嬉しくて、藍子の心は黒瀬への愛であふれそうになる。だが、藍子が魅力のない女性と知れば、彼の欲望は一瞬で萎えるだろう。

黒瀬に躯を許したあとで蔑まれるくらいなら、幻滅されたとしても触れられる前に真実を話す方がよっぽどいい。

もう二度と、絶望したくない！

「黒瀬くん、イヤ……やめて。お願い、触らないで」

鼻の奥がツンとなって痛みが走る中、藍子は躯を捻り黒瀬のキスを避けた。視界がぼやけてきたのを感じて、腕で泣きそうになる顔を隠す。

「もう、こんな風に弄ばれるのは我慢できません。だから話します。わたしを知れば、黒瀬くんの興味は絶対に失せるから……」

本当なら黒瀬の目を見て伝えた方がいいとわかっている。でも、これから女性として欠陥があると告げるのに、何でもないように話す強さは藍子にはなかった。

藍子は静かに手を下ろして、ベッドサイドに置かれたシェルランプをじっと見つめた。静かな室内に、空調の音がかすかに響く。その音さえも、藍子を追いかける黒瀬の圧力のように感じられる。

藍子はため息を零し、話し始めた。

「わたしは、黒瀬くんがこれまで目を留めてきた女性とは違います。とても平凡なんです。女性として男性をその気にさせる色気もなければ、悦ばせる術も知らない。わたしはそういう女なんです。そんなわたしと付き合うのが苦痛だと……昔の彼氏に言われました」

当時の辛い記憶に苛まれて、言葉が喉に詰まる。シェルランプの輪郭が滲み始めた。堪らず目を閉じると、大きな雫が零れ落ちた。

「理由はそれ一つだけじゃないよね？　その男、他に何て藍子に言った？」

黒瀬が藍子をあやすように、頬や額にかかる髪をそっと払う。その触れ方があまりにも優しくて、藍子の胸に温かいものが湧き起こった。

嗚咽が出そうになるが必死に呑み込み、平静を心掛けて息を吸い込んだ。

「付き合っていた彼氏に二股かけられていました。浮気されたのではなく、わたしが遊ばれたんです。当然ですよね。女性として惹き付けるものが何もなかったんですから。セックスだってそう。彼の望むとおりに振る舞えない、彼を上手く誘えないわたしを、彼は罵りました。……マグロのわたしを抱くのが嫌だったと、はっきり言ったんです」

誰にも打ち明けたことのない心の傷を、とうとう暴露してしまった。しかし、後悔はない。黒瀬に抱かれたあとで失望されるくらいなら、真実を告げて彼を避ける方がずっと楽だ。

「黒瀬くんが知りたかったこと、これでわかりましたよね？　男性に傷つけられるのは、もう二度とごめんなんです。わたしにちょっかいを出すのは、時間の無駄――」

黒瀬を跳ね返そうとする藍子の手を、彼が掴んだ。そして驚く藍子などお構いなしに、ベッドへ押さえ付ける。

「何だ、そんなことが理由だったんだ」

「えっ？」

何故か黒瀬は朗らかに笑っていた。しかも、その目には情熱の色を濃く宿している。

「もっと酷い話かと考えてたよ。頑なに心に鍵を掛けながらも、目で何かを訴えていたから。だけど、些細な理由だったと知って安心した」

「さ、些細？」

女性として傷つけられたことがトラウマになっているのに、黒瀬はそれを軽く片付ける。

黒瀬に自分の気持ちをわかってもらおうとは思っていなかった。

でもまさか、こういう展開になろうとは……

藍子の胸に痛みが走る。黒瀬の顔を見ていられず、藍子は彼の傍から逃げようとした。だが、彼はそれを許さない。

「離してください！　わたしがどんなに惨めな思いをしたか、黒瀬くんには絶対にわからない！」

「うん、そうだね。でも、俺は藍子の元カレの気持ちが何となくわかるけど」

「……えっ？」

黒瀬の言い方に引っ掛かり、藍子が彼を仰ぎ見ると、彼は先ほどと変わらない様子で藍子を見下ろしていた。

「もちろん二股云々に関しては、まったく理解できない。付き合っている時はお互いに誠実であるべきだと思うから、彼に同調などしない。ただ、セックスに関しては、悪いけど予想がつく。きっとそいつ、劣等感があったんじゃないかな。自分の手で藍子を変えたかったのに、結果それができなかったから」

「変えたかった？　……わたしを？」

何故そう思うのかと、目で問いかける。すると黒瀬は上体を起こし、藍子の手を引っ張った。

慌てて上掛けで胸元を覆う。同時に、黒瀬が藍子の肩に両手を置いた。

「男って、好きな女を自分の色に染めたいって願望が少なからずあるから。開拓したい性があるんだ。でも、そいつはできなかった。自分の不甲斐なさを感じていたからこそ、攻撃的な態度に出たんじゃないかな。藍子の躯を開けなかったのは自分のせいじゃない……と言い訳してね」

黒瀬が藍子を慰めるように、むき出しの首筋や鎖骨、布越しから覗く胸の谷間へと静かに指を走らせた。指が肌を這うだけで、火が放たれたみたいに熱くなっていく。特に、乳房に触れられると、下腹部奥が切なくきゅっと締まった。

「黒瀬、くん！」

藍子の声がかすれる。それでも黒瀬の動きは止まらない。上掛けを持つ手の力が抜けそうになった時、彼の指が再び鎖骨から首筋に戻り顎を軽く撫でた。

「藍子は一途に想っていたんだな。元カレの言葉がトラウマになってしまうほどに。些細なことだと言って悪かったよ。でもあれは、藍子を笑ったわけじゃない」

「えっ？」

黒瀬はふっと口元を緩めて、藍子の下唇に指を這わせた。

「藍子は、辛い出来事で生じた感情をずっと胸の奥に抑えてきたんだと思う。だから、感情を爆発させてほしかったんだ。さっきみたいに心を解放してもいいんじゃないか？　元カレの酷い仕打ちを理由に、自分のすべてを否定するのは悲し過ぎる。藍子、目の前にいる俺を見て。俺が藍子のトラウマごと受け止めるから」

黒瀬の言葉は、真っすぐに藍子の心に飛び込んできた。それは希望の光矢(こうや)となり、幾(いく)十(そ)にも築いた壁と頑丈にかけてきた鍵を破壊する。

傷ついた心が露(あらわ)になった瞬間、自然と涙があふれ出た。藍子の背中に両腕を回した黒瀬に引き寄せられる。

「藍子に、男心を惹き付けるものがないなんて嘘だ。この俺をここまで夢中にさせてるんだから」

「黒瀬くん……」

藍子はおずおずと両腕を上げて、黒瀬を抱きしめ返した。

黒瀬の熱い体温、拍動音、そして肩を濡らす吐息。それらすべてに、藍子の心は慰(なぐさ)められていく。自分が女性として欠陥品ではないと、彼が言葉と態度で思わせてくれた。

「藍子、俺と付き合ってくれないか。俺の恋人になってほしい」

まさかの告白に、藍子の心臓が激しく打つ。

黒瀬は、彼になびかない藍子に興味を持っただけだと思っていた。躯(からだ)を求めたのも、その延長だと理解していた。

なのに、藍子の過去を知った今でも、付き合いたいと言うなんて……

「待って」

「生半可な気持ちで告白してはないよ。俺は、藍子の心に住み続ける元カレの存在を消したい。というか、そいつにかなり嫉妬してるぐらいだ。それほど俺は、藍子を誰にも渡したくない」

黒瀬は真剣な面持ちをしていた。そこに嘘があるとは思えない。

藍子の方も、黒瀬への想いはある。それならば素直に〝好きです〟と告白してもいいはず。だけど、どうしてもそう言えない。

黒瀬が足を踏み出せと背を押してくれているのに……

「藍子？　さあ、返事を聞かせて」

「……ごめんなさい」

藍子の口から出たのは、黒瀬を拒絶する言葉だった。

元カレに振られて以降、藍子は男性を拒み続けている。黒瀬に惹かれている自覚があっても、気安く彼を受け入れる決断は、藍子にはできなかった。

もし、黒瀬が藍子の性格を知って苛々した態度を露にしたら？　やっぱり女性として魅力がなかったと思われたら？

想像するだけで怖さが先に立ち、一歩も踏み出せない。

「そうか……。辛い思いを告白させたあとだから、戸惑いもあるよな。だけど俺は諦めない。俺の気持ちが藍子に届くまで、何度でも口説くから。言っただろう？　覚悟しておけよ」

断られたというのに黒瀬は問題ないと微笑み、藍子の頭を掻き抱いて髪に口づけした。

黒瀬の仕草から伝わるのは、藍子を慈しむ想い。彼の心を疑う余地はないのに、藍子の気持ちは重かった。

長年煩った恋枯れは重症で、藍子の心に重い石となって沈んでいく。ただ、その石に、もう鎖は付いていない。それは、黒瀬が断ち切ってくれた。

ほんの少しだけ、藍子のこじれた心は軽くなったかもしれない。でも、黒瀬の家で担う仕事が終わっても、彼の想いに応える勇気は生まれなかった。

第三章

——九月。

藍子は久し振りに都心へ向かう満員電車に乗り、会社に出勤した。

たった二週間なのに、随分長い時間が経った気がする。ある意味女性としてのプライドが回復し、さらに忘れていた恋情が目覚めてしまったからかもしれない。

黒瀬の告白を断った今でも、彼への想いは消えるどころか募っていく。

それが藍子を苦しめる。

黒瀬を好きなのに、彼の告白をどうしても受け入れられない。そのジレンマに悩み続けていた。

それが顔に表れていたのだろう。

「おはようございます」

「かっ、茅野さん⁉　……おはようございます」

すれ違いざまに挨拶するたび、同僚たちの誰もが、驚いて振り返る。それほど藍子は酷い顔をしているのだ。

でも、しばらく経てばきっともとの状態に戻る。

黒瀬が出社すれば、彼には別の専属秘書が付けられるだろう。

一課に所属する藍子がその後を任されることはない。

これまで毎日黒瀬の傍にいたので、最初は会えない辛さを感じるかもしれないが、いい面もある。黒瀬と離れている間に、自分の気持ちと向き合える。

藍子が秘書室へ向かっている時、ふと、廊下の掲示板が目に入った。

そういえば、今日は九月一日だった――と思い、そこに貼られた人事異動発令書をちらっと見る。何気なく斜め読みして通り過ぎようとするが、藍子の足が止まった。

「えっ？　な……何⁉」

何とそこには、藍子の名前が書かれてあった。しかも一課から二課への異動と明記されている。

秘書室では、上司の推薦と本人の希望が合致して初めて二課へ異動となるのが、今までの不文律だった。藍子は異動願いを出していない。だからこの人事はあり得ない。

藍子は慌てて走り出し、秘書室のドアを開けた。既に出社している後輩たちが息を乱す藍子を見て驚いた表情になるが、気にせず藍子は高市のもとへ向かう。

「高市主任おはようございます。今、お時間よろしいですか？」

「あ、ああ……」

「掲示板を見ました。わたしが二課への異動ってどういうことなんですか？　確かに、これまで何度も推薦をいただいてますが、わたしは一課でと希望していて、それを受け入れてくれたはず。それなのに――」

するど、高市が目をぱちくりさせて、立ち上がった。

「ちょ、ちょっと待ってくれ。俺はてっきり茅野さんの仕事が上手くいって、こういう形になったと思ってたよ」

「仕事が上手く？　それってどういう意味ですか？」

「一週間前かな。異動の件が俺に報告されたのは。二課への異動、システム開発室の室長補佐、黒瀬湊人の専属秘書とあった。だから俺は、今の仕事ぶりが認められたからだと思ってた」

「わたしが黒瀬さん……付き？」

　藍子は呆然とする。どうしてそうなったのか把握できないまま、あれよあれよという間に朝会が始まり、正式に藍子が二課へ異動となった旨が口頭で報告された。

「以上だ。それでは本日もよろしく頼む。あっ、茅野さん、二課のデスクへの移動は急がなくていいから。新しい業務に取り掛かることを優先してくれ」

「はい」

　藍子が返事して、そこで散会となった。

　これから黒瀬に挨拶しにいく。そう思っただけで、藍子の躯に震えが走る。下腹部奥に熱が生まれ、じんわりと広がっていった。

　黒瀬くんとの関係は、もっと時間をかけて考えたかったのに――と奥歯を噛み締めた時、後輩たちが藍子に群がってきた。

「茅野先輩！　二課への異動は望んでいないって言っていたのに、いったいどういうことなんですか？　別件の仕事で忙しくされてると思ったら、異動辞令……しかもシステム開発室室長補佐の専属⁉」

　まず詰め寄ってきたのは、男性社員の間でとても人気のある、二十五歳の安座間友里だった。

一課に所属している安座間は、見事なFカップとすらりと伸びた手足を持ち合わせているところから、秘書室のグラビアアイドルと呼ばれている。その彼女が唇を尖らせて、藍子に嫉視を向けてきた。

安座間が動くたびに、緩く巻いたセミロングの毛先が乳房の上で跳ねる。男性社員の目がそこへ吸い寄せられるのを自覚していて、さりげなく髪に触れる仕草は見事だ。

藍子は安座間の女子力に圧倒されつつも、小さく頭を振った。

「わたしは別に何も――」

「それは嘘ですよね？　だって、上は茅野先輩を二課に推薦してましたけど、あれって……年齢に配慮なさってただけですし。役員付きになれる容姿ではないけど、他の女性秘書の手前、推薦せざるを得なかった、っていう」

「安座間先輩、そういう言い方は……」

二十三歳の森宮紗理奈が可愛らしい顔を顰めて安座間の袖を引っ張り、藍子を心配げに見つめる。藍子は森宮が新入社員だった頃、彼女の指導係だった。そのためか、彼女は今も藍子を慕ってくれていた。

森宮は言葉が過ぎると安座間にやんわり指摘したが、相手は先輩だ。

それで言葉を濁したが、言われた安座間はというと、森宮の方がおかしいとでも言いたげに眉根を寄せた。

「どうして？　これは秘書室の皆が知ってる話だもの。わざわざぼかさなくたっていいでしょ？　それに――」

安座間は藍子に視線を投げ、男性なら誰もが心臓を射貫かれるのではと思うほど妖艶な笑みを浮かべた。

「秘書室に配属された茅野先輩以外の女性は、皆三十歳になる前に幸せを掴んでる。特に二課に異動した秘書は、取引先の役員と縁のある男性と引き合わせてもらってゴールイン。それが秘書室のお決まりのパターンですよね」

安座間の話で、二課の後輩秘書たちがクスクス笑う。彼女らは艶のある髪をさりげなく耳にかけ、左手の薬指に光るリングを見せつけた。

「なのに、茅野先輩が二課へ異動となったら、そういう慣例が壊れてしまうじゃないですか。後輩のために、そこは絶対に断ってほしかったのに」

安座間は少し拗ねたような表情をするが、しばらくすると小首を傾げて可愛らしく微笑んだ。

「あっ、だからといって茅野先輩を貶してるんじゃないんですよ！　それだけはわかってくださいね。茅野先輩が上の方たちからどれほど信頼されているか、あたしたち後輩は皆知ってます。ただ、何故茅野先輩があたしたちが羨む仕事を得られたのか知りたくて。ねっ」

安座間が周囲の秘書たちに目配せする。彼女たちの同意を得て、安座間は再び藍子に向き直った。

藍子は自分が他の秘書たちと違い、目立つ存在でもなければ、男性の目を惹く女性でもないことを自覚している。だからこそ、これまで穏便に過ごせてきた。しかし藍子が二課へ異動したせいで、それは一変する。

後輩の安座間が、まさかここまで強く出てくるとは……

安座間は藍子には到底真似できない科を作り、さらに上目遣いをしてきた。

「茅野先輩。あたしたちにその秘訣を教えてくれないんですか？」

「ごめんなさい。今回の件は、本当にわたしの意思とは違うところで――」

説明しようとする。そこへ、高市が手を叩いて割り込んできた。

「ほら、話はそこまでだよ。さあ、皆仕事に戻って。茅野さんも、黒瀬室長補佐と面識があるとはいえ、最初の挨拶が肝心なんだ。早く準備を」

「えっ？　ご存じなんですか⁉」

藍子が返事する前に、安座間が口を挟んだ。高市は藍子にメモを渡したあと、安座間に向き直る。

「そうだよ。茅野さんの秘書としての資質が認められたんだ。安座間さんも、彼女のあとに続けるように頑張ってくれよ」

高市に言われて安座間はにっこりするが、彼が背を向けた途端に笑顔を消す。そして、何か考え込むような様子で自分の席に向かった。

「あの、あまり気になさらないでくださいね。安座間先輩、茅野先輩が特別待遇を受けてるって機嫌が悪くて……」

「心配してくれてありがとう。わたしは大丈夫よ。仕事に私情を挟むことはないから」

森宮に微笑みかけると、彼女はホッとした表情で胸に手を置いた。

「良かった……。あたしも、茅野先輩みたいになれるように頑張ります！」

森宮は可愛らしく会釈をし、自分のデスクへ戻っていった。藍子も黒瀬と対峙する準備を始める。

まず黒瀬に会い、どうしてこういう流れになったのか訊かなければ……

藍子は黒瀬に挨拶に行くために秘書室を出るが、彼に会うと考えただけで心臓が早鐘を打ち始めた。緊張を抑えられず、高市から受け取ったメモを握り潰してしまう。

ハッとして、すぐに手を開いてメモの内容を確認する。そこには、黒瀬に与えられた個室の番号が書かれていた。

セキュリティ管理が厳しいシステム開発室に足を踏み入れる。そこで仕事をしている社員たちに軽く会釈し、ガラス張りの個室が設けられた奥へ向かった。

黒瀬の部屋はブラインドが下ろされているため、廊下から中を窺い知ることはできない。

システム手帳を強く掴んだ藍子は、暗証番号を打ち込むセキュリティパネルをちらっと見てドアをノックした。

「誰？」

「茅野です」

名を告げると鍵が開く音がした。藍子は一度深呼吸して、ドアを開ける。

空気がふわっと動き、黒瀬の男らしい香りが藍子の鼻腔(びこう)をくすぐる。もう嗅(か)ぎ慣れているはずなのに、ドキッとした。

「やあ」

大きな椅子を回転させて、こちらを見る黒瀬。

藍子の躯(からだ)がカーッと熱くなった。そこにいたのは、きちんとネクタイを締めた黒瀬だった。

他の社員と同じ恰好なのに、黒瀬は別格のように感じる。

これまでラフな恰好しか見ていなかったため、余計にそう感じてしまうのだろうか。

藍子は声を零しそうになったが、何とか堪(こら)えて目線を少し落とす。だが、それがいけなかった。

シャツ越しでもわかる、黒瀬の逞(たくま)しい胸板と鍛(きた)えられた筋肉、引き締まった腰。さらに肘掛けに手を置く骨張った手や綺麗な指先が目に入り、そのすべてに男の色気を感じてしまう。

意識を別のところへ持っていこうと試みるのに、躯が反応するのを抑えられない。

「俺の家に来る時はワンピースが多かったけど、そういうスーツもいいね」

今日の藍子は、膝丈のタイトスカート、レース仕立てのキャミソール、そして薄手のジャケットを羽織っている。

後輩秘書たちと比べれば、かなり控えめな恰好だ。

でも黒瀬と会うなら、もう少し肌の露出を抑えたのに……

「今日は、久し振りの出社だったので……」

湧き起こった動揺を悟られないよう顔を上げる。でも、黒瀬と目が合うだけで、藍子の頬が紅潮した。

藍子がまごついていると、黒瀬が楽しそうに口角を上げた。

「久し振りの出社か。ひょっとして、それで眼鏡を忘れた？」

「えっ？　……嘘！」

慌てて顔に触ると、そこにあるべきはずの伊達眼鏡がなかった。

藍子は黒瀬のベッドでやり取りしたあの日を最後に、眼鏡をかけるのを止めていた。

黒瀬の手から逃れるには、彼が興味を持つ態度を取らないのが一番いいという結論に行き着いたからだ。

そういう日々が続いたために、すっかり眼鏡の存在を忘れてしまっていた。

そしてそこでハッとする。

今朝出社した時、すれ違った社員たちのほとんどが、驚いた様子で藍子を見た。あれは、いつもかけている眼鏡がなかったからかもしれない。

藍子が肩を落とすと、黒瀬がぷっと噴き出した。

「何となく、理由がわかったよ。だが言っておく。俺の前でかけるのは許さないっていうのは、会社でも継続だから。もう藍子の心は開いているはず。伊達眼鏡で壁を作る必要はないはずだ。そうだろう？」

藍子は反論しようと口を開けるが、結局は言葉を呑み込んだ。

黒瀬の言うことは正しい。元カレに植え付けられたトラウマは、完全になくなったとは言い難いものの、藍子の心の鍵はもう壊れていた。

とはいえ、黒瀬の言い分をすべて認めるのは癪に障る。藍子はぷいっと顔を背けた。

「ところで、どうしてわたしが黒瀬くんの秘書になったんですか？」

話題を変えると、黒瀬はそれ以上追及することはなかった。ただ、思わせぶりに藍子を誘うような笑みを浮かべる。

「俺の傍で仕事をしたくなかった？　〝茅野さんは必要ない〟と言ってほしかったかな」

黒瀬が立ち上がってネクタイの結び目に指を入れ、少し緩めた。誰もがする普通の仕草なのに、藍子の息遣いが乱れる。

黒瀬の問いかけに何も言えずにいると、彼が藍子の正面にやって来た。

触れ合っていないのに、ぶつかり合うお互いの熱。それは藍子の身も心も焦がそうとする。躯の芯を揺るがす疼きが手足にまで広がった時、黒瀬が覆いかぶさるように顔を近づけてきた。

「上司が俺に秘書を付けると言った際、俺は藍子にしてくれと要望を出した。彼女は俺の信頼を勝ち得た、とね」

黒瀬が真剣な面持ちで話す。藍子を秘書として認めてくれたのだと心が躍る。それが伝わったのか、彼はふっと表情を和らげた。

「藍子と一緒にいたいからじゃない……とわかってくれたみたいだね。もちろん、その気持ちがないとは言えないが。俺はね、藍子の秘書としての技量を認めてる。今の俺に、藍子以外の秘書は考えられないから、指名させてもらった」

どうして黒瀬は、こうも簡単に藍子を喜ばせられるのだろう。

黒瀬がさりげなく藍子の肩を抱き、一人掛けのソファへ促した。

「藍子は俺の心を射止めたんだ。もっと自分に自信を持つべきだよ」

黒瀬がソファに腰掛けた藍子に、柔らかく告げる。

これまでこんな風に藍子に接し、理解しようとしてくれた男性はいない。

黒瀬の胸に飛び込めば、これまで感じたことのない喜びに包まれるだろう。でも、まだその一歩を踏み出せない。迷路の中で迷子になったように、身動きできなかった。

「これまで同様よろしく頼む」

藍子は黒瀬の声で我に返る。

正直な話、藍子は一課で静かに仕事をしたかった。だけど、ここまできたらもう断れない。藍子にできるのは、黒瀬の専属秘書として精一杯務めるだけだ。

「こちらこそ、どうぞよろしくお願いします」

挨拶（あいさつ）し終えたあと、藍子は初めて黒瀬の仕事部屋を見回した。彼の家のＰＣルームより狭いが、作業に必要な複数の機器が揃っている。

この部屋なら、黒瀬は充分に集中して取り組めるだろう。

黒瀬が小さなテーブルを挟んだ向こう側の椅子に腰掛けるのを確認して、藍子は基本のスケジュールを説明し始めた。

専属秘書と言っても黒瀬は役員ではないので、藍子が彼の部屋に常駐するわけではない。今日以降、藍子は毎朝黒瀬のもとへ来て、スケジュールを確認したあと、一旦秘書室へ戻る。そして、午後に再び来る旨を説明する。

「黒瀬くんの仕事を優先するために、こちらの部屋で対応させていただくこともあります。その点はご了承ください。また、仕事で外出される場合は必ず付き添います。最後になりますが――」

ずっと黙って説明を聞いている黒瀬を、ちらっと窺う。彼はゆったりした所作で脚を組み、藍子を観察するような目を向けていた。

ドキッとするが、藍子はそれを押し隠して続ける。

「わたし以外の秘書に仕事を頼むのはお止めください。スケジュール管理ができなくなる恐れがありますので。以上です。黒瀬くんから、事前に訊いておきたいことなどありますか?」

黒瀬はうーんと唸って、考え込む。そして急に目を輝かせた。

「今日の昼食は、一緒に食べてもらえるかな」

「昼食?」

「初日は、藍子と食べたいなと思って」

不意打ちの誘いに、思わず目を見開く。

黒瀬と二人きりにならない方がいいという考えが瞬時に頭を過る。秘書室の同僚や他の社員から、調子に乗っていると勘違いされる可能性があるためだ。

藍子が返事に窮していると、黒瀬が膝に肘を置いて前屈みになる。

「俺と一緒は嫌? 出勤初日を藍子に祝ってほしいんだけど。あわせて、社内のこともいろいろ訊きたいし」

確かに、黒瀬の話は尤もだ。担当となる上司とコミュニケーションをとり、円滑な関係を築くのは、秘書としての役目でもある。秘書室で起こったことを気にするあまり、仕事を疎かにするのは、絶対に間違っている。

「わかりました」

「よし！　これで午前中は仕事に集中できる」

黒瀬が両手を突き上げて、気持ちよさそうに大きく伸びをした。その表情を見る限り、彼がとてもリラックスしているのが伝わってくる。

だからといって、油断はできない。役職に就けば、社内外で必要な付き合いが多くなる。そこを補佐するのも、藍子の役割だ。

「初日なので、上司が会食を設定する可能性があります。その場合、わたしとの約束はキャンセルさせていただきます」

黒瀬に釘を刺した藍子は、話はこれで終わりだと示すように、システム手帳を閉じた。

「それでは、また午後に――」

「違う、昼食だ」

藍子は頬を緩めて、小さく頷く。

「そうですね。では、昼食時に」

　藍子が立ち上がると、黒瀬も続いた。ドアに手をかける藍子に、彼がメモを渡す。

「この部屋の暗証番号だ。俺が部屋にいなくても入っていいから。セキュリティパネルに社員証を通したあとにこれを打ち込めば鍵が開く」

「わかりました。では、わたしはこれで……」

　システム手帳のポケットにメモを入れる。不意に手元に影が落ち、藍子はおもむろに視線を上げた。黒瀬の手が藍子の側頭部に触れて上体を屈めてきたのに気付く。

「黒瀬――」

　そう囁く藍子の唇を、黒瀬が塞いだ。

　えっ？　……キス、されてる⁉

　黒瀬はすぐに離れたので、一瞬本当にキスされたのかと疑うほどだ。だが、藍子の唇に残る温もりと、黒瀬の唇に付着した藍子のグロスで、口づけされたという事実がじわじわと脳に浸透していった。

　黒瀬が満足そうに微笑む。

　それだけで、二人の間に濃厚な空気が広がった。黒瀬のズボンが藍子の膝に、ネクタイがキャミソールに触れる。躯には一切接触していないのに、そこかしこが熱を持ち始めた。

「俺の家に来ていた頃とは違って、今の方がとても――」

黒瀬が言いかけた時、執務室に電話の呼び出し音が鳴り響いた。甘く張り詰めた空気が弾け飛ぶ。

「すみません！」

藍子は慌てて黒瀬の傍を離れ、デスクの受話器に飛びついた。

「はい、黒瀬執務室、秘書の茅野です」

声が上擦り、心もち早口になるが、相手の男性は気にならなかったようだ。藍子はホッとしながら、「お待ちください」と答えて黒瀬に向き直る。

「プロジェクト推進チームの三浦さんからです」

受話器を差し出す藍子の頭に、黒瀬が優しく触れた。

「ありがとう。じゃ、またあとで。昼食の約束を忘れるなよ」

受話器を渡す時、黒瀬と指が触れる。藍子の指先が敏感に反応し、ピリピリし始めた。早くこの部屋から出ないと、どうにかなってしまう！

藍子はすぐさま会釈して、黒瀬に背を向けた。そんな藍子を彼がおかしそうに見つめている気配を感じたが、何も言わず廊下に出て、静かにドアを閉めた。

こんな調子が続けば、いずれ藍子の秘書としての仕事に支障をきたすだろう。仕事に集中できなくなる前に策を講じる必要があるが、いったいどうすればいいのだろうか。

藍子は心を落ち着かせるために、伊達眼鏡の位置を直そうとした。だが、触れるのは自分の鼻のみ。

「そうだった……」

今日は眼鏡をしていないのを思い出し、藍子は力なくドアに凭れてため息を吐いた。

その後秘書室に戻ったが、後輩たちの好奇心と嫉妬に満ちた目に、心が安まることはなかった。

明日から再び伊達眼鏡をかけようかと思うものの、黒瀬に不要と強く言われている。彼の言葉を無視すれば、また彼に眼鏡を奪われてキスされるかもしれない。

藍子は黒瀬にされたキスを思い出して頬が熱くなったが、すぐに感情を脇へ押しやった。

今は仕事中だ。

気持ちを切り替えるために、手元の資料に意識を集中した。

数時間後、主任が早めの昼食を取るために秘書室を出ていった。ほどなくして、ノックの音が室内に響く。

「失礼します」

聞き慣れたバリトンに、ハッとする。開いたドアの傍に、黒瀬がいた。

男の色気を漂わせる黒瀬に見惚れて、皆動けずにいる。

黒瀬はというと、注目を浴びていても気にせず、室内を見回す。そして藍子を見つけると、硬い表情を解いた。

「藍子……いや、茅野さん。ちょっといい？」

黒瀬が藍子に手を上げると、後輩たちの目がさっと藍子に向けられる。

肌を突き刺すような視線。汗が滲むのを感じながら、藍子は席を立った。ちらっと時計に目をやると、昼の休憩時間までまだ三十分もある。昼食に誘いに来るには、まだ早過ぎる。

不思議に思いつつも、藍子は彼のもとへ急いだ。

「いったいどうされたんですか？　携帯か内線で呼び出してくださったら、わたしから伺いましたのに」

「ちょうど俺の仕事が一段落ついたのと……、あと藍子の顔を見て話したいことがあって」

黒瀬がそこで何かに気付いたように口を閉じ、室内に視線を投げる。振り向くと、聞き耳を立てる後輩たちの姿があった。

「廊下で話していいか？」

「はい」

黒瀬に従って廊下に出るが、藍子はすぐに「……どうしたんですか？」と訊ねる。しかし黒瀬は問いに答えず、藍子を廊下の端に誘った。そして立ち止まるなり、藍子の腰に両腕を回した。

「く、黒瀬くん!?」

黒瀬の両脚の間に立つ藍子は、必死に彼の胸を押し返して距離を取ろうとする。しかし彼はそれを許さない。

「仕事中ですよ！　それに、いつ誰が来るか――」

「何？　藍子には、見られて困る男がいるわけ？」

「何を言ってるんですか！　そんな人はいません。知っているでしょう？　わたしが何故男性と距離を――」

「わかってる。わかってるけど……せっかく藍子と昼食の約束をしたのに！」

額が触れ合うぐらいまで、黒瀬が上体を屈めてきた。この状況に焦りつつも、彼が悔しそうな表情をしているので何も言えなくなる。

「藍子の言ったとおりだった。さっき、部長が部屋に来て、今日は俺の初出社だから昼食を一緒にと言われた。向こうでは、こんなことあり得ない！　休憩時間を拘束する命令など……」

藍子はぷっと噴き出した。黒瀬を押し返そうとした手を腕に移動させて、軽く叩く。

「そういうものですから、観念してください」

やはり思っていたとおりだった。初日なので何かしら誘いはあると踏んでいたので、藍子に驚きはなかった。

これは、黒瀬が期待されている証だ。

だが黒瀬本人は、この特別待遇をよく思っていない。彼にとって大切なのは、上司との会食よりも、プログラムの方なのだ。

何故だろう。藍子は黒瀬が望まない付き合いや雑務についての部分を、徹底的に補助してあげたい気分になってきた。これまで幾度となく上司たちの命令に従って尽力してきたが、それとは違う想いが込み上げる。

黒瀬だけのために動いて、彼を支えてあげたい……

藍子はしっかり顎を上げて、背の高い黒瀬を見上げた。

「わたしとの食事でしたら、いつでも行けます」

「それなら明日、金曜日の夜、一緒に夕食はどうかな。会社を離れたら、もうプライベートだ。誰かに邪魔される心配はない。それに土曜は休みだからゆっくりできるし」

「わたしと？」

「藍子以外の女性と出掛けたいとは、全然思っていないけど？」

黒瀬が意味ありげに片眉を上げて、おかしそうに口元を緩める。

藍子が男性と個人的に出掛けるのは、元カレと別れて以来、初めてになる。しかも、好きな人と二人きりでだ。そう思うと躯に緊張が走るが、同時にこれまで感じたことがないワクワク感もあった。

「いい？」

もう一度黒瀬に訊ねられて、藍子は承諾の意を込めて頷いた。

「じゃ、時間はまた明日決めよう。俺、そろそろ行かないと」

黒瀬が藍子の腰から手を離して、腕時計に視線を落とす。彼が何故ここに来ているのか思い出した藍子は、一歩下がって彼の傍を離れる。

その時、秘書室のドアが開いて安座間が姿を現した。

「茅野先輩！　……あっ、お話をなさってたんですね。お邪魔してしまい申し訳ありません」

安座間は謝りながらも輝くような笑みを浮かべて、藍子たちに近づいてきた。胸元がV字に開いたブラウスからは谷間が覗き、歩くたびに豊かな胸が揺れるのが目に入る。

同性の藍子でさえそこに視線が吸い寄せられるのだから、きっと黒瀬はもっとだろう。大抵の男性を虜にするグラビアモデルのように綺麗な彼女を見れば、彼も男心を刺激されるはず。

不意に、藍子の心臓にぎゅっと締め付けられるような痛みが走った。

……っ？　これはいったい？

「――先輩、茅野先輩ってば。聞いてます？」

「えっ？」

藍子は安座間の可愛らしい声に、いつの間にか俯けていた顔を上げた。彼女は小首を傾げて、上目遣いで藍子を見ている。

「もう、どうなさったんですか？　いつもの茅野先輩らしくないですよ。……紹介してくださらないんですか、そちらにいらっしゃる方を」

安座間が黒瀬にちらっと視線を走らせて合図を送る。藍子はすぐに「ごめんなさい」と謝り、黒瀬を振り仰いだ。

「彼女はわたしの後輩で安座間友里さん。彼はシステム開発室の室長補佐、黒瀬湊人さん」

紹介が終わると、安座間は黒瀬への好意を隠さずに華やかに微笑んだ。

「初めまして、安座間友里です。茅野先輩みたいな素敵な秘書になるべく、いつもご指導いただいてます。何かありましたら、是非あたしを思い出してください」

「えーと、安座間さん？　俺の秘書は茅野さんだけだから、君を思い出すことはないよ」

黒瀬の口調は優しかったけれど、その目には相手を突き放すような冷たい光が宿っていた。藍子は初めて彼と会った日、今と似た態度で拒絶されたのを思い出す。

「じゃ、藍子。俺は行くよ」

「は、はい。いってらっしゃいませ」

藍子の言葉に黒瀬は、柔らかい顔つきになる。そして彼は感情を一切隠そうとはせず親しげに藍子の背中に触れ、エレベーターホールへ去っていった。

視界から黒瀬の姿が消えた瞬間、腕を引っ張られる。驚いて振り向くと、無表情の安座間と目が合った。

「アメリカ帰りの黒瀬さん、初めて見ました。プログラマーってずっと室内に籠もっているイメージがありましたけど、そう思えないほど、とても男らしくて恰好いいんですね。適度に鍛えている逞しい躯、視線で相手をときめかせる色気、そして信頼した相手だけに見せる思いやり。プレイボーイとはまた全然違う」

安座間は眉間に皺を寄せ、藍子の気持ちを探るような目で覗き込む。さらに彼女は、一段と藍子に詰め寄ってきた。

「茅野先輩、どうして黒瀬さんの専属秘書になれたんですか？　どうやってあれほどの男性の興味を惹けたんですか？　突然眼鏡を外したのと何か関係が？　……何故、あたしではなく、女性として魅力のない先輩を見るんですか？」

安座間の言葉はあまりに遠慮がなくて、藍子は咄嗟に言葉が出ない。

「黒瀬さんって、将来の役員候補だと噂されているそうです。それを知っていて、茅野先輩は黒瀬さんに近づいたんですか？　お局扱いされるのが嫌だから、そこから抜け出そうと思って？」

「ちょっと待って。わたしは自分で一課にいることを希望し続けてきたの。それは今でも変わらない。そういう立場で構わないと自分で決めて残って――」

「それなら！」

　安座間が藍子の言葉を遮る。

「あたしが黒瀬さんに、迫ってもいいですよね？　茅野先輩は寿退社した先輩たちと同じ道を歩むつもりはないんですね!?　あたしは茅野先輩とは違う。素敵な男性の目に留まりたい。退職した先輩たちのように、将来有望な男性と家庭を築きたいんです。黒瀬さんなら、相手として充分です」

　安座間は鈴を転がすような声で言い、男性の心を蕩けさせる笑顔になる。でも、瞳の奥は笑っていない。強い意思が浮かんでいる。

「今は茅野先輩が黒瀬さんの信頼を得ているかもしれませんが、負けません。女として、先輩には勝つ自信があるので」

　言いたいだけ言って、安座間は秘書室に戻っていった。

　一人廊下に残された藍子は胸に手を置き、心臓に刺さった痛みを取り除こうとする。

でも、いつまで経っても、藍子の胸には安座間が放った言葉が渦巻いていた。

それは、一日経っても薄れることはなかった。

——翌日。

黒瀬が秘書室に顔を出して以降、後輩秘書たちは皆、浮き立っていた。

普段より口紅が鮮やかで艶があったり、スタッドピアスではなくフックピアスだったり、躯のラインが綺麗に出る流行の服だったりと、藍子の目に入る彼女たちはいつもよりお洒落をしていた。

そんな中、一番気合いを入れているのが安座間だった。服装はこれまでとさほど変わらないが、いつもは下ろしていた髪を今日は耳の少し後ろで一つにまとめている。それにより、白くてきめ細かい肌がよく見え、艶っぽさが表に出ていた。

安座間のこれまでと違う本気の態度に、藍子の心がざわつく。

「茅野さん、ちょっといいか？」

高市に名を呼ばれて、藍子は顔を上げた。彼がドアを指して立ち上がる。

「はい」

藍子は先を歩く高市を追って廊下に出ると、「行くよ」と言われた。

エレベーターホールへと促す主任と一緒にそちらに向かうが、どことなく様子がおかしい。

わたし、何か失敗した？——と不安になりながら高市が口を開くのを待っていたが、エレベーターに乗り込んでも理由を話さない。とうとう我慢できなくなり、藍子は伏せていた目線を上げた。

「あの、どちらへ向かうんですか？」

「備品の補充を手伝ってほしい……というのは建前で、茅野さんと少し話がしたくて」

「わたしとですか？」

「ああ」

高市はそう言うが、彼は備品室に入っても無駄話をすることはなかった。

藍子は言われるがまま、コピー用紙やインクカートリッジ、文房具といった備品持ち出しのための書類を作る。チェックシートに書き入れたあと、それらのものを台車に載せて備品室を出た。

再び一緒にエレベーターホールに進むが、高市はまだ本題に入ろうとしない。

藍子が訝しんでいると、高市が自販機の前で立ち止まった。

そこで缶コーヒーを二本購入して、一本を藍子に手渡す。三階まで吹き抜けになったロビーを見下ろせる手すりに肘を置き、高市は藍子に傍へ寄れと手招きした。

藍子は隣に立ち、階下を颯爽と歩くビジネスマンや革張りのソファに腰を下ろして商談している人たちを眺めた。

「茅野さんは、秘書室の女性たちが……その、急に色めき立った理由を知ってる？」

「えっ？　……はい。彼女たちに直接訊いたわけではないので、憶測ですが」

「教えてくれる？　恥ずかしながら、心当たりがなくて。もし何か問題が起きてからだと遅いから」

高市は難しい顔をしていた。しかし藍子に見られているとわかると、恥ずかしげに襟足を掻く。

「秘書室の様子がおかしい時は、茅野さんに訊くのが一番だからね」

確かに、高市の意見は正しい。後輩たちの個人的なことを詳しく知っているわけではないが、秘書室内での出来事ならば、大抵藍子はわかっている。

高市が缶コーヒーを飲んで一息吐いたところで、藍子は口を開いた。

「昨日、主任がいらっしゃらない時に、システム開発室の黒瀬室長補佐が秘書室に顔を出されたんです。その……彼はとても目を惹く男性なので、そのせいかと思います」

「そうだったのか。それで茅野さんも影響を受けて、眼鏡を止めてコンタクトに？」

「まさか！」

藍子はとんでもないと強く頭を振った。

「違います。ただ、黒瀬室長補佐のご自宅で秘書業務をしていた際に、眼鏡をかけて壁を作ってはいけないと言われまして。わたしは仕事を認めてもらおうと必死に努めていてきた。

藍子は高市の方へ躯ごと向き直り、彼を仰ぐ。彼も藍子を覗き込むように見下ろし
「そういう経緯があったのか。だけど、うん……その方がいいよ。眼鏡をかけている時は少し近寄り難い感じだったから。眼鏡を外したら、曇っていたダイヤモンドが磨かれて、内から輝き始めたみたいだ」

高市にそう言われても、何も答えられなかった。すると、彼が急に手を伸ばして藍子の前髪に触れた。

「……えっ？」

藍子が戸惑いの声を上げる。我に返った高市があたふたしながら「ごめん！」と謝った。

「触るつもりはなかったんだよ！　ただ茅野さんの目にかかる前髪が気になって、払ったらもっと可愛く見える……って、俺はいったい何を！」

取り乱す高市が少し可哀相になってきた。

「大丈夫ですよ、気にしないでください」

藍子は高市の心を和らげるように頬を緩めた。

黒瀬から受けた過度なスキンシップを振り返れば、これぐらい何ともない。

それにしても、あれはつい数週間前の出来事だ。この短い期間で自分の男性に対する考え方がこうも変わるなんて……

藍子は高市から目を逸らし、しばらくの間は見るともなしにロビーを眺めていた。

「ありがとう。さあ、戻ろうか。茅野さんの仕事の手を止めて悪かった。秘書室の雰囲気は、念のため気を付けて見ていようと思う。教えてもらえて助かったよ」

高市は身を翻すと空き缶を捨てて、台車を掴んでエレベーターホールへ歩き出した。藍子も彼に倣う。

秘書室に戻って備品を棚に片付けていると、いきなり安座間たちに腕を取られ、主任のデスクの前に連れて行かれた。

「な、何!?」

状況がわからず困惑する藍子や高市を尻目に、安座間が微笑んだ。

「高市主任、茅野先輩。今夜は秘書たちの親睦を深めるために飲み会を開くんですけど、一緒に参加されませんか？」

「飲み会？」

藍子は小首を傾げて、安座間や他の後輩を見回す。皆、目を輝かせていた。

「はい！　実は、皆で計画を立てていたんです。突然ですが、よろしければ是非一緒に楽しみませんか？」

高市主任は困った顔をするが、安座間に〝親睦を深める〟と言われて断れないでいる。

「是非、茅野先輩にも参加してほしいんです！」

安座間は藍子にも詰め寄ってきた。

「わかった。参加するよ。茅野さんはどうする？　時間は大丈夫か？」

問われて、藍子の脳裏に黒瀬との約束が浮かんだ。しかし、黒瀬との食事はプライベートのものだ。ここは、秘書同士の親睦を優先させるべきだろう。

「はい、わたしも参加します」

黒瀬くんにあとで謝らないと――と思いながら、藍子も返事する。すると、後輩たちが沸いた。

「じゃ、定時で上がれるように、皆頑張ろうね！」

何が嬉しいのか藍子にはピンとこなかったが、後輩たちは急いでデスクへ戻り仕事に集中し始めた。

「突然の誘いだったが、たまにはいいよな。ほらっ、皆と一緒に出るためにも、茅野さんも仕事に集中してこい」

「はい。失礼します」

だが、藍子は自分のデスクに戻らず秘書室を出た。ドアが閉まっているのを確認して携帯を取り出し、黒瀬に電話をかける。

一回、二回……、五回目の呼び出し音が鳴っても取る気配がない。黒瀬のスケジュールを管理しているので、彼に会議が入っていないのは知っている。

黒瀬の執務室まで行こうかと考えていた時、呼び出し音が切れた。

「黒瀬くん？」

『……何？』

黒瀬は、これまで聞いたことがないほど苛立った語気で返事をした。

「忙しくされてました？　お邪魔してしまいすみません」

素直に謝るが、黒瀬の反応は鈍い。これまでと違う態度に、藍子の指先が冷たくなる。エアコンの効き過ぎで寒いわけではないのに、躯（からだ）がぶるっと震えた。

『それで、何？』

「あの、実は……今夜の件ですが、またの機会にしてもらってもいいですか？」

『どうして？　……他の男に誘われた？』

「他の男？　いいえ、そうではなくて、秘書室の親睦会が急に入ってしまったんです」

『秘書の皆で？』

「はい、その予定です」

改めて謝ろうとしたものの、黒瀬のため息に勢いを削がれる。謝罪の言葉が喉の奥で詰まった。

黒瀬に咎められるのを覚悟する。しかし、問い詰められることはなかった。耳に届いたのは、彼の胸を撫で下ろしたような声だ。

『良かった、俺はてっきり――』

黒瀬が意味ありげに言葉を濁す。何を言いかけたのか気になって訊ねようとするが、まるでそれを見計らったかのように秘書室のドアが開いた。

藍子は咄嗟に背を向けて、廊下の奥へ歩き出して身を隠す。

『俺だって昨日キャンセルしてしまったし。お互い様さ』

黒瀬の声音が柔らかくなる。先ほどまで滲んでいた苛立ちはもう消えていた。彼の機嫌が良くなったと感じて、いつの間にか強張っていた藍子の躯の中心に温かいものが生まれた。

どうして黒瀬の言葉一つで、こんなに心が乱れるのか。

その答えは簡単だ。藍子が黒瀬に心を許しているせいだ。それほど彼のことで胸がいっぱいになっている。

『じゃ、楽しんできて。但し、飲み過ぎるなよ。二十三時ぐらいに一度連絡する』

「わかりました」

通話を終えたあと、藍子は携帯電話を胸に押し当てて黒瀬を想いながら目を閉じた。

――十九時過ぎ。

予定通りに仕事を終えて、藍子は後輩たちと一緒に会社を出た。

「新宿にある居酒屋を予約しているんです！」

安座間が元気よく言い、先導して藍子たちを促す。

居酒屋？　秘書室の皆が好きそうなお洒落なお店ではなく？

安座間らしくない店の選択に、高市も同じ気持ちを抱いたようだ。

「まさか居酒屋とはね。丸の内のイタリアンレストランバーとか想像してたよ」

小さく呟いて安堵の息を吐いた高市。そんな彼の様子に苦笑しつつ、藍子は安座間の姿を目で追う。彼のように安心していいものか。予約したのが彼女である以上、油断は禁物だ。

そんな風に考えていると、先頭を歩いていた後輩が立ち止まり「ここですよ」と言った。

その建物はレンガ造り風の建物で、どう見ても普通の居酒屋とは違う。大きな窓から店内を覗くと、満席のテーブル席とカウンターバーが目に入った。奥へと続く通路もあれば、二階へ続く階段もある。

かなり広々としているようだ。

入り口には、カップルや男女のグループが並んでいた。

茹だるように暑いのにこうして待つというのは、ここがとても人気がある居酒屋だからなんだろう。

「高市主任、入りましょう」

藍子は高市と並んで、後輩たちと店内に入った。

中は、スペイン風のバルをイメージしていた。間接照明で洗練された雰囲気を醸し出し、観葉植物や絵画でお洒落な空間を作っている。

店員が藍子たちを奥の通路へ促し、掘りごたつ形式の個室に案内してくれた。ちらっと周囲に目をやると、どこも戸が閉まっていて満席状態だ。

さすが安座間が選んだだけのことはある。

藍子は後輩たちに続いて高市と一緒に個室に入るが、何故か安座間だけがドアの外で立ち尽くしていた。彼女は、廊下の奥をじっと見つめている。

「安座間さ――」

藍子が声をかけようとした瞬間、それを掻き消すぐらいの声で安座間が「こんばんは！」と言った。

安座間は輝くような笑みを浮かべて、そこにいる誰かと話している。

安座間の声に、既に個室に入っていた後輩たちが乱れた髪を整え、スカートの皺を手で撫で付けて、藍子や高市を押しのけてドアに駆け寄った。

「三浦さん、凄い偶然ですね！　実は、あたしたちも秘書室の皆で飲みに来たんです」

「えっ？」

スーツを着た男性二人がひょこっと顔を出して室内を見回し、高市を認めて軽く会釈した。

短く髪を整えた二十代後半ぐらいの彼らは、仕事終わりとは思えないほど爽やかな風貌をしている。

藍子は彼らを目で追いながら、高市に近づいた。

「高市主任、お知り合いですか？」

「えっ？　茅野さん、知らないのか？　彼らは——」

高市がそう言いかけた時、安座間の嬉しそうな笑い声が響いてきた。

「そうだわ、よろしければご一緒しませんか？　せっかくの機会ですし、課の皆さんとも親睦を深められたら嬉しいな」

「おっ、いいね！　俺たちの方へおいでよ。広いから全員入れるし」

「やった！　主任、いかがでしょう？」

高市は「いいよ」と頷いた。上司の了解を得て、後輩たちは上機嫌で部屋を移動し始める。

そんな中、安座間だけが藍子の傍へ寄り、腕を取って歩き出した。男性たちが手招く個室へ藍子を引っ張る。

「ちょっと、安座間さん？」

慌てる藍子に、安座間は笑顔を向けた。

「あたし、言いましたよね？　茅野先輩に負けないって。女として先輩に勝つ自信があるので、今夜は勝負させてもらいます」

「勝負？　いったい何を言って――」

当惑を隠せない藍子の前方で、男性が「秘書室の子と偶然会ったので、連れてきました」と叫んだ。

藍子は安座間に引っ張られて、彼らに続いて個室に足を踏み入れる。だが入った瞬間、藍子の視界に黒瀬が映り込んだ。

「えっ？　黒瀬くん⁉　どうしてここに……」

「藍子も、どうして？」

黒瀬も驚いたのだろう。ここにいるはずのない藍子を見て、呆然とした表情を浮かべている。

藍子は黒瀬から、先ほど安座間が話しかけていた男性に視線を移した。

ようやく思い出した。彼らは、藍子が黒瀬の執務室へ向かう際にシステム開発室で見かけた人たちだ。改めて周囲を見回し、そこにいる男性たちが黒瀬と一緒に働く社員だと気付く。

「あたしたちも黒瀬さんの歓迎会にお邪魔させてもらっていいですか？　茅野先輩もいるので構わないですよね？」

「えっ？　あぁ……」

黒瀬の返事を受け、後輩たちが彼らの間に座り始めた。藍子は彼女たちの勢いに負けて、黒瀬から一番遠い席に座る。

どう見てもこれは合コンだ。自然と藍子と高市は蚊帳(かや)の外状態になる。

彼女たちの勢いに押されて何もできないのはいつものことなのに、今日は違った。

黒瀬の隣にさりげなく陣取ってアプローチし続ける安座間が視界に入るたびに、藍子はだんだん居たたまれなくなってくる。

黒瀬が彼女たちにいい顔をしているわけでも、彼女たちの色気に惑わされているわけでもない。

それは理解しているのに、黒瀬の周囲に群がる綺麗な後輩たちを見ていると、胸の奥がもやもやして堪(たま)らなくなる。

「茅野さん、俺たち完全に邪魔だよな。ここに居なくても大丈夫な気がしてならないんだけど」

「そうですよね。わたしたち、完全に浮いてますよね」

「向こうで飲むか」

「……はい」

藍子はバッグを持った。

安座間が黒瀬にしなだれかかる姿をもう正視できない。

「化粧室に寄ってから行きます。入り口の近くにバーカウンターがありましたよね？そちらでいかがでしょうか？」

「ああ、わかった。先に飲んでるよ」

藍子はそっと立ち上がり、個室をあとにした。

高市に一杯ほど付き合ったら、家に帰ろう。

秘書室の懇親会は、もはや意味を成していない。藍子たちが早めに帰っても、彼女たちは気にしないだろう。

黒瀬が安座間と一緒にいると思うと胸に痛みが走るが、藍子は何かを言える立場にない。

「だってわたしは――」

ふっと顔を上げて、鏡に映る自分を見る。そしてその青ざめた顔に愕然（がくぜん）とした。藍子は込み上げてくる嫌な感情を吹き飛ばそうと、頭を振る。

気持ちを入れ替えて化粧を直し、スカートの皺（しわ）を伸ばす。そして、藍子はバーカウンターへ向かった。

バーテンダーが、さりげなく藍子の正面に立つ。

「何をお作りしましょうか」

「フローズンダイキリを。なるべくアルコール控えめでお願いします」

既に、グラス一杯ぐらいのビールを飲んでいる。これ以上はアルコールを控えた方がいいのはわかっているが、帰る前に冷たくてさっぱりしたものが飲みたかった。

藍子は高市の隣に腰を下ろし、ウィスキーを美味しそうに飲む彼に向き直る。

「完全にお邪魔でしたね、わたしたち」

「ああ、まったくだ。俺が立っても誰も気にしなかったよ。あっ、そういえば、一人だけ俺を見ていた人がいたな」

「誰ですか？」

「今日の主役、黒瀬室長補佐だよ」

突然出た黒瀬の名に、藍子の心臓が飛び跳ねた。

「あの人を実際に目にしたのは初めてだけど、凄い貫禄のある人だな。男の俺でも彼の覇気にやられて、目が離せなかったくらいだ。だからといって、外見に騙されてはいけないね。女性に囲まれてるのに、抜け目なく周囲の動向を探ってるというか。そういう性格が仕事にも生かされてるのかな。若いのに、上が目をかけてるって話も納得だ」

藍子の前にフローズンダイキリが置かれて、一瞬会話が止まる。だがその後も、高市は話そうとしない。気になって窺うと、彼は藍子をじっと見つめていた。

藍子の心を覗き込むような目つきに戸惑い、思わず彼から視線を逸らす。そしてライムが添えられたグラスを掴み、喉越しのいいダイキリを口に入れた。

藍子がグラスを置くのを待って、高市が力なくため息を吐いた。

「彼って、茅野さんを認めるだけでなく大切にもしてるんだな。それが、俺にも充分に伝わってきたよ。だから俺にあんな目を向けてきたのかも」

「あんな目？」

「ああ。茅野さんが俺の隣にずっといたせいで嫉妬したんじゃないか」

「嫉妬……？」

黒瀬くんが？　まさか――と目を見開く藍子に、高市が躯を寄せてきた。力ない笑みを浮かべ、小さく息を吐く。

「そういうもんだよ。自分付きの秘書が男性上司とばかり一緒にいたら、俺にああいう目を向けるのも仕方ない。でも、茅野さんだって悪いんだからな。あれほど信頼されてるのに。あとできちんと彼に説明しておけよ」

高市の表情がふっと和らいだと思ったら、一瞬にして顔色が変わった。

「気安く近寄らないでほしいんですが」

頭上から降ってきた、相手を脅すような低い声。

藍子が慌てて振り返ると、そこには黒瀬が立っていた。彼は相手を屈服させるような覇気を漲らせて、高市の肩を掴んでいる。

「えっ？　いや、俺は別に――」

「彼女の傍にいていいのは、俺だけです」

言い淀む高市に、冷たい怒りを宿しながら黒瀬がかぶせた。

「黒瀬くん、あの……」

藍子は立ち上がって黒瀬に手を伸ばす。同時に後方で「黒瀬さん？」と呼ぶ甘ったるい声が響いた。

藍子は出しかけた手をさっと引いて、黒瀬の背後に目をやる。

そこには、きめ細かい白い頬をほんのりピンク色に染めた安座間がいた。お風呂上がりのように妖艶で、歩く姿からは色気が立ち上っている。

安座間の登場で、藍子の顔から血の気が引いた。足元がふらつき、堪らずカウンターに手を置く。

「藍子？」

藍子の腕を掴んで支えた黒瀬だったが、カウンターにある飲みかけのカクテルを目にして、苛立たしげにため息を吐いた。

「俺以外の男の前で、酔っ払うつもりだったのか？」

黒瀬の咎めるような低い語調に、藍子の背筋に怖気が走る。

怒ってる？　わたしに!?　――そう思った瞬間、彼に嫌われたくないという感情が込み上げてきた。

どうして黒瀬に嫌われたくないのか、どうして彼を追いかけてきた安座間を目にするだけでこれほど心が乱れるのか。

「わたしは――」

「黒瀬さん、皆さん待ってますから向こうに戻りませんか？　茅野先輩なら大丈夫ですよ。これまでお酒で醜態を晒したことなど一度もありませんし。何より主任と一緒にいれば、安心です。ねっ、先輩」

カウンターに近づいてきた安座間が、黒瀬の腕に手を添えてしなだれかかる。

それを目にした途端、藍子の鳩尾のあたりがぐつぐつ煮え滾るような感覚になった。

同時に、胸に氷を押し当てられたような冷たさにも襲われる。

止めて！　触らないで！　黒瀬くんはわたしの、わたし……の？　――と、突然降って湧いた感情に、藍子は息を呑んだ。

これまでに感じたことのない疼痛と、黒瀬の目に映るのは自分でありたいという願望が、藍子の心で渦巻き始める。

これって、もしかして……？

藍子はその答えを求めて、思わず高市に目をやった。

高市は黒瀬の登場に最初こそ取り乱したものの、既に落ち着きを取り戻している。どんな仕事を持ち込まれても、冷静かつ穏やかに応対してきた秘書室主任の姿がそこにあった。

そんな高市が先ほど口にした〝嫉妬〟という一言。

その単語が、すとんと藍子の胸に落ちた。

藍子が黒瀬に恋に堕ちた時にはなかった想いが、沸々と湧き出て心に積もっていく。

「藍子、帰るよ」

藍子の腕を掴む黒瀬の手に力が込められる。思わず顔を上げると、藍子を睨む安座間と目が合った。

言いましたよね？　あたしは負けないと――そう伝えてくる安座間の声が、藍子の頭の中でぐるぐる回る。

そんな藍子を牽制するように、安座間がこれみよがしに黒瀬の腕を擦る手を見て、藍子の中で醜い感情が膨れ上がっていく。

渡したくない、黒瀬を他の女性に奪われたくない。

この焦がれるような熱が、嫉妬……！

「安座間さん、俺と茅野さんは先に帰らせてもらう。皆にそう伝えてくれ」

「えっ⁉ ちょっと待ってください、……黒瀬さん！」

黒瀬は安座間の手をさりげなく払い、藍子を引きずるように歩き出した。

居酒屋を出ても、黒瀬は藍子の肘を離そうとしない。金曜日の夜を楽しむカップルや男女のグループを縫う間も、藍子を引っ張り続けた。

黒瀬の広い背中と苛立たしげな横顔から伝わる、高市と二人きりにさせないと告げる態度。そんな彼の感情に、藍子の心が震えた。

黒瀬が怖いからではない。やっと自分の気持ちに気付いたからだ。

藍子は、これまで誰かに嫉妬心を抱いたことがなかった。でも黒瀬を振り向かせようとする安座間を見て、藍子の心に彼を彼女に奪われたくないという独占欲が初めて芽生えた。

誰でもない、自分が黒瀬の傍にいたい……

何故黒瀬の胸に飛び込めなかったのか、心の奥で燻っていた答えを導き出せた喜びに、藍子の胸ははち切れんばかりに膨らんでいく。

この人でなくてはならない、という感情がなかったので、わざわざ付き合う必要性を感じていなかったのだ。でも、今は違う。ちゃんと〝黒瀬でなくてはならない〟と、藍子は強く思えている。

ああ、早くこの想いを伝えたい！

藍子は空いた一方の手を伸ばし、自分の肘を掴む黒瀬の腕に触れた。

「黒瀬くん、待って。わたし……！」

藍子は声を絞り出すが、黒瀬は立ち止まるどころか振り向きもしない。前だけを見て、駅への道を進んでいく。

「お願い、黒瀬くん。わたしの話を聞いて」

黒瀬のスーツをきつく掴むと、彼はようやく立ち止まった。そして、肩を怒らせて、藍子に冷たい目を向ける。

「俺、今……かなり機嫌が悪いんだけど。それでも俺と話したい？」

確かに、黒瀬の機嫌は悪い。この状態で、自分の気持ちを告げるべきではないかもしれない。だけど藍子は、今を逃したくなかった。

不機嫌な黒瀬を見上げると、彼は怒気を含んだため息を吐（つ）き、再び歩き出した。

「黒瀬くん、お願い……」

引っ張られながら、何度も懇願（こんがん）する。それでも黒瀬は返事をしない。その代わり、彼は人で賑わう道から脇へ抜けて、路地裏に藍子を引き入れた。

煌々（こうこう）と照らすネオンの灯りが届かなくなるにつれて、喧騒（けんそう）が遠のいていく。別の空間に囚（とら）われたような感覚に包まれた頃、黒瀬がようやく手を離した。

しかし黒瀬は、二人の間に隙間ができないほど躯を寄せ、壁に手をついて藍子を囲い込んだ。上から覆いかぶさるような体勢をとる。

「何？　言っておくけど、今かなり苛立ってる。いくら藍子の頼みでも――」

「黒瀬くん！」

藍子は声を張り上げて、黒瀬の言葉を遮った。

そもそも藍子は、誰かが話している最中に割り込むのが好きではない。なのに、そんな自分を変えてしまうほど、黒瀬に気持ちを伝えたい衝動が勝っていた。

冷たい怒りをみせる黒瀬の態度にも脅えず、黒瀬の胸に手を伸ばす。

「こんな風に男の機嫌が悪い時に触れないでくれ！　しかも君に気のある男に――」

「黒瀬くんが好きです！　まだわたしにチャンスがあるのなら、付き合ってくれませんか？」

黒瀬が目を見開き、藍子を凝視する。

「この前は、わたしに告白してくれたのに断ってしまってごめんなさい。本音を言うと、あの時……既に黒瀬くんが好きでした。でも、わたしは受け入れられなかった。わたしのトラウマのこともきちんと聞いてくれたのに」

「それで？」

黒瀬が小さな声で続きを促し、藍子の頬にかかる髪を指に絡めて弄び始める。彼の指が耳殻や首筋を撫でるだけで、藍子の息が詰まりそうになった。それを必死に堪える。

「黒瀬くんが好きなのに、どうして一歩前に踏み出せないのか、ずっと胸の奥がもやもやしてました。恋に臆病だから、こじらせていたから……そう思ってたけど、実は違ったんです」

藍子は恐る恐る、黒瀬の手の甲に触れた。彼は振り払わない。それに勇気を得て言葉を続ける。

「黒瀬くんを好きになったのは事実ですが、付き合いたいとは思えなかった。だけど、安座間さんが黒瀬くんを振り向かせようとする姿を見て、気付いたんです」

そこで一度言葉を止めて息を継ぐ。黒瀬は口を挟もうとしない。藍子が自分の気持ちを告げるのを、じっと黙って聞いていた。

藍子は黒瀬の忍耐強い性格に感謝して、彼と目を合わせた。

「わたしには、黒瀬くんを他の女性に奪われたくないという感情がなかった。というか、今までそういう気持ちを誰にも抱いた経験がなかった。でも今は違う。黒瀬くんを安座間さんに渡したくないという嫉妬の感情があるんだと、初めて知ったんです。それぐらい黒瀬くんを愛しているんだと。もし、まだわたしへの想いが残っているなら――」

次の瞬間、藍子は彼の広い胸に強く抱きしめられていた。彼の手が藍子の後頭部に触れて、引き寄せられる。

「俺は言ったはずだ。藍子を諦めないと。わかるだろう？」

黒瀬が軽く腰を押し付けてくる。下腹部に触れる硬いものが、藍子をほしいと訴えていた。それは、藍子の呼気のリズムが崩れるにつれて大きくなっていく。

「わたしは黒瀬くんより年上ですし、秘書室の他の子たちと違って美人ではないです。でも黒瀬くんを想う気持ちは誰にも負けません。わたしと……付き合ってくれませんか？」

黒瀬が心なし躯（からだ）を離す。返事をする代わりに、彼は顔を傾けて、藍子の唇を塞（ふさ）いだ。

「ンっ……」

軽く触れ合わせるのではない。藍子の唇を割り、舌を挿入させ、貪（むさぼ）り絡めてくる。

黒瀬の性急なキスに驚いたが、それよりも熱く求められるのが幸せだった。

藍子の腰に回した腕に力を込められるだけで、躯（からだ）が敏感に反応する。

「……んくっ！」

黒瀬が何度も舌を絡ませ、吸い、いやらしく蠢（うごめ）かす。藍子の脳が痺（しび）れていき、黒瀬の口づけにしか意識が向かなくなっていった。

藍子を抱きしめる腕の力、体躯（たいく）から発散される熱。それらに酔わされ、もう黒瀬を欲する気持ちしか生まれない。

お願い、もっとわたしを求めて——その想いを告げるように黒瀬に体重をかけた時、彼がちゅくっと音を立ててキスを終わらせた。

唾液で濡れた唇がピリピリしている。それは、黒瀬に激しく求められた証だ。

彼の欲望を目の当たりにして、藍子の頬がぽうっと赤くなる。

藍子は満ち足りた息を零して、いつの間にか閉じていた目を開けた。

「もう無理だ。俺は待てない」

黒瀬のかすれ声が、耳孔を侵す。

藍子の躯の芯を疼きが駆け抜けた。すると硬茎で押されたところが熱を持ち始める。

それは扇状に広がり、藍子の深奥でくすぶるうねりとまざって大きく膨らんでいく。

「……んっ」

黒瀬が藍子の唇に指を這わせる。

藍子の口から甘やかな息が漏れるが、彼はそれさえも愛しいとばかりに、何度も柔らかなそこを撫でた。

「藍子の身も心も俺のものにする。誰にも邪魔はさせない。藍子を名実ともに俺の恋人にしたいんだ。いい？」

恋人——つまり、藍子の告白にＯＫしてくれたという意味だ。

あまりの幸せに、藍子の胸が騒いだ。まるで、心の奥で身を潜めていた蝶が、一斉に羽ばたいたかのようだ。

黒瀬を想うだけで胸のときめきが止まらない。それほど藍子の気持ちは彼に傾いている。

「ノーとは言わせないよ、藍子。ホテルと俺の家、どっちで過ごしたい？」

藍子は背伸びをすると、二人の吐息が間近でまざり合う距離まで顔を近づけた。

「わたしを黒瀬くんの内側に引き入れて。黒瀬くんが過ごす空間で愛し合いたい」

「わかった」

黒瀬が名残惜しげに、でも嬉しそうに藍子の頬に唇を落とす。ここへ来る時は一方的だったが、今はお互いの想いを伝え合うように手を繋いで指を絡める。

「さあ、行こう」

藍子は黒瀬に導かれて路地裏を抜け、真っすぐ駅へ向かった。

エアコンが効き過ぎた満員電車に揺られて、黒瀬の家がある最寄り駅で降りる。

茹だるような空気が肌にまとわりついて、じわっと汗が噴き出してきた。気持ち悪いはずなのに不快さはない。黒瀬の隣に立てる喜びで、胸がはち切れそうなほど幸せだった。

雲間をふわふわと漂う感覚に包まれていたが、黒瀬の家に引き入れられ涼しい風に肌をなぶられた瞬間、意識が戻ってきた。

「ああ、藍子。もう、待ちきれない」

「くろ、せ……っんく！」

黒瀬が忙しなく藍子の唇を塞いだ。

それは藍子を痛めつけるキスではない。唇を割り、優しく舌を挿入して絡ませる。さらに、もっと心を解き放てと、藍子の欲望を煽ってきた。

黒瀬のねっとりした口づけに、藍子の思考も躯もくらくらしてくる。

「シャワーを浴びたい？　それとも、ベッドルームに直行？」

激しい口づけの合間に、黒瀬がかすれ声で囁く。藍子は思わず〝シャワーを浴びさせて〟と言いそうになったが、彼がそれを望んでいないのは明白だった。

黒瀬がこれほど切羽詰まった態度を取るということは、我慢が限界に近いのかもしれない。

黒瀬は今まで、藍子の気持ちが固まるまで辛抱強く待ってくれた。無理に躯を奪おうとせず、言葉で想いを伝え、藍子の心が開くまで誘惑の手を伸ばし続けた。

他の誰でもない、平凡な藍子に……

藍子は背伸びをして、黒瀬の耳元に唇を寄せた。

「黒瀬くんの好きにして――」

最後まで言い切らないうちに、藍子は黒瀬にキスされた。彼は唇を貪りながら、藍子を横抱きにする。躯が浮いて脳の奥がぐらっと揺れ、藍子は彼の首に両腕を回した。

その間も、藍子は黒瀬の口づけを受け続けた。

「ン……っ、ふぁ……」

黒瀬がいやらしく舌を蠢かせて、藍子を宝物のようにしっかり抱きしめる。そのまま廊下の突き当たりを曲がり、奥にあるドアを開けた。

黒瀬の家には何度も足を運んでいるので、目を閉じていても彼がどこに入ったのか把握できた。

藍子自ら顎を引き、口づけを終わらせる。しっとりした息を零すと、黒瀬が藍子をベッドに下ろした。

「二度目だね、俺のベッドに入るのは。この日をどれだけ夢見ていたことか」

黒瀬は上着を脱ぎ捨て、ネクタイの結び目に指を入れて緩める。それを抜き取り、シャツのボタンを外していった。

忘れもしない男らしい喉仏、逞しい胸板、そして無駄な贅肉などない引き締まった腹部が視界に入ると、藍子の呼吸が速くなった。

不安がないと言えば嘘になる。最後に男性に躯を開いたのはもう十年も前だ。トラウマを植え付けられた元カレとの行為以来だから、当然だろう。

やっぱり藍子では、黒瀬も満足できないかもしれない。

男性の欲望をそそらないと言われた藍子だ。黒瀬がその気になるかさえわからない。

でも、今の藍子を受け止めてくれる彼に、身を任せたい。

大丈夫、黒瀬はきっと応(こた)えてくれる。

黒瀬がシャツを脱ぐのを見て、藍子はジャケットを肩から滑り落とした。スカートのホックを外して立ち上がろうとするが、彼に動きを制される。

「藍子、俺から服を脱がす喜びを奪わないで」

黒瀬がベッドに膝をつき、藍子の後頭部に片手を回した。髪をまとめたシュシュを取り去られる。緩(ゆる)やかに巻いた髪の毛が広がった。

あまりの優しい手つきに、藍子の頬が上気する。魅力的過ぎる黒瀬から、そっと視線を外した。

だけど、それがいけなかった。

黒瀬の腰から落ちそうになっているズボンからボクサーパンツが覗き、生地を押し上げるほど膨れた昂(たかぶ)りが藍子の視界に入る。

藍子の口腔(こうこう)に生唾(なまつば)が滲(にじ)み出る。心臓は口から出そうなほどの勢いで早鐘を打ち、躯(からだ)は期待と不安で震え上がった。

「藍子、二人にとって初めての夜だから、できるだけ我慢しようと思ってた。でも、もう抑制が利かない。藍子のことばかり考えていたせいだ。乱暴に抱かないと約束するから、俺のしたいようにしていい？」

黒瀬が藍子の髪を背中に流して耳元に顔を寄せ、音を立てて口づけする。そして、熱い息を吹きかけた。耳殻や耳朶を舐め上げては唇でそこを挟み、キャミソールの裾を捲り上げる。

藍子の肌を撫でる手は止めずに、首筋を鼻の先で擦って藍子の敏感な場所を探る。

「あ……っ」

藍子の躯がしなると、黒瀬は柔肌に歯を軽く立てた。

突如躯の中軸に、びりびりとした電流が走る。蓄積する熱が一気に上昇して、藍子の秘めた欲望を焚き付けてきた。

キャミソールを脱がされてレース仕立てのブラジャー姿になっても、体温は下がらない。室内はエアコンが効いて涼しいのに、燃えるような熱は藍子の全身に広がっていた。

「はぁ……っ、んぅ」

黒瀬の手でブラジャーのホックを外される。胸の締め付けがなくなると、彼は指に紐を引っ掛けてブラジャーを滑り下ろした。

黒瀬は目を輝かせて、藍子の剥き出しになった胸を眺める。そして無骨な手でそれをすくい上げ、揉みしだいた。柔らかな乳房が変形するたびに、指の隙間からぷっくり膨らんだ乳首が顔を覗かせる。

「っんぁ……」

黒瀬の指がそこをかすめるだけで、上腿の付け根が湿り気を帯びてくる。さらに、花蕾からとろりとした蜜が滴り、パンティを濡らし始めていた。

「くろ、せくん……」

甘い声で黒瀬の名を囁くと、藍子はベッドに押し倒された。両手を枕の横にだらりと置き、彼に見られるまま躯を晒す。

黒瀬は感嘆の声を零し、藍子の大腿を舐めるように手を滑らせた。スカートを捲り上げ、秘められた部分に指を走らせる。

「あっ！　はぁ……っ」

快い刺激に、藍子の背が軽く反り返る。

くちゅくちゅといやらしい音が響くほど、あふれ出た蜜がパンティに浸潤していた。触れられてからさほど時間が経っていないのに、黒瀬を待ちきれないと準備を始める藍子の躯。

その事実に、藍子は羞恥を覚える。だけど、もう隠せない。黒瀬の愛撫に翻弄されて、藍子の口からは喘ぎが止まらなくなっていった。

手で口を覆って声を抑えるが、そうすればそうするほど黒瀬の手技は執拗になる。

藍子の胸を揉み、首筋にキスを落とす。そして彼は、ゆったりとした動きで顔を下げていった。鎖骨、乳房に舌を這わせて、敏感になった先端を口に含む。

「……っぁ、んっふ……ぁ」

舌先を柔らかくして、いやらしい動きで弄ぶ。吸い、甘噛みし、硬くなった乳首を小刻みに揺らした。

藍子の躯が震え始めても、黒瀬は愛戯を続ける。

そして、少し動けば淫靡な音が聞こえそうなほど蜜があふれているそこを、指で擦ってきた。

「そんなに、激しくしたら……っン、あ……っ」

「言っただろう？　俺のしたいようにすると」

黒瀬が湿り気を帯びた吐息で藍子の肌をなぶり、乳首を指先で弾いた。鼻で肋骨を辿り、その吐息は臍へ進んでいく。熱の軌跡を追うように、黒瀬の髪が続いた。

藍子は黒瀬に与えられる愉悦に身悶えて躯をくねらせる。

きっと黒瀬は、今までこうやって女性を何度も虜にしてきたに違いない。

「ぁ……、んふぅ……」

生地越しに襞を指で弄り、探り当てた花芯に振動を送る。

息遣いを殺そうとするが、そうすればするほど、これまで一度も出したことのない艶っぽい声が漏れる。

黒瀬の手で乱れたいと思ったが、触れられるだけでここまで情欲を煽られるとは想像すらしていなかった。

こんな風に淫らに感じていたら、黒瀬は呆れてしまうかもしれない……

手のひらに爪を立てて、痛みで快感を別のところへ持っていこうとする。しかし藍子の意識は、どうしても秘所へ向かう。

躯は黒瀬を求めて燃え上がり、頭の奥は靄がかかって真っ白になっていった。

藍子が熱情に打ち震えている間に、黒瀬にスカートとパンティを下ろされる。

「ああ、とても素敵だ！」

初めて黒瀬に裸を晒している。

羞恥に襲われつつ、藍子は潤む目で彼をうっとりと見つめ続けた。

それが黒瀬の心に火を点けたようだ。

生唾をごくりと呑み込んだ黒瀬は、藍子の裸身に視線を這わせながら、ズボンとボクサーパンツを脱ぎ捨てた。

最初こそ薄ら浮き出る黒瀬の腹筋に目が向いたが、すぐに藍子の視線はその下にある黒い茂み、そしてそこから天を突くほどそそり勃つ彼自身に吸い寄せられる。

「あっ……」

黒瀬の象徴はとても太く、硬そうに漲っている。彼が身動きするとしなるが、一向に萎える気配はない。それどころか藍子の目がそこにあると知ると、ほんの僅か角度が上がったように見えた。

わたし、黒瀬くんを受け入れられないかも――そんな不安が頭を過った時、膝の裏に手を添えて持ち上げられた。

膝が胸に触れるほど、脚を開かれる。

恥ずかしい体位に慌てるが、黒瀬は気にせず、藍子の双脚の間に身を置いて覆いかぶさった。

黒瀬の欲望に光る双眸で見つめられていると、怖さが薄れ徐々に躯の力も抜けていった。

「藍子、舌を出して」

「えっ？」

藍子が戸惑う中、黒瀬が顔を傾けて唇を求めてきた。そこで彼の意図を知り、藍子は頬を染めながら口を開く。

黒瀬の舌を迎え入れると、彼がいやらしい動きで舌を絡めてきた。上顎をなぞられ、何度も強く吸われる。

しかし彼の動きはそれだけに留まらなかった。大腿の後ろに手を滑らせて、秘所に指を伸ばす。

「ン……っ！」

藍子の喘ぎは、すべて黒瀬の口腔に吸い込まれる。

黒瀬は一声も取りこぼしたくないと言わんばかりに深い口づけを求めてくる。そして濡れた花弁に沿って、藍子の秘所を執拗に上下に擦った。

そのたびに、ぬちゃっといやらしい粘液音が部屋に響く。

あまりに恥ずかしくて居たたまれなくなり、思わず退きそうになる。でもそれでは、藍子の想いが黒瀬に伝わらない。

ここで心を覆ってしまえば、十年前に逆戻りしてしまう。それだけは絶対に嫌だ。

藍子は両腕を黒瀬の背に回し、すべてを受け止めると態度で示した。すると、黒瀬が躯を震わせ、感極まったような吐息を零すのが感じられた。

黒瀬は藍子をどれほど想っているのか伝えるように、行為に集中する。

「あ……っ、はぁ……ぅ」

黒瀬を受け入れる花蕾が柔らかくなっていく。

淫靡な音が反響するのに比例して愛蜜があふれ出し、唾液の音とまじり合う。

藍子が快い疼きに呻いた時、黒瀬が襞を左右に開いた。隠れた蜜口に指を添えて、一気に挿入する。

「んんっ！　……んぅ……っ」

久し振りに生じた異物感に、藍子の躯が跳ねる。

それでもお構いなしに、黒瀬が長い指を濡壷に埋めた。蜜孔を広げるように抜き差しし始める。

敏感な蜜壁を擦られ、粘液を掻き出されるだけで、そこかしこから新しい熱が生まれた。

黒瀬の挿入のリズムが速くなる。時折指を曲げ、瓶の底についたクリームをこそげ取るような動きが加わった。手首を捻り、次々に違った快楽を送り込んでくる。

次第に藍子の下肢の力が抜けていった。黒瀬の指を咥える蜜蕾がきゅっと締まり、媚壁が奥へと誘おうと収縮する。

「……ふぁ、んっ、んっ！」

陶酔に包み込まれて悲鳴に似た喘ぎを漏らすが、黒瀬は執拗に藍子の唇を貪り、指を挿入し続ける。

それに合わせて躯を揺さぶられ、どんどん肥大する甘い渦に呑み込まれていく。

このままでは、イってしまう！

知識を持っていても、藍子には為す術がなかった。

その時、黒瀬が手首を捻り、花芽を指の腹で擦り上げた。甘美な電流が、尾てい骨から脳天へと突き抜ける。

「ンっ、んんんっ！」

藍子の躯が硬直して、黒瀬の腕の中で軽く達した。

熱は瞬く間に全身に広がり、藍子の力を奪っていく。しかも久し振りに感じた女性の悦びに、上手く手足を動かせないほどの気怠さに包み込まれる。

藍子は起きるのを諦め、息を弾ませながらベッドに深く沈んだ。

こんな経験は初めてだった。指と唇で軽く達するまで貪られるなんて……ヒリヒリする唇、痺れて火照る舌先。それを感じれば感じるほど、黒瀬の藍子を求める欲望に驚かずにいられなくなる。

「藍子、俺のに触って……」

黒瀬が嬉々した面持ちで膝立ちした。

藍子の力の抜けた手を取り、腹部に反り返る彼のものに誘導する。彼の充血して膨む先端部は、若干ぬめりを帯びていた。

藍子は胸を高鳴らせて、ビロードのように手触りがよく、燃えるように熱い彼の昂りを手に収めた。それはとても太く、中心に芯が通ったみたいに硬い。

黒瀬が早くと急かし、藍子の手首を握って自ら手を動かした。

「……くっ！」

ほんの少し擦っただけで、黒瀬は頬をほんのり上気させ、目を閉じて悦びに浸る。

恍惚とした表情を浮かべる黒瀬に魅了されて、藍子は彼の求める行為を始めた。

その時、藍子の指が彼の先端部分の窪みに触れた。それがあまりにも刺激的だったのか、黒瀬の腰が前へ動く。

「ぁっ！」

目の前にある彼のものが、さらに硬くなった。この男剣が、藍子の濡れた鞘に何度も埋められるのかと思うと、躯が戦く。

ああ、早く愛する人と一つに結ばれたい！

藍子の腰が自然に揺れ始めたことに気付いた黒瀬が、後頭部に手を回す。

「黒瀬くん……？」

「俺のものを、口で咥えて」

額に汗を滲ませた黒瀬が、全速力で疾走した直後のように肩で息をしながら懇願する。

黒瀬の言葉に驚いて、藍子は目を見開いた。

藍子は、性に関して初心ではない。でも、今まで口でした経験はなかった。

うまくできるかはわからないが、黒瀬が望むならと腰を浮かせる。

だが、そこで黒瀬がクスッと笑った。

何か間違った行為をしたのだろうかと、藍子が恐る恐る目線を上げると、表情を和らげた黒瀬と目が合った。

「なるほど。藍子はまだ、そこまで踏み込まれていないんだね。嬉しい発見だ」

そう言うなり、黒瀬は自分のものから藍子の手を解いた。

黒瀬の言動に、藍子の頭が追いつかない。

藍子が目をぱちくりさせている間に、彼はベッドサイドに置いてある小さな包みを取った。軽く腰を突き出し、慣れた手つきでコンドームを装着する。

目の前で揺れる黒瀬の硬茎に、藍子の秘所が戦慄き始める。

「藍子……」

名前を呼ばれて、男性的な部分をまじまじ見つめていたと気付き、藍子の顔が火照った。慌てて黒瀬を窺うが、ほとんど同時に黒瀬にベッドへ押し倒された。

「あっ！」

スプリングが弾んで躯が上下に揺れる。黒瀬はそんな藍子を組み敷き、情欲を目に宿して顔を近づけてきた。

藍子が早くほしいと伝えてくる目を見るだけで、藍子の心臓が再び早鐘を打ち始める。

「藍子のそっちの初体験は、また別の時にしよう。今日は、本当に我慢ができない」

黒瀬は藍子の両膝の裏に手を添えて、思い切り押した。膝を抱えたまま彼がベッドに手を突いたため、藍子のお尻が軽く上がる。

淫襞がぱっくり割れ、ひくひくする蜜蕾を晒される。

あまりに恥ずかしい体勢に、藍子は思わず黒瀬の腕を掴んで下ろしてと意思表示した。

彼と結ばれたいという気持ちは変わらないが、いろいろな意味でこれは恥ずかし過ぎる。

だが、黒瀬は意に介さない。軽く腰を回転させて、藍子の花弁に膨れた切っ先で触れてきた。

「や、やだ……」

黒瀬のいやらしい行為に、藍子の躯が燃え上がる。

顔から火が出そうなのに、躯は黒瀬を受け入れたいとわなわなする。

藍子は情熱で瞳を潤ませて黒瀬を仰ぐが、彼は動きを止めない。早く藍子の蜜壷に埋めたいと訴えながら、何度も媚唇に沿って撫で上げる。

「あっ、あっ……」

黒瀬のものが花芯に触れると、藍子の震えは止まらなくなってきた。まだ何も始まってはいないのに、藍子の意識までも凌駕する悦びに抗えない。

あふれる蜜の量が多くなる。それは滴り落ち、シーツに浸みるのがわかるほどだ。黒瀬のコンドームにも絡まっている。それで擦られると、空気がまじり合って淫靡な音が響いた。

「あっ、ダメッ……んぅ」

藍子は枕の上で髪を乱して、黒瀬を見上げる。

黒瀬はわざと音を立てて、藍子の欲望を煽ってくる。藍子が心のどこかでまだ自分を抑えようとしているのが、彼には伝わっているのかもしれない。

もっと淫らに感じろ――黒瀬の目が、藍子にそう伝えてくる。彼が主導する愛欲の道へ、藍子を引き連れていく。

「っんぅ、……ぁっ」

これまで弄るだけだったのに、黒瀬が昂りを蜜蕾にあてがって挿入してきた。

処女ではないので、痛みはさほどない。でも狭い媚孔を四方八方に広げられる圧迫感と蜜壁を擦られる甘い苦痛に、目がじんわり滲んで睫が濡れる。

「俺だけに集中して。今、藍子を満たしているのは……俺だ」

黒瀬は、じわじわと奥へ突き進み、それからゆっくり引き戻す。抜けるのではと思うぐらい腰を動かしては、勢いよく深奥を突いた。

黒瀬は自分の性欲を優先するのではなく、藍子の躯に彼の形、太さ、硬さを覚え込ませるように、何度も同じ行為を続けた。

最初こそ、久し振りに貫かれる感触で筋肉が強張ったが、すぐに黒瀬のものでほぐされ、柔らかくなる。しかも彼を悦ばそうと、自然に収縮し始めた。

「ンっ……、ああっ……はぁ」

黒瀬の動きが少しずつ速くなる。ぬめりのある蜜液が彼のピストン運動を助けて、奥へ奥へと誘う。

微妙な腰つきで、これまで触れられなかった部分を突き上げられると、藍子の躯を焦がす火が勢いよく燃え上がった。

「っん……ああ、は……ぁ」

淫らな声が止めどなく零れる。それを受け、黒瀬は浅く腰を引いて楔を深奥に打ち込んだ。

藍子の躯が引き攣っても、容赦ない。

藍子はシーツを強く掴み躯を硬くして逃げようとするが、上手くいかない。体内で生まれたうねりが凄い勢いで増幅されていくためだ。

媚壁の収縮が激しくなり、藍子を穿つ硬茎をしごき始めた。それに合わせて、藍子は恍惚感に包まれる。

瞼の裏には、線香花火に似たバチバチした光が小さく飛び散っていた。

「んう、っふぁ……、あ……っ」

藍子を熱くさせる快い刺激が、四肢にまで広がる。それは、腰が砕けてしまうほどの情火だった。

黒瀬の攻めはまだ止まらない。

藍子が淫らに乱れる姿に魅了された目をして、黒瀬がベッドに手をついて躯を起こした。

藍子は、黒瀬に膝を押されて開脚させられる。

繋がった部分をちらっと見た黒瀬が、規則的な間隔で滑らかに腰を動かし始めた。

「あ……っ、……そ、こっ！」

先ほどとあまり変わらない体位だが、黒瀬が上体を起こしたことでこれまでと違う箇所を擦られる。急激に蓄積する熱が膨らみ、自分の喘ぎさえ遠のいていくような気がした。

「んぁっ、あ……はぁ……っんぅ」

黒瀬は藍子がどこを探れば悶えるのか、試すように動かしている。硬い昂りを根元まで押し込み、軽く引き、また奥深くを穿った。

「いいっ……、んあ、あぁ……」

黒瀬に揺すられて、藍子の乳房もいやらしく同調する。

彼はそこに手を伸ばし、色付く乳首に触れた。

「黒瀬くん！　……あっ、どうしよう……わたしっ」

理性を奪う強い快感に涙が込み上げてくる。雫が目尻からあふれても、黒瀬は何も言わなければ律動も止めない。それどころか、藍子の蜜孔を侵すスピードを上げていく。

このまま揺さぶられていたら、きっと弾けてしまう。

その瞬間を思って、藍子の胸の奥で期待と不安がぐるぐる旋回し始めた。でも相手が黒瀬だと思うだけで、その憂苦は薄れていく。

それぐらい藍子は黒瀬を信頼していた。

「藍子、俺だけを見るんだ」

喉の奥から振り絞るような黒瀬の声。

藍子はそこにある深い音に導かれて仰ぎ見た。

黒瀬も藍子と同じく激しく悶えている。違うのは、彼が藍子を悦ばせたい一心で求めてくれていることだ。

「黒瀬くん、黒瀬くん！」

両腕を差し伸べると、黒瀬が反応してくれた。

「今からイかせてあげる。俺の腕の中で達して」

黒瀬が情熱的に囁き、藍子と目を合わせる。視線を絡ませて、抽送を速めた。

乳房が揺れ、彼の逞しい胸で藍子の硬く尖る乳首が擦れる。

「あ……っ、はぁ、……っ」

黒瀬の愛戯に、藍子のすべてが彼の色に染まっていく。

これからもわたしだけを求めて――そう強く望むほど、誰かに想いを傾けてしまうなんて思ってもいなかった。

そういう相手に出会えた奇跡に、藍子の胸は、はち切れんばかりの喜びが膨らんでいく。

「好……き、っあ……、黒瀬くん……好き」

想いを告げると、藍子の蜜筒を穿つ怒張がさらに太く張った。

蜜蕾と淫襞が引き延ばされる感覚に息を呑むが、黒瀬の腰遣いでそれは悦びに取って代わる。

「あ……んっ、は……ぁ、っ……」

熱情の奔流に呑み込まれそうになった。躯にまとわりつく愉悦の渦に堪えられず、泣き声に似た喘ぎを零す。

そんな状態にもかかわらず、藍子はまだこの快感から淩われたくなかった。

まだ一つに結ばれていたい……！

「キスして、お願い……。わたしにキスを」

藍子の強請りに、黒瀬が男っぽい笑みを浮かべて藍子の唇を塞いだ。

黒瀬とのキスにようやく慣れてきた藍子は、自然と唇を開けて彼の舌を受け入れる。

そして自ら舌を絡めた。

「っんぅ……、ふぁ……」

黒瀬は藍子の唇を貪り、唾液を交換し合う。

愛し合っている最中、こんな風に愛しげに抱きしめられた経験などない。

藍子は幸福感に満たされて、黒瀬を抱きしめる。すると彼は、二人の間に隙間ができなくなるほどの抱擁を返してくれた。

協奏のリズムを崩さずに、藍子を攻め立てる黒瀬。

藍子は黒瀬に貫かれるたびに甘い声を上げ、背に爪を立てる。すると、彼は藍子に伝わるほど躯を震わせた。

「ああ、癖になりそうだ。藍子は誰にも渡さない。俺のものだ」

黒瀬が切羽詰まった語気で囁いた。それだけで、藍子の躯の芯がふにゃふにゃに蕩けそうになる。

「黒瀬くん……、あっ！」

太く滾る硬杭で蜜を掻き出され、ぐちゅぐちゅと淫靡な音を立てられた。そんないやらしい粘液音さえも、藍子を最上の高みへと押し上げる。

藍子の頬は紅潮し、キスでぷっくりした唇から漏れる嬌声が熱をはらむ。

黒瀬は角度を変えては深奥を抉り、ずるりと引き抜いた。

「っん！　あ……んっ、……わた、し……っ！」

濡れた壁を切っ先で擦り上げるその動きに、藍子の震えが止まらなくなる。

黒瀬とまだ躯を離したくない。しかしその感情とは裏腹に、興奮状態から解放されたいという願いも生まれ始めた。

藍子はその狭間で揺れながら、黒瀬から送られる快楽に顔をくしゃくしゃにする。

「ああ、藍子……君が好きだ」

えっ？　好き？

この時初めて、藍子は黒瀬に好きだと言われたことに気付いた。

あまりにも幸せで黒瀬を抱く腕に力を込めると、彼の動きはさらに速くなった。圧迫感と高揚感がまじり合い、熱が渦を巻いて荒々しく暴走し始める。

「あっ、は……ぁ、……んふぅ」

奥深い敏感な壁を黒瀬の膨れた先端で突かれて、最高潮に達しそうになる。

その潮流に抗えなくなった時、彼のものを包む媚口がきゅっと締まった。内壁が波打ち、彼を奥へと誘う。

「うっ！」

突然の締め付けに呻きながらも、黒瀬は律動を緩めない。息遣いを乱して、腰を激しく動かす。

もう耐えきれない！

藍子がすすり泣きを漏らすと、黒瀬が二人の間に手を滑らせ、藍子の膨らんだ花芽を擦った。

刹那、藍子の体内で大きく膨張した熱だまりが一気に弾け飛んだ。

「ああっ……！」

藍子の情欲が躯中を駆け巡って、脳天へ突き抜ける。

快感に包まれた躯は発火したみたいに燃え上がり、瞼の裏には万華鏡のように色鮮やかな光が煌めいた。

その直後、黒瀬が何度か藍子を強く突いて咆哮を上げた。

最奥に熱い精を迸らせた黒瀬は、しばらくしてから脱力し、藍子に全体重をかけた。

黒瀬の湿った吐息が肌にかかる。藍子はそれさえも愛しいと彼を抱きしめて、快い陶酔に浸った。

「まさか、ここまで翻弄されるとは思ってもみなかった」

黒瀬がボソッと呟く。

呼吸が落ち着くまで藍子を抱いていたが、黒瀬はやがて深く息を吐くと、躯を離した。

まだ完全に芯を失っていない彼自身が、藍子の中からずるりと抜ける。

満たされていたものがなくなって焦燥感が生まれるが、それは次第に薄れていった。

黒瀬が藍子を愛しげに抱き寄せてくれたからだ。

「言っておくけど、日曜日まで藍子を離さないから。藍子が俺の手を取ってくれたというのが、まだ信じられないんだ。しばらく、俺に幸せを感じさせてほしい」

黒瀬は、まるで藍子が彼の腕の中からするりと抜け出すのを怖れるかのように、抱く腕に力を込めた。

どうしてそんな風に思うのだろう。

確かに、藍子が黒瀬の腕に飛び込むまでは時間がかかった。でも彼を誰にも奪われたくないと自覚して以降、もう彼しか目に入らない。それなのに、いったい何が気になるのだろう。

藍子は黒瀬の不安を払拭（ふっしょく）するように、腕を撫（な）でながら肩に顔を埋めた。

第四章

今日も残暑が厳しく、陽の下をちょっと歩くだけで汗が滲（にじ）み出る。

少しは涼しくなるかと思ってエンジェル・スリーブのブラウスを着たが、そう上手くいかない。会社に到着する頃には、汗で生地が肌に張り付くほどだった。

だが、いつもなら不快な気分になるこの状況も、今日はそんな気持ちにまったくならなかった。

先週末、黒瀬と一緒に過ごしたせいか、心が浮き立っている。

「おはようございます」

秘書室に入った藍子は、これまでと変わらない態度で挨拶をした。しかし、後輩たちは挨拶を返しはするものの、何故かその目は異様に冷たい。

室内の雰囲気を気にしつつも、藍子は数日前の非礼を詫びるために、高市のデスクへ向かった。

「高市主任、先日は先に帰ってしまって、本当にすみませんでした」

「あっ、いや……。確かにびっくりしたけど、うん……」

藍子を連れ去った黒瀬を思い出したのか、高市はどこか困惑した様子で頷いた。

「茅野さんのことだから、まあ何があっても大丈夫だと思ってたけどね。ただ少し……黒瀬室長補佐の迫力に驚いたが」

高市は苦笑したが、すぐに表情を改める。

「彼については茅野さんが一番わかってると思うが、この先も、彼のために尽力してほしい。だけど、もし、無茶な仕事を頼まれるようであれば、遠慮無く相談してくれ」

「ありがとうございます」

藍子は笑顔で答え、自分のデスクへ戻った。

仕事の準備を始めるが、不意に視線を感じて顔を上げた。途端、後輩たちがさっと目を逸らす。

何だろう？　今日は朝から様子が変かも……

小首を傾げながらも、藍子は特段気にしないように心掛ける。

秘書室の朝会を終え、藍子は黒瀬の執務室に向かった。

「おはようございます」

「おはよう、藍子」

週末、藍子は黒瀬とずっと一緒にいた。なので、藍子は彼に対して免疫が付いたと思っていた。

でもそれは大間違いだった。

黒瀬を前にするだけで、藍子の体温が上昇して心臓が早鐘を打ち始める。

黒瀬を誰にも渡したくないという自分の気持ちに気付く前とは、全然違った。

まさか、こうも変わるなんて……

でも今は仕事中。

藍子は自分を律して黒瀬に近づき、仕事の打ち合わせを始めた。

黒瀬はというと、藍子を見る目に愛を浮かべつつも、決して仕事中は私情をまじえない。仕事の話を始めると、とても真剣な表情になった。

但し、それが終われば空気は甘くなる。黒瀬の家で過ごした時と変わらない態度で、自然と手に触れたり軽く肩を抱いたりして、藍子が特別だと示してきた。

黒瀬の気持ちが藍子に伝わってくる。

恋人としても秘書としても、とても大事だと……

その気持ちだけは絶対に裏切りたくない。

「では、また午後に伺います。失礼いたします」

立ち上がった藍子に黒瀬は頷き、モニターへ躯を向ける。

そして彼は、すぐにファイルが積み上げられた山から一部を手にして、仕事を開始した。

藍子は執務室を出て、秘書室に戻る。自分のデスクに着いたところで、キーボードの上に置かれたクリアファイルに気付いた。

「うん？」

それは、藍子が黒瀬の家に秘書として行く直前まで携わっていた仕事に関するものだった。

藍子が黒瀬の専属秘書になったために一課に引き継がれたが、そこに貼られた付箋紙には、他の仕事で手一杯なので手伝ってほしいと書かれてある。しかも締め切り時間まで明記されていた。

頼んできた後輩の所在をホワイトボードで確認すると、資料室とある。きっと上司の指示を受けて奔走しているに違いない。

知らない仕事ではないし、黒瀬関連で急ぎの案件もない。

藍子は早速、その資料作成に取り組んだ。午前中で完了したその仕事を、藍子は昼休みを挟んで高市へ渡しに行った。

「高市主任、ご確認お願いします」

「そこに置いてて。すぐに見るから」

「はい」

藍子はデスクの上に置くと、ひとまず自分のデスクへ戻り、黒瀬の執務室に行く準備に入る。

その時だった。

「茅野さん。これ、数値が違っていないか？」

「えっ？」

藍子は急いで高市のもとへ向かう。彼が指したのは、先ほど渡した藍子が作成した資料だ。

「そんなはずは――」

数値を計算して入れるだけだったので、難しいところはなかった。なのに、いったい何を見落としてしまったのだろう。

「すみません、確認します――」

自分のデスクにあるファイルを取って、高市のもとに戻る。

「これなんですが……」

説明しながら確認を開始したところで、見覚えのない用紙に目が止まった。すぐに枚数を確認する。

「えっ？　一枚、多い……」

資料をまとめるような仕事に入る際、最初に全体枚数を確認するのは基本だ。藍子自身もその重要性を理解しているので、後輩たちに指導する時は、そのことを口を酸っぱくして言っていた。

なのに、当の藍子が初歩的なミスをしてしまうなんて……

「申し訳ありません。すぐにやり直します」

藍子は高市に頭を下げて、デスクに戻った。

「茅野先輩がこんな失敗をするって……」

後輩たちがクスクス笑う声が耳に届く。

藍子の顔が羞恥で赤くなったが、指摘されて当然のことに対して反論する気は毛頭ない。

「森宮さん、確認してもらっていいかな？」

藍子は森宮の方に身を乗り出し、ダブルチェックを依頼した。ここで再びミスをするわけにはいかない。

　森宮は、何故か藍子と目を合わせず、居心地悪そうな顔つきでそれらに間違いがないか確かめた。

　その様子が引っ掛かるが、藍子はあまり気にせず森宮が改め終えるのを待つ。

「はい、大丈夫です。これで最新のデータに反映されます」

「ありがとう」

　森宮から用紙を返してもらい、藍子はパソコンに向かう。しかしデータの修正をする前に、黒瀬に連絡を入れることにした。

　本来、藍子が優先させるべき相手は黒瀬だ。しかし今は、自分がしたミスのフォローをしなければならない。

　数回の呼び出し音が響いたあと、彼の『藍子？』という応答が聞こえた。

「お仕事中すみません。このあと伺う予定でしたが、二時間ほど遅れそうなので、先に午後のスケジュールだけ確認させてください。十五時より、阿川部長と定例会議が入っています」

『あ……』

　黒瀬の嫌そうな声に、藍子は苦笑した。

　藍子が聞いているところによると、それは会議とは名ばかりの茶話会らしい。仕事に直接関係ない会は無駄と考えつつも、上役との会話から新たなインスピレーションが湧くのも事実らしく、彼はその狭間で揺れていた。

「開始十分前にご連絡しますが――」

『いや、いい。時間の確認ぐらい自分でできる』

黒瀬は不機嫌に言ったが、藍子は彼に連絡を入れる旨を頭に入れる。仕事に集中していると、彼はドアのノック音さえ気付かない時があるからだ。

『ところで、何かあったのか？』

「えっ？」

『藍子が遅くなるって初めてだから』

藍子は問題となったファイルに視線を落とす。

「すみません、急ぎの案件ができてしまいました。後ほど必ず伺いますが、それまでに何かありましたらご連絡ください」

『……わかった』

黒瀬のしぶしぶといった口調に申し訳なさを感じながら、藍子は内線を切った。

「仕事中なのに、まるで恋人と話すような甘え声」

誰かが呟く。

藍子の中に不愉快な気持ちが生まれるが、これまで同様じっと耐えて、数値入力に精を出した。

――数時間後。

途中で黒瀬に連絡を入れはしたが、それ以外の時間は集中して修正作業に取り組んだ。最終確認をし、高市に持っていく。もう、指定された締め切り時間ギリギリだった。

「遅くなってすみません」

「大丈夫。間に合ったよ」

高市が全体に目を通し、小さく頷いて確認印を押した。

「じゃ、俺はこれを持って行ってくるよ。それにしても茅野さんにしては珍しいミスだったな。どうした？」

何を言っても言い訳にしかならない。藍子は素直に頭を下げた。

「申し訳ありません。以後、気を付けます」

「事前に見つけられて良かった。まあ、間違いを未然に防ぐのが、俺の役目だけどね」

立ち上がった高市はデスクを回り、藍子を励ますように頬を緩めた。

「失敗が続かなければ大丈夫。次は気を付けてくれよ――」

「えっ？　茅野先輩が失敗されたんですか⁉」

急に割って入ってきたのは、安座間だった。藍子に仕事を頼んできたもう一人の後輩も一緒だ。腕にファイルを抱えている。

どうやら、午前中からずっと情報管理室や品質管理室などで、資料整理をしていたらしい。

「珍しいこともあるんですね。茅野先輩って、どんなに難しい仕事でも完璧にこなすイメージなのに。だからあたしたち後輩は、いつも先輩に頼っていて……ねっ！」

安座間が同意を求めると、もう一人が相槌を打つ。そして、その後輩は藍子に笑顔で目を向けた。

「茅野先輩に頼んだ仕事、してくださったんですね！　どうもありがとうございます」

藍子は小さく首を横に振る。

「いいえ、助け合うのは当然だから。それに手も空いてたし――」

「えっ？　手が空いてる？」

安座間が口を挟んだ。彼女は目を見開いて、藍子をまじまじと見つめる。

「だって、黒瀬さんは一人で会議室へ向かわれていましたよ。差し出がましいとは思いましたが、あたしが付き添わせていただきました。ダメですよ、先輩。仕事の失敗を取り返すために、本来の仕事を疎かにするなんて」

「そうだったのか⁉」

安座間の言葉に、高市が驚く。藍子は「はい」と答えて、視線を落とした。

「その件については、また次にしよう。俺はもう行かないと――」

「あっ、待ってください。高市主任に頼まれていた資料です」

その場を立ち去ろうとしていた高市に、安座間が腕に抱えていたファイルの一つを手渡す。彼は彼女に礼を述べ、足早に秘書室を出ていった。

藍子が席へ戻ろうとした時、すれ違い様に安座間が耳元で囁いた。

「まだ諦めてませんから。先輩の仕事も、黒瀬さんも。……あたしがいただきます」

安座間の強気な発言にさっと振り返る。だが、彼女は既に後輩に笑顔で話しかけていた。

不意に視線を感じて、藍子はそちらに意識を向ける。

一課のデスクにいる森宮と目が合った。彼女は、口を開こうとしたものの、すぐに面を伏せた。

藍子に仕事を頼んだ後輩と楽しそうに話す安座間。そして、何か言いたげに目で訴えながらも、力なく口を閉じる森宮。

少し前までとは明らかに異なる不穏な空気が、秘書室に漂っている。気になりつつも、藍子の頭の中は、自分の仕事でいっぱいだった。


――それから一ヶ月。

日中は汗ばむ日もあるが、日増しに朝晩の冷え込みが感じられるようになってきた。

澄み渡る空と、肌を優しくなぶる風からも、秋の気配がする。

食欲の秋到来とばかりに、皆は食べ物の話題で盛り上がっている。雑誌を広げては、出掛ける計画を立てる者もいた。

そうしてとても楽しそうに話す秘書室の後輩たちの一方で、藍子の心は曇っていた。

「……こ？　……藍子⁉」

力強い語気に藍子はハッとし、いつの間にか伏せていた目を上げる。黒瀬はモニターではなく、藍子を注視していた。

昼食を終えたあと、藍子は黒瀬の執務室にいた。しかし、彼と仕事の話をしている間に意識を飛ばしてしまったようだ。

「すみません！」

仕事中にボーッとするなんて、酷過ぎる。

藍子は小さく頭を振り、頭の奥にかかる靄を払おうとした。だがそうすればするほど、ここ一ヶ月の間に起きた様々な出来事が浮かんでしまう。

始まりは、後輩に頼まれた仕事でミスをした日といえるだろう。

その日を境に、藍子は小さな失敗を繰り返している。

頼まれたものとは違う資料を作ったり、日付違いの稟議書を用意したりなど、一つずつ挙げていけばキリがない。どれも、会社に多大な迷惑をかけるほどの重大なものではないが、ミスはミスだ。

ただ、黒瀬の仕事や、高市から直接指示された仕事だけは失敗していない。藍子がミスしているのは、秘書室の後輩経由で頼まれた案件ばかりだった。

ここまで重なれば、藍子が何か後輩たちの気に障ることをしたのだと思い当たらないわけにいかない。

しかし、彼女たちの振る舞いは表向き、これまでと変わらない。そんな彼女たちがわざと嫌がらせをするとは、やはり信じられなかった。

「心ここにあらず……か」

黒瀬の言葉で、藍子は再び物思いに耽っていたと気付く。あたふたして顔を上げると、彼は藍子を見つめていた。

初めて会った時と変わらない、藍子の心を覗き込むような目つき。黒瀬はそうやってじっと耐えながらも藍子に根気強く接し、秘めていたトラウマを暴いた。

黒瀬は、観察眼に長けている。

このままでは、近いうちに藍子の失態が伝わってしまう。

藍子は自分の仕事に誇りを持っている。それが報われて、黒瀬の専属秘書になれたと断言していい。

なのに、ここ最近立て続けに起こっている失態を知られたら、黒瀬の秘書には相応しくないと思われるだろう。

それだけではない。秘書としての資質にも、疑いを持たれてしまうかもしれない。

藍子は顔の強張り(こわば)を感じながらも、無理して口角を上げた。

「心配させてしまってすみません。大丈夫——」

「あいつは藍子が何に悩んでいるのか知ってるのか？　秘書室の主任、高市宗武は」

「えっ？　高市主任？」

黒瀬が高市のフルネームを知っていたことに、藍子は驚いた。

だが、二人が一度新宿の居酒屋で顔を合わせていたのを思い出す。もしかして、藍子の直属の上司と知って頭に入れたのかもしれない。

「そうですね。上司ですから、ある程度は把握されてます」

藍子は答えて、手元のシステム手帳に視線を落としてこの先の黒瀬のスケジュールを再確認する。

「よりにもよって、あいつには心を開くのか」

不機嫌に尖(とが)る黒瀬の語調。

黒瀬と初めて会った日を思い出して顔を上げると、彼が藍子を凝視していた。

「黒瀬くん？」

何か黒瀬の気に障る行動をしただろうか。

どう応じようか戸惑っていると、黒瀬が呆れたようなため息を吐(つ)いた。

「何か午後に新しい仕事が入った？」

「仕事……、あっ、いいえ！」

話が変わって反応が遅れるが、藍子は慌てて頭を仕事モードに切り替えた。

「急ぎの仕事は入っていません。今朝お伝えしたとおり、プロジェクト推進チームから、いくつか新しいシステムデータが届く予定です」

「藍子は？　秘書室に戻ったあと、何か急ぎのものは？」

秘書室という言葉に、自然に顔が曇る。

午前中は何も問題は起こらなかったが、午後はわからない。

高市は、藍子のミス続きには何かあると察しているみたいだが、一週間に数回程度なので、そこまで深刻に受け止めていないようだ。

とはいえ、そろそろ相談した方がいいかもしれない。

「いいえ、特にはありません。では、そこの資料をシュレッダーにかけてから、退室しますね」

黒瀬のデスクの横にある、裁断処理が必要な用紙の山を目で示す。

藍子の仕事はスケジュール管理の他、雑務を一手に引き受けて、黒瀬が集中して仕事に向き合える時間を作ることだ。

「藍子、そこを片付ける前に、コーヒーを淹れてきてくれないか？」

「わかりました」

藍子は立ち上がり、黒瀬のカップを持って執務室を出た。

システム開発室にあるコーヒーサーバーに、カップをセットする。そのまま待っていると、三浦が近寄ってきた。

新宿の居酒屋で、安座間が最初に声をかけた男性だ。今では藍子も顔見知りになっている。

「茅野さん、室長補佐に頼まれたんですか？」

「はい。午後も集中して取り組まれるようです」

藍子は三浦が持つカップを見て、注がれた黒瀬の分を脇に避け、彼のをセットした。

「ありがとうございます！　秘書の方に淹れてもらう機会は滅多にないから、とても嬉しいです」

「本当はわたしではなく、安座間さんや森宮さんにお願いしたいってわかってますよ」

藍子は頬を緩めて年下の三浦をからかう。すると、彼がぷっと噴き出した。

「笑ってすみません。茅野さんって、本当に雰囲気が柔らかくなりましたよね。俺の知ってるイメージは、真面目で男を近づけないっていう……。あっ、すみません！　悪い意味ではなくて、仕事に誇りを持った女性なんだなと思ってて」

三浦は口が滑ったと焦ったのか、後半は早口になっていた。

慌ててカップを取り、デスクに戻ろうとする。でも、何げなく足を止めて、藍子に向き直った。

「あの……眼鏡を外されたり、明るい雰囲気になられたりしたのは、室長補佐に付いてからですよね？　生意気な言い方かも知れませんけど、今の方が素敵です」

三浦が穏やかに笑う。

藍子は頬を赤らめて「ありがとうございます」と礼を述べた。そこで、彼が不意に顔を顰めた。

「そういえば、開発室担当はいつ安座間さんに代わったんですか？　これまでは森宮さんだったのに何でかなと思って。彼女、いつも誠実な対応をしてくれてたのに……。あっ、すみません！　いきなりこんな話をしてしまって。コーヒー、ありがとうございました」

会釈する三浦を見送ったあと、藍子は黒瀬のカップを持って執務室へ向かう。でも頭の中は、彼が話した今の件で一杯だった。

森宮の担当する業務が安座間に変更？　いつの間にそういう話になったのだろうか。

藍子は小首を傾げつつ、セキュリティを解除して黒瀬の部屋に入った。

「失礼しま――」

そこまで言いかけて口を閉じる。黒瀬は電話中だった。藍子は彼の邪魔にならないようにそっとデスクへ近づき、定位置にカップを置く。

「では、よろしくお願いします」

黒瀬の受け答えを聞きながら、藍子はシュレッダーにかける書類に手を伸ばした。そんな藍子の腕を、いきなり彼が掴む。

驚いて黒瀬を見ると、彼はちょうど受話器を置いたところだった。

「藍子、今から出掛けるよ」

「……はい？」

藍子はきょとんとする。

そんな藍子を尻目に、黒瀬はハンガーに掛けた上着を羽織る。そして、緩めていたネクタイを締め直した。

どうやら本当に出掛けるらしい。

藍子はシステム手帳を掴み、黒瀬のためにドアを開ける。準備ができた彼に続いて部屋を出ると、一緒にエレベーターホールに向かった。

「どちらへ行かれるんですか？」

エレベーターに入って訊ねると、黒瀬が背後から覆いかぶさるようにして、エレベーターのボタンを押した。

「藍子にも一緒に来てもらうから、急いで準備してロビーに来て。すぐにだ。秘書室長には、俺からもう連絡を入れてある」

黒瀬が言い終えた時、ちょうどエレベーターの扉が開いた。

「わかりました。すぐに伺います」

黒瀬に従う以外の選択肢がない藍子は、秘書室に戻り、デスクの引き出しに入れたバッグを掴む。後輩たちが訝しげな目を向けてきたが、あえてそちらを意識しないようにする。奥のデスクに座る室長の小林を見ると、彼は早く行けとばかりに手を振った。

黒瀬が言っていたとおり、藍子が外出する件は伝達されていたみたいだ。

小林に頭を下げ、急いでロビーへ向かう。

黒瀬は入り口の自動ドアの傍に立ち、腕を組んで外を眺めていた。

他のサラリーマンたちと同じようにそこにいるだけなのに、黒瀬の周囲だけ空気が違う。

外から射し込む太陽の光がスポットライトの如く、黒瀬に降り注いでいる。

身長が高く、無駄な贅肉もない黒瀬は、まるで芸能人みたいに内から覇気を放っていた。

黒瀬なら、望めばどんな美女とでも付き合えるのに、藍子を求めるなんて、今も信じられない。

いったいわたしのどこが黒瀬くんを惹き付けたの？　――そんなことを考えて黒瀬を

眺めていると、彼がやにわに顔を上げた。

「藍子」

黒瀬が、傍へ来いと手招きする。

「少し遅かったな。罰として、ずっと俺と手を繋ぐこと。離したらお仕置きだから」

黒瀬の口調が尖る。だが藍子を掴む手は優しかった。

黒瀬は藍子の手を引いて外に出ると、最寄り駅に向かう。

いったいどこへ行くのだろうか。

訊ねたい気持ちはあったが、できる雰囲気ではなかった。黒瀬は、何かを考えるような真面目な顔つきで、遠くを見つめている。

ただ、宣言したとおり、黒瀬は電車に乗っても手を離さなかった。

電車を降りて郊外の静かな住宅街の道を歩く間も、しっかり握り続ける。

会社を出て、約一時間。

たどり着いた場所は、有名な私立大学だった。

会社がソフトウェア技術者の育成プロジェクトで協力している大学であり、黒瀬の母校だ。

どうして大学に来たのかと不思議に思いながら、周囲を見回す。まだ授業はあるようで、キャンパスにはたくさんの大学生の姿があった。

黒瀬は藍子の手を引き、門の脇にある警備員の詰所に向かう。彼はそこで入校手続きをし、慣れた手つきで許可証をもらった。

藍子の意識が大学の敷地内に戻る。

レンガ色の綺麗な建物、緑あふれる広々としたキャンパス。ベンチに座って本を読む可愛い女子学生や、サークルメンバーらしき男女のグループが楽しそうに談笑する光景。

何もかもが、藍子に遠い昔を思い出させた。

青春を謳歌する華やかな同級生たちとは違い、真面目で地味だった自分を……

「藍子？」

黒瀬に呼ばれて顔を上げると、ちょうど彼がネクタイを抜き取るところだった。

黒瀬はそれを無造作にポケットに突っ込み、次いでシャツのボタンを上から二つほど外す。

警備員のチェックが終わった今、もう真面目な振りは必要ない――そう言いたげな黒瀬に、藍子は苦笑した。

「どうしたんです？　学生時代に戻りたいんですか？」

「そんなはずないだろ。まあ、プログラミング研究は楽しかったけどね。でも、院まで通ってたんだ。もう学生には戻りたくない」

「それならば、どうして――」

会社を出てからずっと気になっていた件を口にしたが、通り過ぎる女子学生の「えっ⁉　あの人、めちゃくちゃカッコいい！」という声に掻き消された。

普通にいるだけなのに、やはり黒瀬は目立つ。彼女たちがキャッキャと色めき立つのが、その証拠だ。

騒がれているのは黒瀬なのだが、彼と手を繋ぐ藍子にも少なからず好奇の目が向けられる。

居心地悪さを感じながら、藍子は黒瀬を窺った。

黒瀬は周囲の声を、気にする素振りもない。ただ、真っすぐ前を向いている。

藍子は、もう一度気持ちを立て直すように、深呼吸した。

「これからどこへ行くんですか？」

藍子が訊ねると、黒瀬は表情を和らげた。

「俺が通っていた院の別館だよ」

「別館？」

「ああ。さっき警備員に研究室に連絡してくれと言ったから、そろそろ迎えが来るんじゃないかな。……ほら、思ったとおり」

黒瀬が正面にある大きな学舎ではなく、少し脇に入った場所にある建物を目で示す。

そこから一人の女性が出てきた。その女性は黒瀬を見つけるなり、手を大きく振って走り寄ってきた。

「黒瀬！」

人目もはばからず、大声を上げるボーイッシュな女性。

ショートカットの毛先を緩（ゆる）やかに巻いたその彼女は、細い脚にぴったりと張り付くスキニーパンツを穿（は）き、長袖のカットソーの上に、半袖のブラウスを羽織っている。とても活発な女性といった印象だ。

この女性はいったい？

女性が破顔して、黒瀬の前で立ち止まった。

「ようやく来てくれたのね！」

「ようやくって……。八月に会っただろ。メンバーが全員揃うからって」

「当然でしょう！　リーダーの帰国を祝って開いた会なんだから、黒瀬が参加しないと意味ないじゃない。ようやく来てくれたっていうのは、院にって意味。ところで隣の女性って、ひょっとして――」

女性は大きな目を見開き、藍子を興味津々（きょうみしんしん）に凝視する。そして、黒瀬が藍子の手を握っているのを確認して、おかしそうに笑った。

「彼女は――」

「わかった！」

女性が黒瀬の言葉を遮り、目を輝かせて藍子に一歩近づく。

「そう、貴女は……茅野さんね！」

「えっ？」

驚く藍子に、女性がにんまりした。

「当たりね。初めましてじゃないけど、初めまして。あたし、小田原菫です。電話で何回か話したのを覚えてます？」

小田原の快活な話し方に、藍子はハッとなった。

藍子が黒瀬の自宅で仕事をしていた時、ほぼ毎日彼に電話をかけてきた女性だ。

「良かった、覚えてもらえてて。でも、驚いた顔をしているってことは――」

小田原は黒瀬をじろりと睨み付けた。

「黒瀬、茅野さんにあたしのことを話していないのね」

「必要があれば話すさ」

小田原ががっくりと肩を落とし「まったく、これだから……」と呟く。けれど彼女は、すぐに我に返り、両腕を胸の前で組んだ。

「茅野さんと一時も離れたくないって意思表示はするくせに、肝心なところで、ダメなんだから」

そして黒瀬に挑発的な目を向ける。

二人のよくわからない会話に、藍子は内心おろおろしていた。

だが、小田原の態度から、二人がかなり親密な付き合いをしてきたらしいというのはわかった。

もしかしたら昔付き合っていたとか、小田原は今も黒瀬を想っているとか……

藍子の躯に緊張が走る。息を呑んだ音が聞こえたのだろう。小田原が、ちらっと藍子を見た。

何を思ったのか、前触れなく彼女が、藍子の手を握る黒瀬の手首に向かって手刀を振り下ろした。

「痛っ！　お前……！」

黒瀬が声を荒らげても小田原は意に介さない。

にっこりして二人の間に割り込み、黒瀬と藍子の腕に手を絡めた。

「はい、行くよ！　黒瀬が来るって連絡を受けて、田中教授もゼミ生も待ってるんだから」

黒瀬が文句を言っても聞き流して、小田原は二人を建物の中へ引っ張った。

小田原に急かされるようにして階段を上がり、とある部屋の前で立ち止まる。彼女は藍子たちから手を離すと、ドアをノックした。

「失礼します」

ドアを開けると、奥のデスクに座っていた五十代ぐらいの男性が顔を上げた。彼は黒瀬を見るなり、顔を輝かせる。

「黒瀬、待ってたよ！」

「お久し振りです、田中教授」

黒瀬が男性に近寄り、親しげに握手を交わす。

「君が来ると連絡をくれた時、ちょうど学生たちがいてね。皆、大喜びだ。そこにいるとそこで、その男性が、やにわに藍子に目を留めた。藍子が軽く会釈すると、笑顔で小田原くんもね」

頷く。

「黒瀬、君のいい人かい？」

黒瀬は頷き、藍子を愛しげに見つめる。

「彼女は、茅野藍子さん。俺の秘書であり、俺の大切な恋人……仕事以外の部分でも支えてくれる、大事な女性です。藍子、俺の恩師の田中教授だ」

「いいね、いいね！　昔の黒瀬を知っている私としてはいろいろと心配していたが、良かったよ。君にここまで言わせるんだから、とても素敵な女性なんだね」

黒瀬が甘い言葉を口にしても、驚くどころか面白がる教授に、藍子の方が戸惑う。教授は藍子に笑いかけて、小田原に目を向けた。

「こっちはいいから、小田原くんは茅野くんの相手をしてあげてくれ」

小田原が「わかりました」と返事をするのに合わせて、黒瀬が藍子の背に触れる。

「藍子、すぐに戻るから待ってて」

朗らかな笑顔を藍子に向けた黒瀬は、教授と共に部屋を出ていった。

藍子は小田原と二人きりになって緊張するが、彼女はそんな藍子の気持ちをほぐすように腕を取る。

「ねえ――」

その時、隣の部屋で上がった歓声が耳に入った。

「黒瀬の登場に、学生たちが喜んでるの。彼って、プログラマーを目指す学生たちにとって憧れの人だから」

小田原に促されて、廊下に出る。

彼女は歩みを止めず、正門を見渡せる窓へ藍子を引っ張った。

「うーん、いい風！」

吹き込む爽やかな風を受けながら目を閉じ、秋の香りを胸一杯に吸い込む小田原。しばらくすると静かに目を開けて、藍子に顔を向ける。

「黒瀬のこと、どこまで知ってる？　彼の秘書なら、彼の経歴とか知ってるのよね？」

「はい。とは言っても、それほど詳しくは知りませんが。学生時代にハッキングコンテストで表彰台を総ナメにして以降、プログラマーとして知られるようになったと伺ってます」

「うん。そのチームに、実はあたしも入ってたんだよね」

「えっ？」

藍子が目をぱちくりすると、小田原がニヤリとした。

「もしかして、あたしが黒瀬を好きだとか、思ってた？　そういう気持ちを抱いてるから彼に何度も電話をかけていたと？　言っておくけど、それは絶対ないから。確かに、黒瀬の天才的な才能には惚れてるけど。あたしね、三歳年下の彼と同じチームになりたいがために院に進んだの。あの頃は楽しかったな。ゼミ仲間とプログラミング談義に花を咲かせ、そこに田中教授が加わって」

当時を思い出したのか、小田原の頬がほんのり染まる。

「うちの田中教授って、セキュリティプログラミングの権威なの。彼があたしたちを、支え導いてくれた。それで黒瀬や他の仲間と一緒に、本場のコンテストに参加できたのよね。その後、黒瀬は日本企業に就職して日本のセキュリティに携わる道に、あたしは教授を支えたくて助手になる道を選んだ。そう……あたしの好きな人は、田中教授よ」

藍子は驚いて息を呑んだ。

小田原と田中教授は、年が離れている。だけど、恋に堕ちたら年齢など関係ない。気持ちが一番だと、藍子はもうわかっていた。

何も言わずにいると、小田原が嬉しそうに藍子の背中を強く叩く。

「黒瀬が茅野さんを選んだ気持ちが何となくわかった。今日初めて会ったのに、こう……ほんわかとした気分になるもの。黒瀬も、茅野さんのそういう柔らかな部分に惹かれたんだね」

「ありがとうございます」

恐縮しながらも二人して微笑み合った時、キーボードを叩く音が聞こえ始めた。小田原はその音に耳を澄ませて、そちらを指す。

「何をしてるか覗いてみる？　多分、黒瀬がスクリプトキディ……えっと、もの凄く簡単に説明すると、ツールを使って悪いことをするハッカーの名称ね。その人たちになりきれって指示してるんだと思う。プログラムの問題点を探すのに、それが一番効率がいいから」

「指示？　黒瀬くんが？」

藍子の問いに、小田原は特に驚いた様子もなく頷いた。

「田中教授が主導するプロジェクトに、貴女の会社が協力してる件は知ってるでしょう？　その流れで、黒瀬も個人的に指導に来てくれててね。意外と彼の特別指導も盛況なの。彼が来るって知らせたら、あっという間に講義室は満員！」

小田原の話で、黒瀬が若い人材の指導にも力を入れていることがわかった。それほど忙しく動きながらも、藍子と過ごす時間も大事にしてくれている。

そんな黒瀬の傍で、仕事のミスに引きずられている場合ではない。何故失敗してしまうのか、その根源を探して正常な仕事ができるよう努めるべきだ。

たとえ、辛い結果が待ち受けていたとしても……

藍子がぐっと奥歯を噛み締めた時、背後のドアが開いた。

「藍子？　……いた！」

黒瀬が廊下に出てきた。ポケットに手を突っ込んで、藍子たちの傍へと歩いてくる。

「上手くいったの？」

黒瀬が藍子たちの前で止まると、小田原が訊ねた。

「俺はね。結果は教授に提出するように言ってある。本来の課題は、来月末に持ってくると話した。さあ、俺の仕事はこれで終わり。このあと、大学内を少しぶらぶらして帰るよ」

「もう帰るの？　せっかく茅野さんとも知り合えて、楽しくしてたのに。ねえ、一緒に――」

「あっ、そういえば教授が菫を呼んでたな……」

黒瀬が彼女の言葉を遮る。

「えっ⁉　ちょっと、それを早く言ってよ！」

小田原が焦った様子で研究室のドアを開けた。しかしそこで振り返り、黒瀬を睨み付けた。

「いつか、あたしも黒瀬を慌てさせてやるんだから！」

そう言って、小田原は姿を消した。

黒瀬が肩を揺らして笑う。

「菫って面白いだろう？　藍子とは絶対にいい友人になると思う。彼女、俺とチームを組んでいたって話をした？」

「はい。黒瀬くんに惚れたって……」

「プログラマーとしての才能に、だろ。何回も言われたよ。まあ、こっちも男として意識されたら困るけど。さっき菫が藍子に話すべきだって言ってのがこの話さ。菫とは寝食を共にしてきた仲間だけど、昔から俺たちの関係を疑う者がいてね。それで……恋人に誤解される前に、早々に説明しておけって」

黒瀬の言葉で、藍子の心が軽くなるのを感じた。

「おいで」

黒瀬が藍子の手を掴み、建物の奥へと連れていく。

「黒瀬くん？」

「俺がどんな大学生活を過ごしたのか、藍子に知ってほしいんだ。こっちに来て」

黒瀬は藍子を引っ張り、彼が仲間と一緒に集まっては話し込んでいた階段や、大学聖堂の綺麗なステンドグラスが見える渡り廊下、雑魚寝(ざこね)するために学生たちで畳を敷いた座談室などを案内してくれた。そして、そこにまつわるエピソードを一つ一つ話す。

黒瀬の口からは、小田原の他に数人の名前が出てきた。

彼らは一緒にチームを組んでいた仲間たちで、そのメンバーで数々のコンテストに参加していたようだ。

「とても有意義な学生生活を送っていたんですね……」

「ああ、とても充実した、楽しい時間だったよ。そもそも、俺が院に残ったのは田中教授と意見の交換を存分にしたかったからだし。今では、その地位は菫に奪われたけどね。……で、ここがラストの部屋」

黒瀬は廊下の突き当たりにあるドアを開けた。

会社にある黒瀬の執務室よりは広いが、大学でこれまで彼が見せてくれたどの部屋よりも狭い。しかしそこは、狭いながらも綺麗に清掃されてあった。

窓から流れ込む風で、綺麗なカーテンが揺らぐ。デスクの上には、パソコンが一台、ぽつんと置かれていた。

部屋の中央には応接セット、壁際には大きな本棚があり、そこは書籍で埋め尽くされている。

「ここは、どなたの研究室なんですか？　勝手に入っても？」

「ああ、いいんだ。ここは俺が院生時代に使わせてもらっていた部屋で、今は田中教授の指示を受けて菫が管理してる。コンテストに参加する有能な学生に貸し出しているらしい」

黒瀬は後ろ手に鍵を掛けると、藍子を窓際まで誘う。

カーテンを引くと、大学聖堂のステンドグラスが視界に入った。さらに、庭園などの休憩所であるガゼボ――西洋風のあずまや――も見えた。

「あそこは、告白場所としてよく使われるんだ。学生たちが告白している場面を何度も目にしたよ」

「黒瀬くんも……あそこでよく告白されたんですか？」

黒瀬は藍子の質問には答えず、藍子を背後から抱きしめた。肩に顎（あご）を乗せ、体重をかけてくる。

その重みさえ愛おしい。

藍子は手を上げて、黒瀬の腕に触れる。すると、彼が藍子の髪に口づけを落とした。

「言っただろう？　誰彼構わず想いを寄せられても困るって。俺は、俺が大事にする女性にだけ想いを傾けたい。そしてその女性にも、俺だけに心を寄せてほしい」

今日の黒瀬は、いつもより饒舌な気がする。その理由はわからないが、どうも彼が藍子の気持ちを信用しきれていないような気がしてならなかった。

もしかして、黒瀬への想いがきちんと届いていないのかもしれない。

藍子は黒瀬に触れる手に力を込めて、肩越しに顔を上げる。

「わたしが心を開いている相手は、黒瀬くんだけ……」

「わかってる。でももっと俺を受け入れてほしい。俺を信頼してほしい」

受け入れてるし、信頼もしてる！――そう伝えたくて、藍子は躯を捻って黒瀬と向かい合わせになろうとした。だが、彼がそれを許さない。

藍子は小さく息を吐き、躯の力を抜いて黒瀬の胸に凭れかかった。

「黒瀬くん――」

「悪かった。藍子の気分転換になればいいと思って大学に誘ったのに、結局は俺が我儘を言ってる。こんなつもりではなかったのに」

黒瀬が藍子の耳元で深い息を吐き出したあと、藍子を抱く腕の力を抜こうとした。彼の温もりと一緒に心も離れる気がして、思わず彼の手を握る。

「俺、かなり嫉妬してる。藍子が信頼している高市主任に。だから焦るんだと思う。男として、彼に負けたくないと」

「高市、主任？」

何故ここで高市の名前が出てくるのだろう。

藍子が何も言えずにいると、黒瀬が諦めに似たため息を吐いた。

「藍子が頼る相手は、他の誰でもなく、俺でありたい」

黒瀬の呟きを耳にして、藍子は気付いた。

黒瀬は藍子に悩みがあるのなら、高市ではなく彼を頼ってもらいたいのだ。

でも藍子は自分のことで、忙しい黒瀬を煩わせたくないと考えていた。

二人の気持ちは平行線で、その件については交わらない。とはいえ、藍子が心を開く相手は唯一人、黒瀬だけだ。

それは知っていてほしい。

「黒瀬くん。わたしが信頼している男性は、黒瀬くんだけ。こうやって……わたしを抱きしめてと強請る相手も。だから、わたしの気持ちを疑わないで」

藍子は勇気を持って、黒瀬に想いを伝えた。

黒瀬と付き合っていると言っても、彼に触れると今でも胸がドキドキする。ましてや自分から彼に愛を囁いたり、求めたりするだけで、躯が一気に熱くなる。

しかし、同時に不安も募る。もし黒瀬に〝やめてくれ〟と拒絶されたら、藍子は立ち直れなくなると自覚しているからだ。

強すぎる自分の気持ちに恐れも抱きながら黒瀬の手を握ると、彼が気怠げに小さく息を吐いた。

「疑ってはいないよ。ただ、さっきも言ったけど、藍子が頼る相手は、俺であってほしいと思ってる。それだけは覚えておいて」

黒瀬はそう囁き、おもむろに話題を変えた。

「藍子の大学時代はどうだった？　ああいう場所で、告白された？」

黒瀬の指が、窓の外のガゼボを指す。

視線を外に向け、藍子は首を小さく横に振った。

「わたしは、告白される友人たちを遠くから眺めるだけでした。そういう意味では、黒瀬くんのような楽しい大学生活を送っていません。平凡な四年間でした」

「そうか。じゃあ、俺が藍子の記憶に鮮やかな色を付けよう」

黒瀬が藍子から躯を離した。肩越しに振り返ると、彼が脱いだ上着をソファに放り投げるところだった。

「黒瀬くん⁉」

藍子は驚いて、黒瀬に向き直ろうとする。だがそうする前に、彼が先ほどと同じ姿勢で藍子を抱きしめた。

黒瀬は藍子の腹部に片腕を回して、もう一方の手をブラウスの胸元に伸ばす。ボタンを一つ、また一つ、器用な手つきで外していく。

黒瀬が何をしようとしているのかわかり、藍子は慌てて彼の手を掴んだ。

「ま、待って……」

「俺が院生時代に過ごしていたこの部屋で、藍子を抱きたい。藍子と一つになりたい。嫌か？　俺に抱かれたくない？」

黒瀬のかすれ声が、藍子の耳孔(じこう)をくすぐっていく。

心臓が早鐘を打ち、ブラジャーで隠れている乳首が、黒瀬に触れられたいと硬くなるのを感じた。

腰を抱く黒瀬の手が動くだけで、大腿(だいたい)の付け根が熱を帯び、湿り気が生まれる。

藍子の喉の奥が引(ひ)き攣(つ)ったようになり、吐息が漏れた。

「藍子の心音、凄い速い。俺の手のひらを押し返す勢いだ」

いつの間にか、ブラウスのボタンは全部外され、前が開かれていた。

黒瀬がブラジャーから零(こぼ)れそうな乳房を撫(な)でる。そしてその手を滑らせ、鎖骨を包み込み、さらに動かして藍子の脈打つ喉元を覆(おお)った。

自然と藍子の顎(あご)が上がる。

「藍子が決めていいよ。嫌だと言えば止める。でも、俺と同じ気持ちでいてくれるなら、俺を求めてくれるなら、この部屋で藍子と結ばれたい。記憶を共有したい」

黒瀬の誘い文句に藍子の息が上がる。

ここがどこなのか、気にならなくなるほど、黒瀬がほしくて堪らなくなってきた。

「どうする？……離してほしい？」

藍子の首筋に触れる指を動かし、感じやすい部分を擦る。それだけで藍子の息が弾み、肌がしっとりしてきた。

忍び寄る高揚感に目を潤ませて、藍子は黒瀬の手に自分の手を重ねる。

「止めないで。黒瀬くんの学生時代の記憶に、わたしも入れて。黒瀬くんがこの部屋を思い出すたびに、わたしを——」

藍子はそこまでしか言えなかった。

黒瀬の手が顎に触れたと思ったら、顔を横に向かされる。

あっと息を呑んだ時には、彼に唇を塞がれていた。

「っ……んぅ……」

黒瀬は執拗に口づけし、深く舌を挿入してくる。

ちゅくっと音が響くと一気に躯の芯に火が点き、燃え上がっていった。

あまりの刺激に身を竦めるが、黒瀬はそんな藍子が愛しいとばかりに強く抱きしめる。

「藍子、……あい、こ」

口づけの合間に漏れる、黒瀬の吐息まじりの囁き。

それだけで藍子の下腹部の深奥が疼き、黒瀬がほしいと秘所が濡れる。パンティに浸潤(しんじゅん)する蜜の量は、彼を求める想いに比例していた。

こんなに黒瀬が好きなのに、彼の目が藍子に向けられて天にも昇る気持ちなのに、逆に幸せ過ぎて、怖くなってきた。

藍子はいつの間にか閉じていた目を開け、黒瀬を間近で見つめる。

この不安を吹き飛ばしたい……

黒瀬の側頭部に触れ、さらに深い口づけを求める。

「ンっ、……は……ぁ、んん……っ」

黒瀬がキスをしながら、ブラジャーの紐に指を引っ掛けた。それを肩口から二の腕へと滑らせていく。

窓から流れ込む風が乳房をなぶる。

火照(ほて)る肌を冷やされる感覚に、藍子はハッとなった。

顎(あご)を引いてキスを止め、黒瀬の髪に触れていた手を下ろす。

「黒瀬くん、外から見えてしまう！」

「大丈夫。こっち側はガゼボに行く学生しか通らない。つまり話し声が聞こえないなら、外は無人という意味だ」

黒瀬がブラウスをゆっくり肩から脱がす。肘まで滑り落ちる様子を、彼は妖しい目つきで見ていた。

「何故今日、俺がこの部屋を空けてもらったと思う？　誰にも邪魔されずに過ごすにはどこがいいか、知っていたからだよ。当時はこういうことをするために使っていたわけではないけどね」

「でも、もし見られたら――」

「大丈夫。俺を信じて。藍子は俺だけを見ていればいい」

黒瀬が藍子の耳元に顔を寄せ、欲情の籠もった声で甘く囁いた。

耳殻を舐める音が、藍子の欲望を煽る。躯が縮こまるほど、背筋がぞくぞくした。

「あ……っ」

黒瀬の舌を耳孔に突き込まれた瞬間、藍子の全身に疼きが走った。

耐えかねて窓枠に手を置き、体勢を立て直そうとする。でもそれが間違いだった。藍子が前屈みになったせいで、黒瀬の充血した自身をお尻で擦ってしまう。

羞恥が湧くが、黒瀬は気にした様子もない。それどころか、歓喜したように、藍子の肩に何度もキスを落とした。

「つう……んぁ、は……ぁ」

黒瀬の手が藍子のスカートの裾を捲り、大腿を撫で上げていく。

湿り気を帯びる秘所に指が触れて、藍子の躯が小さく震えた。

既に蜜が浸潤している。黒瀬が花弁を確認するように動かすだけで、くちゅくちゅと淫靡な音が部屋に響いた。

ブラジャーのカップから零れた乳房が揺れ、先端が濃く色付き硬く尖っている。次を求めて藍子の躯が反応していた。

もっとして、もっと攫って……と。

「凄い濡れてる。いつからこんな風になってた？」

藍子の頬が熱くなる。だが黒瀬は意に介さない。藍子がその気になっているのが嬉しいのか、さらに執拗な愛撫を加え始めた。

「あ……っ」

腰の力が抜けそうになった時、黒瀬が慣れた手つきでパンティに指を掛けた。ためらいなく、膝まで引き下ろす。

空気に晒されて躯が震えるが、時を移さず燃えるような熱に包まれた。

黒瀬がぐっしょり濡れた丘に指を走らせる。いやらしい動きで媚襞を上下になぞり、時折指の腹で花芯に小刻みに振動を送った。

「あっ、あ……っ、はぁ……や……ぁんっ」

黒瀬は藍子の乳房を大きな手で覆い、揉みしだいた。

藍子の反応を見ながら硬くなった乳首を摘まみ、捻り、転がす。そして引っ張っては、快感を掻き立てる。

ビリッとした電流が、そこを中心に広がっていく。

黒瀬は笑みを漏らし、乳首を弄った。

湿り気を帯びた吐息で柔肌をなぶり、肩口へ唇を這わせる。感じやすい部分を甘噛みされ、藍子は猫みたいに背を反らした。

「あっ、あっ……っんぅ、ふ……ぁ」

「ああ、藍子がほしい」

黒瀬が藍子のスカートの裾を捲り上げてウエスト部分に引っ掛けた。そして彼が、藍子の足元に跪く。

明るい場所で下半身を晒され、黒い茂みまで露になる。

「な、何？　黒瀬……んぁっ！」

藍子の背後から、黒瀬が秘所に顔を埋めて舐め始めた。

もう一方の手は花芽を擦り、藍子に焼けつくような疼痛を送り込む。

ダメ、ダメ……こんなのはいけない！

そう思うのに、声が喉の奥で引っ掛かって出てこない。出るのは、黒瀬を誘う喘ぎだけだ。

窓枠を掴む藍子の手がぶるぶるし始める。それほどの熱情に藍子は襲われていた。

黒瀬は蜜を美味しそうに舐めてはぴちゃぴちゃと音を立てる。舌を柔らかくしたり、硬くしたりして、いやらしく動かす。

藍子の躯(からだ)は燃え上がっていった。

遠くの方から聞こえていた学生たちの笑い声が遠ざかっていくほど、脳の奥が痺(しび)れていく。

にもかかわらず、室内に響く音ははっきりと藍子の耳に届いていた。

しっとりした吐息や淫靡(いんび)な粘液音、黒瀬の情熱的な息遣い。そのすべてに翻弄(ほんろう)されてしまう。

「ンぁ……ダメ……っ」

藍子の腰が抜けそうになる。でもそれを阻むように、黒瀬が花弁を開いて花蕾(はなつぼみ)に指を挿入してきた。

「う、嘘……っ、あ……ぁあっ！」

力尽きるのはまだ早いと言わんばかりに、黒瀬の長い指が掻(か)き回す。指の抽送(ちゅうそう)で空気のまじった卑猥(いんわい)な音が室内に響き始めた。藍子の嬌声(きょうせい)も大きくなっていく。

藍子は忘我(ぼうが)の世界に引きずり込まれていった。

黒瀬の動きが速くなる。蜜壁を擦(こす)り上げ、より感じるスポットを探し当てては、そこを集中的に攻めてきた。

そうなるともう抗(あらが)えない。藍子は押し寄せる耽美(たんび)なうねりを享受した。

「藍子のここ、いやらしく動いている。俺の指を締め付けては、奥へと誘ってさ。そんなに俺をほしいと思ってくれてるんだね」

「好き……、黒瀬くん好き！」

淫らに反応してしまうのは恥ずかしいが、もっと乱れて彼を虜にしたい願う自分もいた。

これほど執着するなんて……！

藍子は躯をくねらせて、窓の外の青空を見上げる。

その時、黒瀬の指先が一点を引っ掻いた。

痛みが生じるほどの甘い閃光が体内を駆け抜け、藍子の躯がビクンとしなる。

「ン……っ、あぁ……そこ……イヤっ！」

「違うだろ？　いい……の間違いだ。そして、ここも――」

また違う部分を弄り、藍子を快楽の縁へと追い立てる。とても濃厚で、ねっとりと躯にまとわりつく渦へ藍子を引き摺り込もうとする。

「藍子の躯が艶めかしく揺れてる。俺を早く迎え入れたいと」

黒瀬の台詞が、耳孔を通って藍子の興奮を揺さぶってきた。

こんな風に藍子の身も心も絡め取れるのは、もう黒瀬しかいない。

「は……ぁ、んっ、黒瀬くん……もう……わた、し……ぁ」

藍子は窓枠を握り締めて、上半身を捻って目で訴える。でも藍子から見えるのは、黒瀬の綺麗な髪と動く腕のみ。

黒瀬の柔らかな唇が、濡れた舌が、無骨で長い指がどこにあるのかと思っただけで、身震いが止まらない。

それは黒瀬にも伝わっているだろう。

藍子を求める彼の手技が執拗になる。蜜液が滴るにつれて、彼は指に回転をかけて、蜜口を広げるスピードを上げた。

押し寄せる強烈な狂熱で、藍子の目に涙が溜まる。

「んっ、んっ……あ、っ……ああ……はっ」

「もう我慢できない。藍子、挿れていい？　俺のを早く藍子のここに挿入したい」

黒瀬が熱い息を秘所に吹きかけて、藍子を欲する言葉を口にする。藍子は何度も頷き
「きて……」と強請った。

すると黒瀬は大きく身震いし、藍子に埋める指を引き抜いて立ち上がった。

黒瀬がズボンのボタンを外す光景に躯が熱くなる。早鐘を打つ心音は、さらに大きくなっていった。

「これからもそういう風に、俺を誘惑してくれ」

黒瀬の欲望の籠もった声音が、彼を強く欲する藍子の心に火を点けた。

藍子が肩越しに黒瀬を見つめていると、彼は目を輝かせて、硬くなった昂りを解放した。

西に傾きかけた光が窓から射し込み、黒瀬自身を照らす。明るい場所で彼の象徴をまじまじと見るのは初めてだ。

赤黒く漲るそれは、誇らしげに頭をもたげている。角度もあり、その膨れた切っ先は光っていた。

男性は女性を抱きたいという躯の反応を偽れない。すべてそこに、黒瀬の性欲が詰まっている。

そうなるのは、藍子を愛しく想う気持ちがあるからだ。

藍子を見る双眸、表情、そして触れる手つきすべてにうっとりしていると、準備を終えた黒瀬が藍子のお尻に両手を置いた。

柔らかなそこを何度も揉みしだき、蜜で光る茂みに手を忍ばせる。

「あ……っ、……んぅ！」

黒瀬の先端が媚襞を上下に弄り、花弁に触れる。そこを分け入り、花蕾にたどり着いた。淫唇が彼に吸い付こうと蠢き出す。

「や……っ、あぁ……」

角度を増す黒瀬の熱茎が、媚口を押し広げて入ってきた。

ぬめりを帯びる蜜孔は、彼の硬くて太い楔の挿入を受け入れ、深奥まで進むのを許す。指で広げられたそこに、寸分の隙間なく硬杭が埋まった。

背後から突かれるこの体位は、あまりにも無防備なので藍子は好きではなかった。でも逆を言えば、心を許した相手だからこそできる愛し方でもある。

自分を預けられる相手と出会えた幸運に、藍子の心身は喜びに包まれた。

付き合い始めてまだ一ヶ月ほどしか経っていないが、藍子はすっかり彼色に染められている。でも、それこそ藍子が望んでいたことだ。

黒瀬と過ごせば過ごすほど、彼を想う気持ちが大きくなっていく。

藍子は黒瀬への愛を抱きながら、彼の熱茎がゆっくり抜かれ、再び進む刺激に身を投じた。

猫が伸びをするように背を反らし、黒瀬が作る愉悦の流れに乗る。

「あん、っはぁ……んぅ、あ……っ、んくっ……」

黒瀬は藍子のお尻に触れていた手を腰へ移動させた。拍子を上げて、総身を揺さぶる激しい律動に変えていく。

とても感じる箇所を擦り上げられ、藍子は顔をくしゃくしゃにして嬌声を上げた。

「藍子、もっと乱れてくれ」

黒瀬が背後で囁き、スピードを上げる。

藍子の視界に、いやらしく揺れる自分の乳房が入った。

ここは黒瀬の家ではない。誰かに見られる心配はないと言われたものの、喘ぎを抑えなければと頭のどこかで思う。

なのに、藍子は黒瀬の攻めに抗えなくなっていた。膨れ上がった熱が勢いを増し、収縮する内壁が彼の怒張をしごく。

「そう、そうだよ」

黒瀬が深く上体を倒して、藍子の背に唇を寄せる。汗ばんだそこを舌で舐めて、キスを落とした。そして腰に触れていた手を上へ滑らせ、重力に従って揺れる乳房を包み込む。そこを揉み、硬く尖る乳首を指の腹で捻る。また転がし、押し込み、捏ねくり回した。

「あっ、あっ……ンっ……、ダ……メっ、んぅ」

黒瀬がいきなり藍子の片脚を持ち上げた。重心を失い、思わず窓枠を掴む手ともう一方の脚に力を込める。そのせいで、彼のものをきつく締め上げてしまった。

黒瀬は呻き声を漏らしつつ、この瞬間を待っていたかのように腰をさらに激しく打ち始めた。

汗ばむ肌が引っ付いては離れる音にまじって、ぐちゅぐちゅと淫靡な音が響く。

「藍子を抱いているのは俺だよ。俺のが、藍子に入ってる。ほら、見て」

藍子は黒瀬に唆されて、思わず目線を下げてしまった。黒い茂みの向こうで、硬く研がれた男剣が、濡れた鞘に隠れては現れる。

その光景に、藍子は熱情を煽られた。

「くろ、せ……くんっ！」

全身を駆け巡る情火に、下肢の力が抜けそうになる。崩れなかったのは、しっかり窓枠を握っていたのと、黒瀬が藍子の片脚を腕で支えていたせいだ。

でも、この状態が続けば崩れ落ちるのは時間の問題だろう。

黒瀬も、藍子の限界が近づいていることは気付いている。それでも彼は抽送を止めようとしない。腰を回転させては突き上げる角度を変え、蜜壷を掻き回す。

そうして藍子を高みへと押し上げる。

「あっ、やぁ……もう、っん、はぁ……ぅ」

藍子の躯が燃え上がる。それは膨張し、小さな衝撃を受けるだけで弾けてしまいそうなほど張り詰めていく。

膜が薄く引き伸ばされる感覚に襲われるにつれて、藍子の唇から漏れる喘ぎは熱をはらんでいった。

零れるのは、黒瀬を誘うすすり泣きに似た艶っぽい吐息だけ。

黒瀬に抱かれて以降、藍子は彼に触れられると、簡単に躯の中枢を貫く悦びに襲われる。

黒瀬とセックスする前は、決して自分を見失うことはなかった。でも、今は違う。今日も藍子は、大きく燃え上がり、どうにかなってしまいそうなほど心を乱されていた。

「ぁん、はぁ……っ、あ……っ！」

「藍子、俺の名前を呼んでくれ。その唇から出る俺の名を聞きたい」

肩で息をする黒瀬が、藍子に懇願した。

藍子は黒瀬の頼みに応えようとするが、激しい腰つきで深奥を穿たれると、快楽に翻弄されて言葉が出てこない。

増幅する熱の奔流に攫われる。

もう無理だ。淫靡な粘液音を立てられて総身を揺すられては、抗う術はない！

「ダメ……い、イクッ！」

「藍子、言ってくれ！」

藍子はすすり泣きしながら瞼を閉じ、迸る流れに身を震わせる。

その時、黒瀬が二人が繋がった部分に指を滑らせ、充血して膨らむ花芽を指の腹で弄った。

「ああっ！　……みな、と……くっ!!」

刹那、藍子の体内で渦巻いていた熱だまりが一気に弾ける。

凄い勢いで押し寄せる甘美な潮流に、背を弓なりに反らして絶頂に達した。瞼の裏で、眩い光が煌めく。藍子は日だまりのような心地いい空間に漂っていたが、徐々に硬直した躯の力を抜いていった。

そこで初めて、意識を背後に向ける。

いつ黒瀬が解放を得たのか気付かなかったが、藍子の肩に落とす熱くて湿った息と、肌を通して伝わってくる心音から、彼も藍子と同じぐらいに達したのだと思った。

でも黒瀬の昂りは未だ芯を持って、藍子に挿入されたままだった。

先ほどまで藍子を満たしていた硬さはないが、たちまち元気になりそうなほど存在を主張している。

このまま続けるのかと思ったが、やがて黒瀬は長々と大きく息を吐き出して腰を引いた。

彼のものがずるりと抜ける感触に、敏感になった躯が反応する。

「ンっ……ぁ」

我が身を襲う疼きを享受した時、藍子の腰が抜けた。

「藍子！」

「だい、じょう……ぶ」

藍子は身を捻って黒瀬の正面に向き直り、壁に背を預けた。彼がにじり寄ってくる。

黒瀬は藍子の頬を、指の腹で愛しげに撫でた。

「激しくし過ぎた？」

「……いいえ」

藍子は黒瀬を安心させようと頭をかすかに振る。でもその瞬間、自分の衣服の乱れが目に入った。

頬を染め、胸やスカートの裾を整える。

「わたしが、その……感じ過ぎてしまったから――」

すると、黒瀬が額をすり寄せるように顔を近づけてきた。そして、求めずにはいられないとばかりに、キスをする。

藍子の心が震えるほど優しい口づけだった。

舌先で唇をなぞられる。

堪らず口を開けて息を継ぐと、黒瀬の舌がぬるっと滑り込んできた。

愛しげに、それでいて執拗に、黒瀬は藍子を求める。

「……っう、んふ、ぁ……ぅ」

満たされたはずの躯が、再び熱を持ち始めた。藍子の腕の下にある乳首も硬くなり、じんじんする秘所も戦慄く。

「んっ……くぅ」

黒瀬が唇を離した。彼は藍子の額に自分の額を触れ合わせて、感極まった声を漏らす。

「俺も感じたよ。藍子が俺を信頼し、俺の名前を口にしてくれたから。これまでも良かったけど、今日はとても気持ちいい結ばれ方だった」

「黒瀬くん……」

「愛し合っている時は、名前で呼んで。藍子とは躯だけでなく、心も近く寄り添いたい」

藍子の頬を撫でながら、黒瀬が囁く。今以上の関係を望んでくれる彼の気持ちに応えたくて、藍子は彼に躯を傾けて頬を寄せる。

「……わたしもです」

黒瀬が藍子の背に両腕を回して、抱きしめてくれた。

黒瀬が若いからなのか、藍子を求める勢いはとても強かった。そのため、事後は足腰が立たなくなることが多い。

でもこうして一息吐くと、黒瀬は藍子より年下とは思えないほどの寛容さで包み込んでくれる。

藍子を傷つけるすべてのものから守るように、健やかに暮らせるように……

だからこそ、藍子は黒瀬に迷惑をかけたくなかった。

自分の仕事の件で、黒瀬を煩わせたくない。それ以上に、失態を知られ、秘書として無能だと思われたくない。

「いいか？　俺から目を逸らす真似だけは許さない。藍子にハマった俺を裏切ったら、承知しないから」

黒瀬の声はかすれていた。

何をそんなに心配しているのだろう。

藍子が黒瀬に背を向けはしないし、彼に別れを告げる気も毛頭ない。

好きな人と心を通じ合わせる幸せと喜びを教えてもらったのに、自分からその手を離すことなんて、あり得ない。

もし藍子が自分から黒瀬の傍を離れる日がくるならば、それは彼が藍子への興味を失い、他の女性に目を奪われた時だ。

「わかってる？　俺以外の男に心を許さないでくれ」

「……はい」

黒瀬の問いかけにそう答えると、彼は安堵の息を零した。

今、黒瀬の心は藍子に向いている。しかし彼の想いが離れたら、再び引き戻すことはできないだろう。

黒瀬に別れを告げられたわけではないのに、愛想を尽かされる日を想像するだけで、無性に胸が痛くなった。

今が幸せ過ぎるからかもしれない。

藍子はいつの間にか躯に入っていた力を抜き、黒瀬の方へ体重をかけた。すると、彼がさらに藍子をぎゅっと抱きしめて、髪に口づける。

黒瀬の愛を感じながら、藍子は彼の温もりに身を任せた。

第五章

藍子は黒瀬に愛される悦びを知り、私生活ではかなり充実した日々を送っていた。

黒瀬が敬愛する大学教授や、学生時代に彼とともに活躍していた小田原を紹介してくれたのも、少なからず影響している。彼の内側へ、藍子を招いてくれたからだ。

だからこそ、黒瀬に相応しい女性であり続けたいと思った。なのに、職場での藍子を取り巻く環境は、どんどん悪くなっている。

午後の打ち合わせを終えて秘書室に戻ると、とうとう藍子は室長の小林に呼ばれた。しかも高市も一緒だ。

「茅野さん、君は確かに、二課へ異動となった。専属秘書として、できるだけそちらに注力してほしいと思っている。しかし、それは他の仕事の手を抜いていいという意味ではない。わかっているね?」

「はい……」

小林のデスクの前で、藍子はうな垂れた。

「最近の茅野さんはらしくないぞ。いったいどうしたんだ。一つ一つは小さいものだが、こうも重なると、笑って済ませられなくなる。特にスケジュール調整を忘れるなどもっての外だ」

「申し訳ございません」

ここ数日、藍子のもとに、秘書室で配られる正しいスケジュールが届かないという事象が起きていた。朝会の時点では皆と一緒なのに、その後いつの間にか変更になっていて、それが藍子に伝わらない、という流れが多かった。

黒瀬の仕事は直接やり取りしているため大丈夫だが、問題なのは担当外の仕事が回された時だ。藍子はそれを無視する形になり、結果失敗することになる。

二課所属の藍子に回るはずのない仕事だが、名前が書かれてある以上、責任は自分にある。

安座間を中心に後輩たちが補ってくれたので、大きなミスには発展していない。でも彼女たちにしわ寄せが生じたせいで、秘書室内は目が回るほどの忙しさに見舞われていた。

藍子は反論せず素直に頭を下げた。

しかし小林の怒りは収まらない。彼は椅子の背に体重をかけて腕を組み、冷たい目で藍子を見る。

「一課の秘書たちが、茅野さんのフォローに奔走しているのは知ってる。こういうことが続くと、各自の仕事が回らなくなるのはわかるね。黒瀬室長補佐の専属秘書も、考え直さなければならなくなる。向こうは茅野さんを指名してくれているが、これ以上ミスが続くようなら……」

小林は呆れ気味に頭を振って、藍子の隣に立つ高市に視線を移す。

「秘書室の空気が重い。それを払拭するのも君の務めだ。より一層、秘書たちの把握に努めるように」

「肝に銘じます」

「これまでは、茅野さんに任せておけば、どんな仕事でもスムーズに進むと皆が認識していた。なのに、どうしてこうなるのか」

小林が大きなため息を吐いた。

「今日から気を引き締めて、仕事に取り組んでくれ」

もう戻って構わないと手を振る。

「失礼いたします」

藍子は高市と頭を下げて、小林のデスクを離れた。

静まり返る秘書室。

こちらをこっそり窺う後輩たちの目線が突き刺さる中、高市が藍子に顔を近づけて
「少し話そうか」と囁いた。

「はい」

藍子は彼に誘われて一階へ行き、コーヒーショップに入った。コーヒーを購入し、店内ではなくロビーに設置されたソファに移動する。

「まず初めに、茅野さんにすべて任せていたのを許してほしい」

開口一番に頭を下げる高市。

藍子は彼の方へ上半身を捻り、慌てて頭を振った。

「そんなことは！」

「いや、気付いてはいたんだよ。茅野さんが黒瀬室長補佐に付いてから、ミスが増えたと。それはすべて課内で頼まれた仕事だ」

藍子は高市の言葉に奥歯を嚙み締めた。

悔しさのあまりカップを掴む手に力が入るが、それは彼も同様のようだ。知っていながら対処できなかった自分自身に苛立っている。

本来の仕事とは別の件で高市に迷惑をかけているのが申し訳ない。

だけど、俯いてはいられない。この状況を何とかして脱しなくては……

「本当に申し訳ありません。わたしもこのままではいけないと思いつつ、自分が気を付ければいいと安易に考えていました。それに、誰かを疑う真似をしたくなくて」

「その気持ちはわかるよ。俺も、そう思ってた。彼女たちは優秀だし、仕事に問題はないからね。だからこそ〝何故？〟という気持ちが強くて。とにかく、じっくり状況を見極めるべきだと判断して、放置してしまった。それが彼女たちを増長させてしまうとは……。上司として失格だな」

高市がゆっくり面を上げて、藍子の目を見つめた。

「今はまだ、誰が犯人なのかわからない。ただ、明らかにしなければならないことは明白だ。とりあえず、当面茅野さんは黒瀬室長補佐の仕事にのみ専念してくれ。秘書室内の仕事を頼まれても、請け負わなくていい。もし何か言われても断ってくれ」

「はい、ですがそんな風に言ったら――」

「いや、それで構わない。引き受けてミスをするより、彼女たちが責任を持って取り組む方が断然いい。……俺の言っている意味、わかるね？」

藍子は高市の言い分に頷いた。

だが、本音は逃げるようで嫌だった。でもこれは仕事全般にかかわること。我を通して会社に迷惑をかけてはならない。

ミスを誘導している人物が誰なのか。それさえわかれば、解決への道も探れるだろう。しかし現状、それが叶わないのが悔しくてならない。

「茅野さんは優しいから、後輩たちを助けたいという気持ちはわかる。でもしばらくは、この方法で我慢してくれ。犯人を特定したくないが、ここまできたら、対処をしていかないと。あまりに悪質だからね。……ったく、どうして急にこうなったんだ」

「すみません」

藍子が謝ると、高市は慰めるように藍子の腕を軽く叩いた。そして少し藍子の方に身を乗り出し、痛みの宿る目を向けてきた。

「いや、茅野さんのせいじゃない。俺や小林室長が、茅野さんの仕事を正当に評価してこなかったからだ。これまでの君の仕事ぶりにきちんと対応を取っていれば、彼女たちも先輩を敬っただろう。二課への異動と外国帰りの室長補佐の専属秘書に抜擢されたと知っても、きっと心から――」

高市がそこまで言った時だった。

「やだ、茅野先輩……いったい何をしているんですか?」

急に聞こえた可愛らしい声。

藍子だけでなく高市も驚き、一緒に顔を上げた。そこには、安座間と黒瀬がいた。

彼女は豊満な乳房を強調するV字に開いたブラウスと、女っぽい色気が漂うフレアスカートを身に着けていた。

他の秘書とさほど変わらない服装なのに、スタイルの良い彼女が着ると、グラビアモデルのようでとても目を惹く。

しかも、隣には目を見張るほど恰好いい黒瀬がいる。寄り添う二人の姿は、どこから見てもベストカップルだ。

安座間は藍子と高市を交互に見て、含み笑いをする。

「二人で顔を寄せ合っている姿って、まるで恋人同士みたいですよ。しかも手を取り合って……」

「えっ？」

安座間の視線の先を追い、藍子は自分の手を見下ろす。

すると、高市が「これは！」と弁解して手を下げた。

藍子は慌てて顔を上げる。

黒瀬は唇を真一文字に結び、藍子を凝視していた。

何も言わないが、たとえるならば、浮気を咎（とが）めるような眼差しをしている。

「ち、違っ――」

藍子が頭を振ろうとしたのと同時に、高市が立ち上がった。藍子も続いて腰を上げる。

「いつもお世話になっております、高市です。ところで、どうして安座間と一緒にいるのでしょうか。専属秘書は、茅野のはずですが」

高市がちらっと安座間を見る。彼女はこれ見よがしに黒瀬の腕に身をすり寄せ、可愛らしく微笑んだ。

「黒瀬さん、茅野先輩と連絡が取れないと仰って、秘書室にまで来てくださったんですよ。先輩、ダメじゃないですか。携帯の電源を切っていなくなっちゃうなんて」

「えっ？　わたし切ってなんか――」

ポケットに入れてある携帯を取り出す。そこに表示された充電切れのマークに、藍子は頭を抱えたくなった。

秘書室に戻ったら充電しようと思っていたのに、そうする前に小林に呼ばれてすっかり忘れていた。

「すみません！　あの――」

黒瀬の方に近寄ろうとしたが、安座間に阻まれる。

「高市主任と茅野先輩が一緒に一階に向かうのを見ていて、本当に良かったです。そうでなければ、黒瀬さんを困らせてしまうところでした」

安座間の言動に、藍子の顔が強張る。だがすぐに気持ちを立て直し、黒瀬から彼女に目を向けた。

「そ、そう。迷惑をかけてごめんなさい。安座間さん、ありがとう」

「いいえ。茅野先輩って、最近失敗ばかりしているのでお役に立てて良かったです。あっ、もしかしてその件で主任に相談していたんですか？　そうですよね、先輩にとって一番頼りになる人ですものね」

「安座間さん。ここでそういう話は不適切だよ。茅野さんの仕事ぶりは、君もわかっているはずだ」

「でも、茅野先輩が失敗しているのは事実なので、あたしたちも心配してるんです。専属秘書になって気疲れしているんじゃないかって。良かったら、あたしが代わりますよ。だってあたし……先輩より若いし体力もありますから。黒瀬さんを満足させてあげられるかなって」

安座間の物言いに、藍子も高市も言葉を失う。彼女がここまで攻撃的に話すことなど、今までなかった。

声を潜（ひそ）めてはいるものの、彼女は本気で藍子から仕事を奪う気でいる。

ひょっとすると、これまで藍子が失敗した仕事は、すべて……？

藍子が思わず高市に目を向けると、彼も藍子を見ていた。

二人で、目で会話をしたまさにその瞬間――

「あっ！」

藍子は黒瀬に肘を掴まれ、彼の方へ引き寄せられた。無表情の彼と目が合う。

「茅野さん、黒瀬室長補佐は君に用事があるようだ。あとは気にしなくていいから。さあ、安座間さん、秘書室に戻るよ」

高市は驚きの色を上手く隠して藍子に頷き、安座間に命令した。

「主任!? あの、あたしが黒瀬さんと……、ちょっと高市主任！」

「仕事が溜まってるだろう? さあ、来なさい」

高市に促(うなが)されてしぶしぶ進むものの、安座間は何度も振り返って藍子と黒瀬を見る。そして藍子を睨(にら)んだのを最後に、エレベーターに消えた。

静けさが戻って、藍子は思わず息を吐(つ)く。でも黒瀬は、今もまだ藍子の肘を掴むほど不満を抱いているようだ。

「黒瀬くん? あの、電話を取れなくてごめんな――」

最後まで言い終わらないうちに、黒瀬に引っ張られた。ロビーを突っ切り、エレベーターに向かう。そこにいる人たちがいったい何事かと二人を見るが、彼は気にもしない。

執務室に戻るまで、黒瀬は決して藍子を解放しようとしなかった。

「いったいどうしたんですか!?」

執務室に入るなり、藍子は彼に訊ねた。すると彼に、壁際に押しやられる。

黒瀬は藍子が逃げないよう壁に手を置き、ゆっくり顔を近づけてきた。

「一度目と二度目は見逃した。だが三度目は、もう我慢できない」

「な、何を言っているんですか？　三度目って……意味が……えっ、んぅ！」

それは唐突だった。

黒瀬に唇を奪われる。そのキスは、これまでと違う激しさだった。唇に痛みが走る。

こんなキスはイヤ！

藍子は黒瀬の胸を押し、顔を背けてキスから逃れる。だが、肩で息をする藍子の頬を掴み、彼が再び唇を奪おうとしてきた。

「黒瀬くん、止めて！」

藍子は腕を上げて顔を隠し、黒瀬の口づけを避ける。けれども、彼はそれを許さない。

藍子は両肩を掴まれ、どこにも逃げないようにされる。

「言ったはずだ。俺以外の男に心を許すなって」

黒瀬の声は冷静だった。だが仕草で、冷たい光を宿す双眸で、藍子に迫ってくる。

狭い執務室の空気がピンと張り詰めて、徐々に息苦しくなってきた。藍子の喉の奥が引き攣る。

藍子は黒瀬の態度に恐怖を覚えながらも、必死に感情に蓋をした。

だがそれさえも許さないと伝えるように、黒瀬が藍子の顔をじっと覗き込んでくる。

「くろ、せ……くん」

言葉を詰まらせながら黒瀬の名を囁く。

脈拍が上がる。

激しく打つ心音は、おそらく黒瀬に伝わっているはず。それなのに、彼は無表情のまだ。ただ、藍子を見る目に痛みが見え隠れしていた。

「俺は、藍子を怖がらせたいんじゃない」

詰めていた息を大きく吐き出して、黒瀬が手の力を抜く。そして、藍子の激しく脈打つ首筋に、そっと指の腹で触れた。

「藍子の傍（かたわ）らにいつもいる、秘書室の主任に嫉妬（しっと）してる」

「……えっ？」

「言ったはずだ。藍子が俺以外の男に信頼を寄せるのは嫌だと」

「ま、待ってください。わたしは高市主任に――」

特別な感情などない、仕事上の関係でしかない――そう伝えようとすると、黒瀬が藍子の唇に指を当てた。

「本当に気付いてない？　……あいつと藍子、距離が近いんだよ」

藍子は思わず目をぱちくりさせてしまう。

「何を言ってるんですか？」

「わからない？　最初は吹き抜けのロビーを望む廊下で、缶コーヒーを手にして見つめ合っていた。次は新宿の居酒屋。二人で楽しそうに話し込んでいた。軽く触れたりもして、興味津々の顔で藍子を……」

「ちょ、ちょっと待ってください。それは——」

藍子が言い訳しようとするが、黒瀬はそれを許さない。最後まで突き詰めると宣言するように、再び藍子の唇に触れた。

「……ぁ」

思わず喘ぎが零れる。すると、黒瀬が藍子が着ているフレア袖のトップスを撫でるように手を滑らせ、腰に腕を回してきた。

衣服越しなのに、黒瀬の温もりが伝わってくる。触れられたそこから熱が広がり、下腹部の奥が痺れてきた。

「俺を見て」

藍子の心をくすぐる、黒瀬の男らしい低い声。それに抗えず、藍子はいつの間にか伏せていた顔を上げた。

二人の視線が絡まり、黒瀬が一歩詰め寄る。

藍子の腰に触れた手が動いて、彼の方へ引き寄せた。

黒瀬から伝わる拍動音、漏れる吐息、そして上昇していく体温。

それらに酔わされ、藍子のすべての感覚が攫われそうになっていく。

「藍子、君は彼に心を許した。それだけではない。あろうことか、俺の前で親密そうに目で会話したんだ。あの時、俺の腹の中がどれほど煮えくり返ったか、わかっているのか?」

黒瀬が何を言っているのか理解できなかったが、やがて彼が話しているのは、先ほどの続きなんだとようやくわかった。

「君はもう少し自分を知る必要がある。俺が藍子の心の鍵を壊して以降、止まっていた時間が動き出したかのように自分が花開き始めたことを。いいか、藍子は男をその気にさせる色香を振りまいているんだ」

「黒瀬……ンっ、は……ぁっ!」

黒瀬は藍子の唇に触れていた指を滑らせ、顎(あご)に、首筋に、喉元に下ろしていった。

藍子の息遣いが浅くなる。

「黒瀬くんが思うほど、わたしは男性にモテない……あっ!」

黒瀬にトップスの首元を大きく広げられた。胸の谷間が覗き、レース仕立てのブラジャーが見え隠れする。藍子の息が弾めば弾むほど、ブラジャーから零(こぼ)れそうな乳房が揺れて、黒瀬の目線がそこに落ちる。

会社で何をしているんだろう。

黒瀬を止めるべきなのに、藍子は立ち尽くすほかなかった。

「驕(おご)らないのは、藍子の美徳かもしれない。だけど、それは事を引き起こす場合もある。

知らず知らずのうちに、無害だった人物を煽るんだよ」

黒瀬は藍子の手首を掴み、彼の首へ持っていく。

「黒瀬くん、ダメ……」

「ほら、そうやって涙目で俺を見る。そんな風に相手の目を覗き込む行為が、男を誘うんだ。藍子はあの主任に、そういう目をしていた」

「違います、していません！　だって、わたしがそういう風に見るのは――」

黒瀬が藍子の鎖骨に顔を寄せる。そこに口づけし、痛みが出るほど強く吸った。

藍子は呻き声を殺して瞼を閉じる。

黒瀬の髪が素肌を撫でていく。あまりの刺激に身が震えるが、彼が顔を離した気配を感じて目を開けた。

至近距離で藍子を見つめる黒瀬。

黒瀬の吐息が肌をなぶるだけで、快い刺激が藍子を苛む。

「黒瀬くん、わたしの気持ちを信じて。だって、高市主任がわたしを気遣うのは――」

藍子は先を続けられなくなった。

藍子の心を覗き込むような目を見返していられなくなり、静かに黒瀬のネクタイの結び目に視線を落とす。

高市が藍子を気遣う理由を説明すれば、必然的に藍子の仕事のミスの話に繋がってしまう。安座間がいろいろ話したので、黒瀬も薄々感づいているだろうが、それでも藍子はまだ、自分の失敗を話す気分になれなかった。

もし解決済みなら、笑い話にできたかもしれないが……

でも今は、まだその時期ではない。

「彼の部下だから」

小声ではあったが、藍子は好きな人に幻滅されたくない一心で声を振り絞った。

それもまた、嘘ではないからだ。

核心は隠しているものの、高市がミスを重ねる部下を気遣ってくれているのは事実。

だが黒瀬は、藍子の言葉を信用しなかった。怒りをぶつけるかの如く藍子を引き寄せ、トップスの上から乳房に触れる。

驚く藍子に、黒瀬は冷たい目を向けた。

「そうやって、まだしらを切るのか？　藍子は、自分の口から俺に知らせる気はないいんだね」

「黒瀬くん！　本当に、本当に高市主任とは……っんぁ」

室内には不穏な空気が漂っているのに、黒瀬に触れられると藍子の躯は反応した。

高市のことは心配する必要はないと伝えたいが、黒瀬に乳首を探り当てられ、生地越しに擦られると、言葉に詰まってしまう。そこが硬くなっているのは知られていないはずなのに、彼はしっかり把握して弄る。

次第に、上腿の付け根に熱が集中していった。

「待って……ンっ、あ……っ、黒瀬……く、ん」

先ほどまでの張り詰めていた空気が、いつしか濃厚なものへと変わっていく。快感がじわじわと押し寄せてきて、黒瀬の首に回す藍子の腕が震えた。

「藍子、俺にキスして」

黒瀬は沸々と滾る欲望を赤裸々に訴えてきた。

このまま黒瀬に包み込まれたいという感情が湧く。でも頭の片隅には、ここでこんな行為に耽ってはいけないという、秘書としての意識もあった。

黒瀬の懇願に負けそうになるが、気力を奮い立たせる。藍子は、彼の首から鎖骨へと手を滑らせた。

「い、今は仕事中です。それに、わたしを探していたんですよね？　仕事に戻らないと」

黒瀬は藍子のトップスに皺が寄るほど乳房を持ち上げ、揉みしだいた。

「ン……っ」

「俺を宥められるのは藍子だけだよ。さあ、俺の心に渦巻く嫉妬を消して」

黒瀬の藍子を見る瞳には、今もなお冷たい光が宿っている。

そこにあるのは、嫉妬心というより、彼に素直に打ち明けない藍子への怒りだ。

何とかこの状況を脱しなければ……

藍子は意を決し、再び黒瀬の首の後ろに腕を回して、彼を自分の方へ引き寄せた。

藍子自ら恋人にキスするなんて、初めてのことだ。

大胆な行動にドキドキしつつ、藍子は踵を上げた。嘘偽りのない気持ちを告げるように、薄く開いた黒瀬の唇に顔を寄せる。

生地越しに伝わる黒瀬の体温やトクントクンと弾む心音、そして下腹部に触れる彼の象徴。

それらに影響されて、藍子の躯が震える。すると、黒瀬の双眸に濃い色が光った。

「黒瀬くん……」

藍子はさらに黒瀬に躯を預けて顎を上げる。あと数センチで唇が触れ合う距離まで彼を引き寄せた。

「好き……」

甘くかすれた声で囁き、黒瀬に口づけた。

激しいキスではない。柔らかな唇を軽く触れ合わせ、黒瀬のしっとりした舌を自らの舌で絡め取る静かなキス。

「っんぅ……ン……ぁ」

いやらしく舌先を動かすのは藍子自身だ。そうして藍子の真摯な気持ちを黒瀬に伝えようとするのに、何故か逆に藍子の方が煽られる。

「は……ぁ、んふぅ」

黒瀬を誘うように、艶のある喘ぎが零れる。自分の恥ずかしい声に翻弄されて、藍子の躯が熱くなっていった。

藍子の腰を抱く黒瀬の腕に、力が込められる。

完全に反応しているわけではないが、彼はそれを藍子の柔らかな腹部に押し付けた。藍子の乳房を揉みしだき、開いた胸元に指を忍ばせて直に膨らみに触れてくる。

「あっ、あっ……みな……とっ、わたし……っ」

「本当に、俺を誘惑するのが上手いよ。まさか、ここで名前を呼ばれると思わなかった」

主導権は藍子にあったはずなのに、いつの間にかそれは黒瀬に移っていた。彼は藍子を抱きしめて、顎や首筋、胸元から覗く膨らみにキスを落としていく。

舌先で舐め、鼻で撫で、そこに痕が残るほどきつく吸う。

「ン……っ」

藍子は自然と瞼を閉じ、躯の芯を走る甘やかな疼きに身を震わせた。

「藍子、君がほしくて堪らない」

黒瀬が藍子の両脚の間に片脚を差し入れた。そして大腿で、秘所を擦り上げる。躯がビクンとなり、藍子の四肢から力が抜けていく。

「ダメ、ダメです……これ以上、は……」

藍子は拒むが、そこに力強さはない。

黒瀬も藍子の気持ちを知っているのか、愛戯の手を止めなかった。藍子がほしいと全身全霊で伝えてくる。

快い刺激だけでなく、黒瀬の想いにも心が震える。藍子は手の甲で口を覆い、淫らな声を殺す。

だがそれも無理だった。黒瀬の想いに、歓喜を抑えられない。

「もう、あ……っ、湊人……んっ！」

黒瀬の大腿でぷっくり膨らんできた花芯を擦られて、藍子の躯が弓なりに反る。

我慢できない！

胸に募る黒瀬への愛しさから、堪らず彼の頭を胸に抱く。

その時、執務室に内線電話の音が大きく鳴り響いた。その音で、部屋に充満していたうっとりする空気が一瞬にして消える。

藍子は我に返り、黒瀬もまた苛立たしげなため息を乱暴に吐き出す。それが、藍子を正気に戻した。

「で、電話……」

藍子は心臓が早鐘を打つのを感じながら、黒瀬を引き剥がす。まだ下肢に力が戻らないが、藍子は何とか進み、デスクの上にある受話器を掴んだ。

「黒瀬の執務室、秘書の茅野です」

『茅野さん！　そちらにいらしたんですね。プロジェクト推進チームの三浦です。室長補佐は？』

「はい――」

そこまで言って、藍子は自分の胸元が乱れていることに気付いた。三浦には見えないにもかかわらず、妙に恥ずかしい。頬を染めながら、震える指で首元を整える。

「こちらにいらっしゃいます。代わりますね」

『あっ、いいんです！　今、そちらに、システム研究部の阿川部長が向かっているとお知らせしたくて』

「阿川部長がこちらに、ですか？」

藍子は背後を振り返り、髪を掻き上げている黒瀬と目を合わせた。彼は、嫌そうな表情を浮かべている。

少し、間を空けた方がいいかもしれない。

「黒瀬は手が離せないので、後ほどわたしから部長に連絡を取らせて――」

『いや、違うんです！　それどころじゃないんですよ！　こっちは今パニックで……』

「パニック？　いったいどういうことですか？」

『こっちもよく把握できてないのですが……あの、お知らせだけしておきます。部長が、室長補佐に会いたいという金髪美女を連れてそちらに！』

「えっ？　金髪？」

問い返すが、執務室に響くノックの音に意識が逸れる。

「今、来られたようです」

『では、失礼いたします』

そう言うと、内線が切れた。

三浦の話した内容が頭に入らないまま受話器を置く藍子の前で、黒瀬が大きなため息を吐いた。

渋々といった様子で歩き出し、ドアを開ける。

「部長、俺は――」

「ミナト！」

黒瀬の言葉を遮るように、英語訛りで彼の名前を呼ぶ女性の声が響く。

藍子が驚くと同時に、綺麗な金髪を背中に垂らした外国人女性が黒瀬の胸に飛び込むのが見えた。

黒瀬は女性の勢いに押されて数歩後ろに下がるが、彼女が転ばないようにしっかり躯を支えた。そして美女を見下ろして、目を見開く。

「れ、レイラ⁉　Why are you here?　――」

黒瀬が息つく暇もなく、彼女は怒濤の勢いで黒瀬に英語で話しかける。

藍子は日常的な英会話くらいならわかるので、二人の話が理解できた。でもそれがいけなかった。彼女が彼に伝えているのは、熱い気持ちだ。

黒瀬が帰国して以降、ベッドが冷たくて仕方がない、傍にいないのがこんなに寂しいものとは思わなかった、などと訴えている。

『会いたかったの……』

色っぽく囁いたと思ったら、彼女は背伸びをして、黒瀬の唇の横にキスした。

あまりにも突然の出来事に、藍子の顔から血の気が引いていく。

ついさっきまで、黒瀬の腕は藍子の腰に回されていたのに、今ではその手は彼女の細い腰と背に触れている。

胸を焦がす嫉妬に思わず顔を背けると、阿川部長と目が合った。部長は困惑の表情を浮かべながらも、静かに藍子の隣に立つ。

「我々日本人にとっては、何度見ても慣れるものではないね。親しい人と挨拶を交わすたびに、ああいうことをするのは」

部長の言葉に、ハッとなる。

思えば黒瀬と会った当初、藍子は彼の過剰なスキンシップに振り回されていた。だけど、アメリカで生活していた彼にとって、こういう挨拶は普通なのだ。

この二人の触れ合いに、傷つく必要なんてない——そう思うと、胸の痛みが薄らぐ。

ただ、完全に消えたわけではなかった。

「ところで、茅野さん。彼らが何を話しているのかわかるかい？」

不意に、抑えた声で、阿川に話しかけられた。

「えっ？　は、はい……ある程度ですが」

「何を話しているんだい？　ひょっとして、彼がアメリカへ戻るとか——」

阿川が言いかけたのと同時に、黒瀬が今までより強い調子で「レイラ！」と発した。

何事かと、藍子も阿川も黒瀬を見る。彼はレイラの手を払うと振り返り、彼女の背に触れて前へ押し出す。

「部長、既にご存知かと思いますが、改めて紹介させてください」

黒瀬がちらっと藍子に視線を投げて近づいてくる。彼は藍子の横に立ち、さりげなく腰に触れた。

「彼女はレイラ・ハストン。私の出向先でSE補佐をしていた、とても有能なプログラマーです。彼女は思い立ったら突っ走る性格で、私が一人で籠もって仕事をしていると外へ引っ張り出してくれました。向こうの優秀なプログラマーと引き合わせてくれ、とても有意義なディベートの場を作ってくれたんです」

「つまり、レイラ嬢は君にとって掛け替えのないパートナーだったんだね」

掛け替えのない、パートナー……

阿川部長の言葉を反芻した藍子の手のひらに、嫌な汗が滲み出る。

『レイラ、彼女は茅野藍子。俺の専属秘書だよ。仕事でも、私生活でも、俺の大事な女性だ』

黒瀬の紹介に、藍子の心臓が激しく高鳴る。ぐっと息を呑むと、藍子の腰に触れる彼の手に力が入るのがわかった。

顔を上げると、挑発的な視線を送るレイラと目が合った。藍子が怯むのを見て、彼女の顔に艶っぽい笑みが浮かぶ。

『初めまして。でも、ごめんなさいね。貴女と仲良くしようとは思っていないの。何故なら、あたしが日本に来たのは、アメリカにミナトを連れて帰るためだから。彼が自分の力を発揮できるのは日本じゃない、アメリカよ。そして、彼をもう一度、あたしのベッドに戻すの』

「レイラ！」

黒瀬が声を荒らげて、レイラの言葉を遮った。

藍子の躯の中心が凍るように冷たくなっていく。

二人が特別な関係だったと知って愕然としたのではない。黒瀬はとても素敵なのだから、恋人がいなかったはずがない。そんなことは、充分わかっている。

ショックだったのは、レイラが黒瀬をアメリカに連れ戻すと宣言したからだ。

アメリカと日本では、黒瀬にとって得られるものが全然違う。彼の能力を真に生かせるのは、前者だろう。

レイラの目が、藍子に語ってくる。

貴女はミナトのために何ができるの？　躯の悦びだけ？　そんなの数ヶ月もすれば飽きてしまう。男の心を刺激するのは仕事よ。あたしはそれを与えてあげられる！　――と。

「レイラ嬢が来日したのは、君がアメリカで請け負った仕事に不具合が生じたので、それを確認してほしいかららしい。まあ、そういうこともあるとは思うが、いきなり乗り込んでくるのではなく、事前に一報をもらえればありがたかったね」

阿川部長の言葉に、黒瀬が反応する。

『仕事？　それならそうと、早く言ってくれればいいのに』

『会ってすぐにその話をするなんてナンセンスよ。プログラミングの話をし出したら止まらないって知ってるでしょう？　だから、まずはミナトと再会できた喜びを感じたかったの』

　藍子はレイラの言葉に、唇を引き結んだ。

　心に蓋をしなければ、自分を見失ってしまいそうだったからだ。

　だけど、無駄だった。

　藍子ができるのは、黒瀬をサポートするだけ。彼女と同じ土俵に立ち、同じ目線で、彼とプログラミングの話などできないんだという事実を突きつけられてしまった。

　レイラのように、お互いを高め合う関係には絶対になれない……

　しかも、現在の藍子はミス続きで、いつまで黒瀬の仕事を手伝えるかわからない状態にある。

　もしかして、わたしは邪魔者？　――その思いが頭を過り、藍子は不安で押し潰されそうになっていた。

「いいかな？　レイラ嬢は週末に帰国しなければならないらしい。実質、今日を入れて四日ほどしかない。その間は、持ち込まれた仕事に重点的に取り組んでくれ」

「わかりました」

　黒瀬が頷く。すると部長が藍子に向き直った。

「茅野さん、君は私と来て。黒瀬くんのスケジュールについて、少し話がある」

　そう言って廊下へ促す阿川に「はい」と告げて、藍子は黒瀬を見上げた。

正直、黒瀬とレイラを二人きりにしたくない。それが顔に出てしまい思わず眉根が寄ってしまうが、慌てて感情を脇へ押しやった。

「また後ほど伺います。もし何かあれば携帯に――」

そこまで言って、黒瀬が片眉を上げげた。その表情に、携帯の充電が切れているのを思い出す。

「あの、何かあれば……秘書室の方へお願いします」

藍子は口籠もって伝えると、阿川の方へ歩き出した。

「ああ、わかった」

素直な反応に振り返り、ほんの数秒、彼と目を合わせる。そして藍子は自分を凝視するレイラに視線を移した。何か言いたげな目をする彼女に会釈し、廊下へ出る。

阿川は壁に躯を凭れさせていたが、藍子を見るなりこちらへ来いと顎で奥を指す。

二人で、廊下の奥にある休憩ルームに入った。

彼は大きな窓へ近寄り、歩道を急ぐサラリーマンや、楽しげな観光客の姿を見下ろす。

藍子は阿川の後方で足を止めて、彼が口を開くまで待った。

「単刀直入に訊ねるよ」

そう言って、阿川部長が向き直る。

「君は、黒瀬くんからどこまで聞いている？」

「どこまでとは、いったい何をでしょうか」

「黒瀬くんが役員たちと頻繁に会合を持っているのは知っているね？」

阿川はいったい何を聞き出したいのか。目的がわからず、藍子は慎重に口を開いた。

「確かに、頻繁に会われているようです。ですが、そこで何を話されているのかは存じません。わたしは呼ばれておりませんので」

「そう、それが問題なんだ！」

阿川は、藍子の前だというのに額に手を置いてうな垂れた。

「聞いてないか？　黒瀬くんがこの会社を辞めてアメリカに行く……なんて話を。転職先は、先ほどのレイラ嬢が勤める会社だよ」

藍子は秘書という立場を忘れて、大きく息を呑んだ。仕事中は感情を出さないように努めているのに、彼の言葉に動揺を隠せなかった。

「その顔だと、茅野さんも知らなかったようだね。まだそんなに噂は広まっていないのかな。とにかく、あのレイラ嬢が何らかの鍵を握っていると思われる。もし、二人の会話から何かわかったら、報告してほしい。そう、……黒瀬くんが会社を辞めてアメリカへ行くような話を匂わせたらね」

阿川の言葉に、藍子は躯の脇で握り拳を作った。

「優秀な人材を失う危険があるのなら、我々はそれを事前に防がなくてはならない。君も社員なんだ。会社のために、何かあれば必ず報告しなさい。いいね？」

「……わかりました」

本当に黒瀬は、会社を辞めてアメリカへ行こうとしているのだろうか。

黒瀬が藍子に背を向け、レイラの肩を抱いて空港の搭乗口へ向かう姿が、自然と脳裏に浮かんだ。

「……っ！」

藍子の胸に強烈な痛みが走る。息が詰まりそうになり、思わず胸に手をあて、奥歯を噛み締めた。

「本当は、社員の動向を探るような真似はしたくない。でもわかってほしい。じゃ、よろしく頼むよ」

阿川はその場に藍子を置いて、歩き去った。

一人になった藍子は、大切なものが零れ落ちるのを防ぐように、両腕で躯を抱きしめる。

「どうして、こう……いろいろなことが重なるの？」

胸の内に押し止められず、藍子は思わず吐き出してしまった。

間を置かずにいろいろなことが起こるせいで、上手く頭が回らない。

でも今は仕事中。

気を引き締めて集中しないと、またどこかでミスをする。そうなれば、秘書失格の烙印を押され黒瀬に必要とされなくなってしまう。

それだけは絶対に嫌だ！

藍子は深呼吸して気持ちを立て直すと、姿勢を正して黒瀬の執務室に戻った。

終章

レイラが来日して以降、まるで嵐のような日々だった。

黒瀬はレイラの持ち込んだ仕事を最優先することとなったため、藍子は毎日スケジュール調整に追われた。

今までの業務に加えて、新しいプログラムチェックが加わる。結果、彼のスケジュールは分刻みで組まれた。

また、様々な仕事をこなすため、黒瀬は会社に泊まり込むのを余儀なくされた。

藍子は状況に応じて、必要な食事や着替えを用意する。その様子を目にしたレイラが彼と一緒に泊まると言い出したが、セキュリティの関係で、会社が彼女の願いを退けた。

もしその要望が叶えられていたら、藍子は毎晩二人が気になって仕方なかっただろう。

それだけは、唯一良かったことかもしれない。

とはいえ、一緒に泊まってないから安心かというと、そうではなかった。レイラが、連日黒瀬の執務室に入り浸っているからだ。

藍子が黒瀬に会いに行けば、必ず傍らにレイラがいる。彼女は彼に寄り添い、モニターを指しては藍子にはわからない専門用語をたくさん用いて、プログラミングについて意見を言い合っていた。

藍子が仕事の話をすると身を退いてくれるが、黒瀬にそれ以外の話で近づこうとすると彼女が割って入って邪魔をする。

それぐらい、レイラは黒瀬を独り占めしていた。

そのため、今日——レイラが帰国する当日になっても、藍子は黒瀬の本音を訊けていない。

黒瀬は、レイラの勤める会社に戻りたいのだろうか。

その答えは今夜にわかる。

大丈夫だと自分に言い聞かせるが、藍子は不安で仕方がなかった。

真剣な態度で仕事に集中する黒瀬と、彼と同じ目線で話ができるレイラ。そんな二人の姿を見ていたら、どんどん不安が増していくのも当然だ。

「藍子、このB社のICタグ鋼材管理システムのプログラミングチェック、SEの谷山に結合テストまで進めろと言ってほしい。それからG社の顧客管理プログラミングも、単体テストを行うように指示して。あと――」

黒瀬が矢継ぎ早に話す。藍子はこれまで同様感情を殺して、彼の指示を書き留めた。

「わかりました。ところで、月末に――」

そこまで言って、藍子はハッとなり口を閉じた。

「藍子？　……何？」

藍子が言い淀んだのを聞き咎め、黒瀬が手に持つ資料から顔を上げた。

「あの、別件の仕事についてお話を伺おうとしてしまいました。すみません」

実は、とあるシンクタンクから、セキュリティ強化の依頼が入っていた。研究機関なので取り扱う情報は機密事項が多い。そのため、より強固なセキュリティシステムを望んでいるという。

先方の希望は、プログラムシステムチームに黒瀬を入れること。

それで、黒瀬の都合を訊く必要があった。

でもここで問えば、黒瀬がアメリカに行く計画を立てているのかどうかが明らかになってしまう。長期の仕事を断れば、退職確実だ。その可能性が高いと思った途端、藍子は身が竦んで怖気づいてしまった。

知るのは今でなくていい。今日、日本を発つレイラを見送ってからでも、遅くはないのだから……

「いや、構わないよ。それで別件の仕事って、何？」

「いいえ！　それは、また……週明けに伺います」

言葉が尻すぼみになっていく。

顔を背けると、鋭い目を向けるレイラと視線がぶつかった。

藍子はレイラの強い視線に居たたまれなくなり、彼女から視線を逸らした。

「藍子、別に――」

黒瀬が何かを言いかけるが、藍子は頭を下げた。

「お忙しくされているのに、邪魔して申し訳ありません。では、わたしはシステム開発室へ行ってきます。そのまま秘書室へ戻るので、何かあればご連絡ください」

藍子は後ろ髪を引かれる思いだったが、黒瀬と目を合わせずに執務室を出た。

黒瀬を知れば知るほど、彼がこの仕事に対して真摯に取り組んでいるのが伝わってくる。

そんな黒瀬のために、藍子が取るべき道は？

藍子はいろいろなことを考えながら、システム開発室に入る。各担当者を見つけては、黒瀬の言葉を伝えて回った。

「黒瀬が立て込んでしまって申し訳ありません」

「いや、室長補佐には最終チェックをしてもらってるんで、割と楽させてもらってますよ」

そう言うが、何故(なぜ)か目の前に座る谷山の様子がおかしい。

ふと気付けば、システム開発室全体が何となくざわついている。

見渡すと、プロジェクト推進チームの三浦が、室長のデスク前で何かを訴えていた。

足元に鞄が置いてあるところを見ると、これから外出するのか、それとも帰社したばかりなのか、そのどちらかだろう。

それにしても、空調が効いた部屋にいながら、三浦は異様なほど汗をかいていた。

藍子は心の中で首を傾げつつも、目の前の谷山に「それではよろしくお願いします」と挨拶(あいさつ)してシステム開発室をあとにした。

秘書室に戻り、黒瀬に頼まれた資料整理を始める。だがほどなくして、後輩の青井(あおい)が可愛らしい素振りで仕事を頼んできた。それは簡単な資料作成で、藍子なら数時間あれば完成できる。

「えっと――」

思わず受けてしまいそうになるが、まだ秘書室内でのいざこざが何も解決できていない以上、高市との約束を守らなければならない。

「ごめんなさい。今、忙しくて……」

「茅野先輩、冷た～い。これまでは喜んで手伝ってくれたのに、どうしてなんです？専属秘書になったから、一課の雑務はしたくないってことですか？」

「わたしは、別にそういうわけでは――」

「あの……」

突然森宮が口を挟んできた。

これ以上は黙っていられないという感じで、彼女は同僚に目を向ける。

「差し出がましいですが、その件は青井先輩がシステム支援室から依頼された仕事です。なので、担当者欄に先輩の名前が載るようになさった方が、ご自身の実績に繋（つな）がると思います。これを機に、青井先輩の名前を知っていただくのってどうでしょうか」

「あっ、そ、そうよね……。確かに、安座間先輩に言われたことを守るより、森宮さんの言うとおりにした方が、あたしにとってはいいかも。茅野先輩、あたし……自分で頑張りますね」

青井が自分の席に戻った。

でも藍子は、彼女が口走った言葉が気になり、森宮に目を向ける。

森宮は顔を歪（ゆが）めて、小さく頷いた。

本当に？　すべての元凶は、安座間だった？

数日前のロビーで、そうではないのかと疑っていたのは事実だ。

だがそれは憶測であって、はっきりした証拠があるわけではなかった。でも、青井の発言と森宮を信じるとすれば、安座間が中心となって藍子を陥れていたことになる。そういえば、これまで森宮から仕事を回されたことは一度もない。しかも、時々それとなく助け船を出してくれた。

森宮は秘書室では一番年下。彼女も板挟みになっていたのだろう。

藍子は心の中で森宮に〝ありがとう〟と囁き、高市の方へ向かおうとした。だが、席に戻ったはずの青井に呼び止められた。

「そういえば、先輩も大変ですね。黒瀬さんの噂を耳にしましたよ。またアメリカに戻るそうですね。あの綺麗な外国人女性と一緒にって。皆話してますよ」

「その話、誰から聞いたの？」

「システム支援室の室長です」

青井が艶やかな髪に指を絡ませ、ラズベリー色の口紅を塗った愛らしい唇をほころばせた。

「安座間先輩は、情報管理室の室長に聞いたと言ってましたよ。凄いんですね、黒瀬室長補佐って。だけど、彼がアメリカに行ったら、茅野先輩はどうなるんでしょう。せっかく二課に異動になったのに、また一課に戻るかもしれませんね」

「そうね。でも、秘書の仕事がなくなるわけじゃないから」

藍子はそう言うしかなかった。

何か言えば、更に憶測を生む。そうなれば、また別の揉め事へと発展しかねない。秘書室の雰囲気を、これ以上悪くしたくなかった。

藍子の返事が不満だったのか、青井はちょっとムッとしたが、藍子は努めて穏和な態度を心掛ける。

そして青井に「ちょっとごめんね」と断りを入れて、システム手帳を持って高市のデスクへ向かう。

高市は、ちょうど受話器を置いたところだった。何故か蒼白な顔になっている。話しかけるのに躊躇するものの、安座間の件が明らかになった今、早々に伝える必要がある。

藍子は意を決して高市に声をかけた。

「主任、少しお時間をいただけますか？」

顔を上げた高市は、少しの間藍子をじっと見つめた。そして、力ない仕草で立ち上がった。

「ああ、いいよ。ちょうどシステム開発室から呼び出しがあったんだ。茅野さんもそろそろ顔を出す時間だろう？　一緒に行こう」

「……はい」

素直に返事をしたものの、釈然としない。藍子は午後一番で黒瀬のもとへ行き、つい先ほど戻って来たばかりだからだ。

不思議に思いながらも、高市と一緒にエレベーターホールへ歩き出した。

どうせ安座間の話は、秘書室ではできない。ならば高市と一緒に行き、その後彼と別れてデスクに戻ってくればいい。

「実は、俺も話があるんだ。でもまず、茅野さんの話から聞かせてくれ」

「はい。実は――」

藍子は高市に先ほどの件を伝えた。そして、これまで後ろで手を引いていたのは安座間かもしれないと、初めて口にした。

「……そうか。やっぱり彼女だったか。だいたい予想はついていたが」

「でも、原因はわたしにあります。次に二課へ異動する可能性が高かったのは彼女でしたし、わたしは専属秘書には興味がないと公言していました。なのに……黒瀬室長補佐の専属になってしまった。そういった経緯が、引き金になったんだと思います。わたし、彼女と話してみます」

「わかった。それでも収まらなければ、俺が注意しよう。まあ、俺が言ったとしても納得するかどうか、わからないが。だが、大丈夫か？」

エレベーターを降りると、高市が藍子との距離を縮めてきた。

「仕事に私情を持ち込むのは、かなり積み重なった感情があると思う。彼女がどうして茅野さんにそこまで嫉みを募らせたのか……。俺にはわからないよ」

「わたしなんかに……と、思いますよね。でも逆に、相手がわたしだったからかもしれません」

「それって、どういう意味なんだ？」

高市が理解できないと眉間に皺を寄せる。

そう、男性にはきっとわからないだろう。

安座間は、男性の目を容易に自分の方へ向けられる。綺麗な彼女が微笑むだけで、男性を虜にできる。しかも仕事ができ、社内の評判もいい。

安座間は完璧で素敵な女性だ。

だからこそ、彼女より見栄えの悪い藍子が黒瀬の専属秘書になったのが受け入れられないのだ。

加えて、黒瀬は安座間に興味を示さなかった。また、彼女の目の前で藍子の手を取った。そういう出来事が、彼女のプライドを傷つけたのだろう。

「とにかく、彼女と話してみます」

「わかった。じゃあ俺は、俺にできることをする」

その時、鈴を転がすような可愛らしい笑い声が響き渡った。

藍子と高市は振り返り、離れる。

声の主を、最初安座間かと思った。でもそこにいたのは、豊満な乳房を強調するように腕を組んだレイラだった。

レイラは、胸元にレースが施されたミニのワンピースを着て、上にロング丈のカーディガンを羽織っている。大腿が剥き出しになったその服は、彼女の脚をとても綺麗に見せていた。

オフィスの廊下がランウェイに早変わりしたかのように、彼女が歩くだけで視線が吸い寄せられる。

隣に立つ高市も同じだったようで、レイラが二人の前で立ち止まっても彼の目は彼女に釘付けだった。

『アイコってやるわね。ミナト以外に素敵なボーイフレンドがいるなんて！　ねえ、ミナトはこのことを知ってるの？　言っておくけど、彼って意外とヤキモチ焼きよ。それなのに、いい度胸をしてるわ。ひょっとして、あたしにミナトを連れて帰ってって暗に伝えているのかしら』

レイラが挑発的に笑う。彼女の棘のある言葉に胸が痛くなり、何も言えなくなった。

すると、レイラが狡猾な笑みを浮かべる。

『ねえ、反論しないの？　その隣の男と深い関係だって認めるわけ？』

藍子が唇を引き結んだ時、高市が「Excuse me」と二人の間に割って入った。

高市は、背の高いレイラに怯まず、見返している。

『そんなに挑発しないと、元カレを奪い返せないんですか？』

レイラが怒りで顔を醜く歪め、綺麗な目をつり上げた。頭の上から湯気が出そうなほどだが、高市は意にも介さない。

『もちろん、裏工作するほど自分を求めてくれた……と喜ぶ男性もいるでしょう。ですが、先ほどから名前の挙がっているその人は、私の知る限り、裏でごちゃごちゃと邪魔されるのを嫌がるタイプだと思います。取り越し苦労なのに、私にまで敵意を剥き出しにする方なんですから。それもすべて、大切な女性を守るためでしょう。おわかりですか？　貴女がなさっていることを知れば、彼の心は永遠に取り返せないのでは？』

高市は、こんなにはっきりと物を言う上司だっただろうか。

藍子が驚いていると、レイラが一歩近づき、高市のネクタイを掴んだ。そして乱暴に自分の方へ引き寄せる。

レイラのその行動に藍子は目を見開くが、高市は平然としている。落ち着いた目で、彼女を見返していた。

それがまた、レイラの怒りに火をつけたようだ。

『貴方に言われる筋合いはないわ。でも、ありがとう。あたしの背中を押してくれたんだもの。アイコに気兼ねせず、真っ正面からぶつかれってね』

　レイラは高市に、そして藍子に視線を流した。その強い眼差しから、レイラが本気で黒瀬を奪おうとしているのが伝わってくる。

　でも、高市も負けていない。彼はレイラの剣幕にも怯まず、穏やかな笑みを浮かべた。

『一言だけ訂正させてもらいます。私と茅野の関係を勘ぐってるみたいですが、私たちはただの上司と部下。確かに彼女の秘書としての資質には惚れていますが、残念ながらそれ以上の関係はありませんので』

　そんな高市の言葉に、レイラが顔を真っ赤にする。

『のちのち、アイコが泣くことになっても知らないから』

　そう言い捨てると、レイラは高市のネクタイを離し、乱暴に胸を押し返した。そして身を翻して廊下の奥へ進んで行く。

「茅野さん、悪い。少しきつく言ってしまった。却って彼女を唆してしまったかもしれない」

「いいえ。彼女が本気で何かをしようと思ったら、いくらでも大胆な行動に出られたはず。だけど彼女は、彼の仕事を最優先していたんです。そういう姿を傍で見て、彼女が本当に彼を大切に想っているんだなとわかってましたから」

「茅野さんはそれでいいのか？　今更隠してもらっても困るけど、その……付き合ってるんだろう？　黒瀬室長補佐と」

藍子は目を逸らし苦笑で答えると、高市も同じように頬を緩めた。

「それにしても、他人から見たら、俺と茅野さんはそういう風に見えるのか。多分、俺が構い過ぎたせいだな。茅野さんが二課へ配属になってから、心配で仕方がなくてね。ほら、室内に広がる嫌な雰囲気も重なってさ……。悪かったよ。これからは気をつけるから許してほしい」

高市の謝罪に藍子は小さく頷くが、別に彼を悪いとは思っていなかった。

確かに、少し距離が近いなと思うことはあったが、それは本当に部下を心配しての行動と言えるだろう。

「気遣っていただき、ありがとうございます。ところで、わたしに話があるとおっしゃっていましたよね？　何でしょう？」

瞬間、高市の顔が固まった。

「高市主任？」

「これはまだ上に報告されていない。だが茅野さん……、君にシステム開発室から、とある嫌疑がかけられている」

「……はい？」

聞き間違いかとも思ったが、高市は冗談を言っている風には見えない。つまり真面目に告げているという意味だ。

嫌疑（けんぎ）？　だが、一体何の？

藍子はこれまで、真面目に仕事に取り組んできた。秘書として知り得る秘密を誰かに漏らしたり、情報を売ったりしたことなど一度もない。

そんな自分が、疑われている？

藍子の躯（からだ）に緊張が走る。高市はというと、歯軋（はぎし）りしそうなほど奥歯を噛み締めていた。

その態度から、藍子にかけられた疑いは楽観視できるものではないと感じられた。

「俺は茅野さんを信じている。君が卑怯（ひきょう）な真似（まね）をするはずがないと。だから、疑いを晴らすために、どんな質問をされてもきちんと答えてほしい。……いいね？」

「……はい」

高市はシステム開発室前を通り過ぎ、さらに奥の会議室に藍子を促（うなが）す。

廊下を進むにつれて、システム開発室が静まり返っているのがわかった。

藍子は緊張した面持（おもも）ちで、黒瀬の執務室前を通り過ぎる。そこから数メートル進んだドアの前で高市が立ち止まると、藍子も隣に並んだ。

「高市主任、一つだけ訊（き）かせてください。わたしにかけられた疑いとはいったい何ですか？」

「君が、うちとライバル関係にある会社に、新しいシステムを流した、というものだ」

「わたしが？」

「今朝、担当者が取引先に言われたそうだ。ライバル会社から持ち込まれたシステムが、うちの試作品とあまりにも類似していると。いや、それだけじゃない。契約書を交わした双方しか知り得ない事項まで、ライバル会社の方にも組み込まれていたという話だ。進捗や情報を勘案すると、それは、うちの会社から流出した以外ないと踏んでいる」

「そんなことが……。でも、どうしてわたしが犯人になるんですか？」

藍子が訊ねた時、突如目の前のドアが開いた。

「何をしているんです？　緊急だと伝えたでしょう？」

そう言ったのは、システム開発室の室長の須藤だった。高市は「申し訳ありません」と頭を下げ、藍子を促して会議室に入る。

その部屋には、須藤の他にプロジェクト推進チームの五人がいた。顔見知りの三浦は顔を青ざめさせて、藍子から目を逸らしている。

「さあ、そこに腰掛けて」

藍子は指された椅子に腰を下ろした。システム開発室の人たちも、藍子を囲むように座る。

いかにもこれから尋問が始まる、という重苦しい雰囲気だ。

藍子は何も悪いことをしていない。だから、訊かれた件に正直に応えるだけでいい。

藍子は毅然として顔を上げ、膝の上に置く手に力を入れた。

「何故ここに呼ばれたのか、理由を聞いたかな？」

須藤が、藍子のどんな些細な仕草も見逃さないと言いたげな目つきで、凝視した。

藍子は緊張の面持ちで、静かに頷く。

「はい」

「では、単刀直入に訊きます。茅野さん、あなたはライバル社に情報を流しましたか？」

「わたしは、会社を裏切る真似などしておりません。何故わたしに情報漏洩の嫌疑がかけられたのでしょうか。その理由を教えていただけませんか？」

そう訊かれるのは前もって予想していたのか、須藤が説明し始めた。

まず、そのシステムには黒瀬がかかわっている。彼の専属秘書である藍子が、その内容や重要性を知らないはずがない。そして、システム開発室に毎日出入りする藍子は、よく三浦のデスクに足を運んでいた。

その三浦こそ、今回流出したデータを持っていた人物だった。

どんな仕事にも一生懸命取り組む三浦は、結果を出して正しい評価を受けている。それは、共に汗を流してきたチームメンバーも同様だ。彼らは認め合っているのに、わざわざ身の危険を冒してまでデータを流出させるわけがない。

一方、藍子は、三十代になっても一般的な雑務をこなす一課の所属だった。それが突然、花形の二課へ異動。華々しい経験をして、もっとと欲が出たのだろう。他社の人と接触する機会も、今までより増えた。そこで、ライバル会社に情報を渡すことで自分も売り込もうと考えた。秘書以上の地位を得て、もっと輝ける場所がほしくなったのではないか、と。

そうしたことを総合的にまとめて、須藤らは、藍子が犯人だと考えたらしい。

藍子は三浦を窺（うかが）う。彼は何かを考えるように腕を組み、空を睨（にら）み付けていた。須藤が話した件を、もう一度落ち着いて頭の中で整理しているかのようだ。

「茅野さん、正直に言ってくれないか？　この件はまだ、私のところで止めている。取引先の担当者も、うちを信頼して教えてくれた。安価で同レベルのシステムが持ち込まれたのに、それでもうちを信頼して契約を破棄するつもりはないと言ってくれている。先方に誠意を見せるためにも、私は必ず犯人を明らかにする。……君が罪を認め、正しい行動を取ってくれれば悪いようにはしないから」

正しい行動――それは、藍子に退職しろということか。

どうして無実の罪を着せられなければならないのだろうか。

そんなのは我慢できない！

「申し訳ありませんが、口を挟ませてください」

やにわに高市が割り込んできた。

「私の部下だからといって、盲目的に茅野を守ろうというわけではありません。本当にそんなことをしたのであれば、必ず責任を取らせます。ですが、これまで須藤室長が仰ったのは、すべて憶測。確かに茅野は初めて専属秘書となりましたが、だからといって上司である黒瀬室長補佐に背く真似はしないでしょう。プロジェクト推進チームが〝仲間は裏切らない〟と思っているのと同じように」

「高市主任は、茅野さんが犯人だと思っていないわけだね。それならいったい誰が犯人だと？」

「それは……、わかりません」

高市が肩を落とすと、須藤が鼻を鳴らした。

「そもそも、システム開発室に足を踏み入れられる人物は限られている。そこに馴染みのない社員が入ってくれば、すぐに――」

「室長、茅野さんだけではありません」

急に三浦が話に割って入ってきた。

三浦は今までどうして気付かなかったのかと言わんばかりに、ショックを受けた表情で周囲の仲間を見回す。そして、藍子で目を留めた。

「そう、茅野さんだけではありません。他の秘書の方も、システム開発室に来ていました。前担当者の森宮さんと、数週間ほど前に交替した安座間さんです」

安座間の名に息を呑み、藍子はさっと高市を見る。彼も目を見開いていた。

「どうしてこんなに大事なことを忘れていたんだ！　そう、あれはレイラ嬢が来日した日だった。あの日、俺が取引先へ行く準備をしていたら安座間さんが傍に来たんです。本来なら、そこでロックをかけるべきだった。ですが、俺はすぐに戻るつもりで持ち場を離れてしまった。そして戻って来た時、彼女はまだそこにいた。もし彼女がパソコンを覗いていれば……どこに何のデータがあるのかわかったはずです」

「安座間さんをこの場へ」

須藤の言葉に、高市が部屋を出ていった。

会議室がざわつき、他の社員が「あの安座間さんが？　それこそ、メリットなんてないだろ⁉」などと話す小さな声が聞こえる。

藍子の手のひらに、嫌な汗が滲む。

「茅野さん、君は黒瀬くんをここへ呼んできてくれ」

「わかりました。ですが、今は今夜帰国されるレイラ嬢に渡す仕事が大詰めです。もしかしたら、すぐ手が離せる状況ではないかもしれません」

「わかってる。だが、こっちも大変なんだ。できるだけ早く、ここに連れてきてくれ」

「かしこまりました」

藍子は廊下へ出る。

ドアを閉める際、室内にいた皆が須藤の傍に集まる姿が目に入った。もしかしたら今回の件を仲間内で確認するため、藍子を離席させたかったのかもしれない。

でも黒瀬を呼んできてほしいと言われたのは事実。藍子は彼の執務室へ向かった。

暗証番号を打ち込んでセキュリティを解除し、ドアを開ける。

「失礼――」

そこまで言って、藍子の躯が硬直して動かなくなる。

えっ？　何……!?

椅子に座る黒瀬の膝に、レイラが座っていた。彼女は、彼の首に両腕を回してキスをしている。

黒瀬はというと、彼女の熱っぽい口づけを静かに受け止めていた。

『……っんぅ、ミナ……トっ』

恋い焦がれるような耽美な声。

綺麗な金髪を乱して黒瀬に口づけし、柔らかい乳房を彼に押し付ける姿は、何かのCMみたいにとても絵になっていた。

レイラは本気だ。本気で黒瀬の愛を求め、彼が輝けるアメリカへ連れて行こうとしている。

お願い、やめて。黒瀬くんに触らないで！　――そう叫ぼうとする。

だが、できなかった。

胸の奥が熱くなり、声が出てこない。嫉妬で鼻の奥がツーンとなるのを感じながら、藍子は息を殺して二人を見つめた。

実際にレイラが黒瀬にキスしていたのは、ほんの数秒。なのに、藍子の目には、随分長い間求め合っているように見えた。

『愛して……。あたしを激しく求めてよ……。ベッドで、キッチンで、オフィスでお互いの欲望をぶつけ合ったのを忘れていないわよね？』

しかし、レイラは黒瀬に、藍子の視界に入った黒瀬の手は、椅子の肘置きにだらりと置かれたままだった。

レイラは黒瀬に、愛がほしいと詰め寄っている。

えっ？　まったく力は入っていない。レイラの抱擁に無反応？

藍子は驚きのあまり、思わずドアを強く押して壁に当ててしまった。

「あっ……」

恐る恐る視線を上げると、レイラの悔しそうな顔が飛び込んできた。彼女は、藍子を凝視する。

『謝らないわよ。あたしはミナトの仕事の邪魔をせず、この欲望をずっと抑えてきた。そのあたしをけしかけたのは、アイコであり、貴女と見つめ合っていたあの男……タカイチなんだから！』

「見つめ……？」

黒瀬がじろりと藍子に視線を投げるが、すぐにレイラに意識を戻す。

『もういいだろう？　レイラの気が済むまで証明して見せたんだ。これでわかったはず。俺の気持ちは、もうレイラには戻らない』

　黒瀬がレイラを膝から下ろし、立ち上がる。

　パソコンに挿していたUSBメモリを引き抜き、彼女に渡した。

『俺のパソコンに、元のデータを入れている。いくつかダミーも入れてるから、漏洩（ろうえい）の心配はないよ』

　レイラはしばらく呆然としていたが、ほどなくして頭を左右に振った。

『……ありがとう。それでミスは？　気になってた部分はどうなってた？』

『悪い。俺が削除し忘れてたハッキング防止のシステムエラーが原因だ。正作動のチェックまで終わらせたから、あとは、最後にパスを入力してくれ。パスは俺が向こうで使っていたPC番号だ。確認してくれ』

『そんな番号まで覚えているの!?』

　先ほど交わしたキスなどなかったかのように、二人は真剣に仕事の話をする。

　二人を見ているうちに、藍子の心の中に嫉妬（しっと）とは別の感情が生まれた。

それは、羨望だ。

藍子がこうなりたいと願う、黒瀬を支える女性の姿が目の前にある。

やはりわたしは、黒瀬くんの足を引っ張るだけの存在かもしれない——と、ショックを受けていた時、彼が振り返った。

「やっとレイラが持ち込んだ仕事が終わったよ。今夜は……うん？　藍子？　どうした？」

声をかけられて黒瀬を見る。彼の唇には、レイラの赤い口紅がべっとりと付着していた。

二人が今まで何をしていたのか、それがすべてを物語っている。

藍子の胸の奥に、どす黒いものが渦巻き始める。

醜い嫉妬心を見られたくなくて必死にそれを押し隠していると、黒瀬がティッシュを一枚取って慣れた手つきで唇を拭った。

藍子は心を乱されながらも、黒瀬に近寄る。

こういう時、たとえば安座間なら、嫉妬を表に出して、自分の感情を素直に伝えられただろうか。

だが藍子は、嫉妬を膨らませるだけで、何もできない。

自分の性格に呆れつつも、何とか秘書としての冷静さを装った。

「この行為に意味はないから。もうレイラに気持ちはない、何をされても俺の心は動かない、藍子のことしか考えられないって証明しただけだ。それより俺としては、藍子が何故あの男と一緒にいてレイラを焚き付けたのか、そっちの話の方が気になるけどね」

「あっ……」

藍子は高市の名前に、何故自分がここへ来たのか、その理由を思い出した。

二人のキスシーンに動揺し、仕事のことを忘れるなんて……

レイラなら、こんな風にはならない。プライベートと仕事で、きちんとスイッチを切り替えられるのに……！

「藍子？」

藍子は、黒瀬の柔らかな唇から顔を背けた。

「すいません。今から会議室に来ていただけませんか」

「何？　……もしかして俺、藍子からお仕置きされるの？」

「ち、違います！」

「いいよ、甘んじて受ける。藍子だけが、俺をどうとでもできるんだから」

「そうではなくて！」

『日本語で話されたら、あたしが中に入れないじゃない！　何て意地悪なの！』

「レイラ……」

黒瀬が黙れと目でレイラを制する。

レイラは開きかけた口を閉じ、言いたい言葉を呑み込んだ。だがその表情は明らかに不満げだ。

藍子はレイラに軽く頭を下げ、黒瀬に向き直る。

「システム開発室の須藤室長がお呼びです。プロジェクト推進チームのメンバーも集まっています」

黒瀬の片眉が問うように上がった。

しかし、深刻な事態だと察したのか、顔から藍子をからかう色が消えた。

『レイラ、今夜は藍子と一緒に空港まで送るから、今のうちに帰国の準備を済ませておいてくれ』

『ミナトはあたしとの時間を作ってくれないの？　こうして日本にまで来たのに⁉』

『急ぎの仕事が入ったから無理だ』

黒瀬の言い方に、レイラの唇がわなわなする。大きな青い瞳が潤み始めたが、彼女はさっと顔を背けた。

『そうよね、もう無理だってわかっていた。ミナトが日本に戻る時、はっきりそう言われたのに。でも――』

レイラが言葉を詰まらせる。彼女は震える自分の躯を両腕で抱いて俯いた。しかしすぐに、テーブルに置いてあるバッグを掴む。

『買い物に行ってくる。十七時過ぎに戻ってくるから』

『ああ、気を付けて』

レイラは何か言いたそうに、ドアの取っ手を握って一度立ち止まる。だが、結局何も告げずに、執務室を出ていった。

数日振りに二人きりになる。黒瀬が藍子の腰に手を伸ばすのを見て、咄嗟に避けてしまった。

「藍子？　どうして避ける？」

執務室の空気が張り詰める。

藍子自身、何故黒瀬を避けてしまったのか、その理由がわからない。それなのに、どうして答えられるだろう。

だが、今は悩んでいる場合ではない。

藍子は俊敏にドアを開けて、廊下に出た。

「室長たちが待っていますので……」

「藍子！」

黒瀬に乱暴に腕を掴まれる。気付けば、藍子は壁際に躯を押さえ付けられていた。

藍子の横でドアが閉まり、カチッと鍵がかかる。その音を合図に、黒瀬の片腕が腰に回された。

「レイラのキスを受けたのは、俺が彼女に興味がないと示すためだった。藍子も見てたんだから、わかっているはずだ」

「あの、わたしは――」

黒瀬の強い眼差しに、たじろいでしまう。そっと視線を逸らすが、すぐに顔を上げさせられた。

「俺から目を背けないでくれ」

黒瀬の切実な言葉に打たれる。しかし今は、他に重要な案件が待っている。

藍子は気持ちを奮い立たせて、黒瀬を仰いだ。

「聞いてください。今、わたしに情報漏洩の嫌疑がかけられてます」

「……は？」

黒瀬の顔つきが一変する。彼は、藍子の言葉を頭の中で反芻するように、何度も瞬きを繰り返した。

「それで、俺が須藤室長に呼び出されてると？」

「……はい」

「それならさっさと行かないと。俺が話せば、一発で解決する」

黒瀬が気怠いため息を零すと、藍子の手を取ってどんどん歩き出した。

黒瀬が会議室のドアをノックする。だが返事はない。

「俺を呼んでるんだよな？」

「そうです」

黒瀬はもう一度ノックするが、やはり室内から応答はなかった。このままでは埒が明かないとばかりに、黒瀬はドアを開ける。

同時に、女性の甲高い悲鳴が響いた。

「だから、あたしではありません！　そのデータを盗んだ証拠ってどこにあるんですか⁉」

必死に訴えるその声の主は、安座間だった。彼女は先ほど藍子が座っていた椅子に腰を下ろし、自分を囲む皆に視線を彷徨わせる。

安座間の意識が、ドアの傍に立つ藍子に向いた。目が合うなり、彼女の顔が醜く歪む。

ところが次の瞬間、大きな瞳から涙をぽろぽろと流し始めた。

安座間は須藤を見て、全身で訴える。

「酷いです。あたしはシステム開発室とは縁がありません。専属秘書でもないんですよ？　ここに毎日通っている人でなければ、どのデータが納品前のプログラムなのかなんて、わかるはずないじゃないですか！」

「だがね、安座間さん――」

しくしく泣く安座間に、須藤は戸惑った口調で話しかける。そこに黒瀬が口を挟んだ。

「つまり、君は藍子が……茅野さんが犯人だと言いたいんだね？」

黒瀬の声が室内に響く。

室内に居たメンバーは、黒瀬が来たことに気付いていなかったらしく、皆驚いてこちらを振り返った。

須藤だけは、不安げな顔で黒瀬を見つめている。

黒瀬は室内に進み、壁に凭(もた)れた。その状態で胸の前で腕を組み、安座間に意識を集中する。

「黒瀬さん、あたしはそんなこと言っていません！　茅野先輩の名前なんて一言も――」

「そうだね。君は茅野さんの名前を出していない。しかし君は、たった今、犯人は毎日システム開発室に通う者、どのデータが納品前のプログラムか知っている者、そしてここに縁のある専属秘書ではないか……と思わせる発言した。そう、つまり茅野さんだとね」

黒瀬はわざとらしく口角を上げるが、鋭く光る目は安座間に向けられていた。

この顔は、以前にも見たことがある。

藍子が黒瀬の秘書に相応(ふさわ)しいか見極めようとしていた際の表情と同じだ。

違うのは、そこに蔑(さげす)みの色があることだ。

黒瀬は、本気で安座間に怒っている。

「君は、自分は頭がいいと思っているかもしれない。その魅力的な容姿がさらに君を傲慢にさせたのかな。せっかく綺麗なのにもったいないね」

安座間は、黒瀬の言葉に顔を真っ赤にしてまごつく。

だが、黒瀬の表情は変わらない。些細な変化も見逃さないよう、安座間を観察し続ける。

「でも詰めが甘いよ。その点、茅野さんの仕事に対する姿勢はとても素晴らしい。君ではなく、彼女を俺の専属秘書にと薦めた上司の見立ては賞賛に値する。そう思うのは何故か……。茅野さん」

不意に呼ばれて、藍子は黒瀬の隣で背筋を伸ばした。

「未だ嫌疑が晴れていないと言った。つまり、茅野さんは自分で潔白だと明らかにできるのに、口外していない。そうだね？」

藍子は周囲を見回して、静かに頷くに止めた。

黒瀬が何を言いたいのか、正確にはわからない。でも今は、彼が主導する話を遮るべきではない。ここは素直に、流れに身を任せよう。

口を閉ざしていると、黒瀬が完璧だと言わんばかりに頷いた。

「だから俺は茅野さんを信頼してるんだよ。そういう秘書を傍に置き、俺を支える存在になってほしいと願った。……君にではない」

藍子に微笑んだ黒瀬が安座間に視線を戻すが、その時には既に、目には冷たい光が宿っていた。

「さあ、始めようか。茅野さんが犯人ではないという証拠の披露をね」

そう言って、黒瀬は室内の面々に視線を投げた。

「流出したデータだが、ライバル会社が入手しても、使い物にならないものなんだよ」

「えっ？」

三浦が驚いた声を発する。

黒瀬は彼を見て「ああ、お前が担当しているところか……」と呟いた。

黒瀬は何かを考えるように目を瞑ったが、すぐに見開いた。

「俺は会社の上層部に何度も進言してきた。セキュリティ強化の方策についてね。その内の一つとして、システム研究部の全パソコンに、とあるプログラムを組み込むことを要請した。データをコピーすれば、WEBカメラで録画する、というものを」

安座間が急に立ち上がる。

みるみるうちに顔面蒼白になるが、何も言わない。安座間は躯を強張らせたまま、真っすぐ前を向いていた。

室内が静まり返る。

しばらくして安座間は、脱力したように椅子に腰を下ろした。うな垂れる彼女の手は、かすかに震えている。

「まさか、こんなに早く役に立つとは思わなかった」

「……黒瀬さんは、俺たちを信用していなかったんですか？」

三浦が強い口調で黒瀬に問う。だが彼は気にも留めず、壁にゆったりと凭(もた)れている。

「監視されているとでも思ったか？　そう考えるあたり、まだ意識が低いな。これは監視じゃない。会社の利益を守るためだよ。そして、データを迅速に検証するためだ。コピーのタイミングがわかれば、どの時点でデータの書き換えを行ったか、テストを実行したか、後々確認する際に役立つからね」

「あっ！　その、……申し訳ありません」

三浦がうな垂れながらも、素直に謝った。

再び室内がシーンと静まり返る。そこにいる誰もが、口を開こうとしなかった。

この場の主導権は、完全に黒瀬に移っていた。

「では、その録画データを確認しようか。三浦以外に、データをコピーした人物がいるかどうかを。もし思いあたる者がいるなら、今のうちに申し出ればいい」

黒瀬が安座間を見るが、彼女は目を伏せて顔を上げようとしない。しかし、見つめられていると感じているのか、スカートを握り締める彼女の手が誰にも隠せないほど震え始めた。

「よし。ここに犯人はいないんだね。では、確認しに行こう」

黒瀬がドアに手を伸ばした時、がたっと大きな音が会議室に響いた。

安座間が席を立ち、黒瀬を睨み付けていた。

「どうして、どうして……茅野先輩が犯人だと思わないんですか？　誰だって頻繁にシステム開発室に出入りする先輩が一番あやしいと思うじゃないですか！　どうしてあたしなんです⁉」

「俺は君が犯人だとは言っていない。ただ協力しているだけだよ。そうそう、俺が藍子が犯人ではないと思う理由だけど、さっき言ったとおりだ。彼女はひたすら仕事で俺を支えようとした。女の武器など一切使わずにね。俺は藍子の真摯な姿勢を傍で見てきたからこそ、彼女を信用するんだよ」

いつしか黒瀬が藍子を呼ぶ言い方が、皆の前でも〝茅野さん〟ではなくなっていた。

それに気付き、藍子の胸に歓喜と、そして動揺が広がる。

安座間は綺麗な唇を歯で噛み、顔を醜く歪ませる。憎々しげな目で藍子を射たが、何も言わない。ただ積年の思いを瞳に宿してぶつけてくる。

でもしばらくすると、その目が揺れ、安座間は静かにうな垂れた。

「確認する必要はありません。あたし……が、盗みました」

安座間の告白に会議室が一瞬ざわつく。だがそれは、たちまち波が引くように静まり返った。

「……そうか」

高市が力なく呟き、須藤が大きなため息を吐いた。

それから安座間は、どうしてプログラムを盗んだのかを涙ながらに告白し始めた。

すべては、安座間の嫉妬心が発端だった。

きっかけは、藍子が二課へ異動となり、黒瀬の専属秘書となったこと。

どうして容姿の冴えない藍子が、自分を差し置いてその地位につくのか、納得がいかなかったらしい。

それからは、彼が藍子を構うのを目にするたびに嫉みが湧き上がり、秘書たちを巻き込んで藍子を蹴落とそうと考えた。

しかし、いくらミスを犯しても、当の藍子は泣き言を言わない。

その姿にまた腹が立ち、とうとう藍子を失墜させるためにデータを盗んだ。偶然友人の彼氏がライバル会社に勤務していたので、上手く彼を使って流出できたという話だった。

「望んだのは、茅野先輩を一課に戻して、黒瀬さんの専属秘書にあたしが取って代わることと。……それだけです。会社に迷惑をかけるつもりは毛頭なかった」

安座間の告白で、すべての謎が解けた。

だが心の問題は別だ。

安座間の行為を事前に止められたかもしれないと思うと、藍子は悔しくて仕方なかった。

「安座間さんの件は、秘書室に一任する」

「ありがとうございます。迅速に対応させていただきます。さあ、安座間さん」

高市に促されて、安座間がそこにいる全員に頭を下げる。

高市は藍子に「あとは任せなさい」と言うと、安座間と一緒に会議室を出ていった。

扉が閉まると、須藤が両手で頭を抱えた。

「我々はとにかく、取引先に謝罪に行かなければ。先方の担当者がうちを信頼してくれていたから知らせてくれたものの、もしそうではなかったら……」

「大丈夫ですよ」

かすかに身震いする須藤に、黒瀬が軽く言った。

「安心してください。私が全プログラムの最終確認を行っているので、心配ご無用です。詳細は明かせませんが、たとえ盗まれたとしても使い物にならない程度に、開発途中のプログラムには細工をしています。一見正常に動くと見せて、その実、本稼働はできないようになっているんですよ」

黒瀬の言葉に、藍子はそっと彼を窺う。

それは、以前藍子に話してくれたセキュリティ対策の話だろう。

黒瀬は、定期的に役員たちと面会していた。藍子は内容を知らないが、おそらくそこで、セキュリティ対策について話し合っていたに違いない。

藍子と同じ答えに行き着いたのか、須藤が「なるほど」と頷いた。

「茅野さんもその件を知っていたわけだ。だから黒瀬くんは、茅野さんが危うい橋を渡るはずがないと確信していたんだな。それで黒瀬くんは、役員たちと頻繁に会っていたのか。……アメリカに戻りたいと直談判していたわけではなく？」

須藤の言葉に、黒瀬は一瞬呆気に取られたような表情になった。しかし間を置かずに、相好を崩す。

「室長、私はこの夏に帰国したばかりですよ。出向の話なんて、自分からはしませんよ。まあ正直……アメリカにいる時は日本に戻りたくはなかったですけどね。プログラマーなら誰もが最先端の国で勉強したいと望みますから。ですが、今は日本を離れたくないと思っています。ここに、とても大切にしたい人ができたので」

黒瀬がちらっと藍子に流し目を送り、小さく口角を上げる。

「ですので、心配ご無用です。阿川部長にもそう伝えておいてください。もちろん、出張はその限りではないですが」

「わかった。そう伝えておく」

黒瀬の突然の惚気に須藤は呆れながらも、嫌そうな顔はしなかった。ただ一息吐き、この場はお開きだと告げて席を立つ。

それを受けて、黒瀬が三浦を呼んだ。

「取引先に迷惑をかけたのは変わらない。俺たちにできるのは、クオリティの高いものを迅速に納品することだ。来週明けから、そちらを優先的にチェックする。その覚悟でいてくれ」

「わかりました」

三浦の返事が合図となり、他の社員たちと一緒に会議室を出る。

藍子は黒瀬の隣を歩きながら、小さくため息を吐いた。

黒瀬の言ったとおり、彼のお陰で藍子にかけられた嫌疑は晴れた。さらに、藍子と高市が悩んでいた件も、芋づる式に解決できた。

まさかここまでスムーズにいくなんて……

しかし、後味の悪さはある。安座間の悪意ある行動を、事前に防げなかったからだ。

それにしても、今回のプログラム関連の件を受けて、黒瀬にはやはり同じ道を目指せるレイラの方が相応しいのではないかという思いが頭を過る。

藍子が唇を真一文字に引き結んだ時、黒瀬の携帯が振動した。

「はい。……レイラ？」

黒瀬が英語に切り替えて、彼女の言葉に耳に傾けつつ早口で受け答えする。でも、次第に語調が焦ったものに変わっていく。そして黒瀬は、苛立ちも露に舌打ちした。

『いいか、そこで待ってろ！』

黒瀬はそう告げると電話を切り、藍子の手を掴んで執務室に入った。

「黒瀬くん？」

「今から空港へ向かう！」

黒瀬は引き出しから財布と鍵を取り出し、無造作にスーツのポケットへ入れる。

「レイラはここへ戻って来ない。もう空港にいる。俺たちもすぐに向かう！」

乱暴に引き出しを閉じると、黒瀬は藍子の肩を抱いて外へ促した。ちょうどすれ違ったシステム開発室の谷山に、黒瀬は「今から空港へ行ってくる。直帰で処理してくれ。茅野さんも同様だ。悪いが秘書室へ連絡を頼む」と声をかけた。そして、エレベーターに飛び乗る。

「時間がない。このまま俺と一緒に来て」

「だけど、お財布が――」

慌てる藍子に黒瀬が頭を振り、真摯な目で見下ろしてきた。

「必要ない。すべて俺に任せて。それに今日は、藍子を俺の家に連れて帰るつもりだ。

いろいろあって脇に追いやっていたけど、俺たちは話し合う必要がある。だがその件はあとだ。今は、レイラがセキュリティチェックを通り抜ける前に捕まえないと」

エレベーターの扉が開くと、彼は藍子の手を引いてロビーを突っ切った。

急いで電車に飛び乗る。帰宅ラッシュと重なった電車はかなり混雑していたが、無事に羽田空港に着いた。

だが、レイラが乗る飛行機の出発時刻が迫っている。

出国手続きなどを考えると、もうセキュリティチェックを済ませていてもおかしくない時間だった。

黒瀬は国際線出発ロビーに到着するなり、レイラに電話をかけた。彼女を捕まえようと必死に周囲を見回す。

そこは様々な人たちでごった返していた。

土産物（みやげもの）とスーツケースをカートに載せて移動する観光客を筆頭に、カウンターに並んで搭乗手続きしたり、セキュリティチェックに並んだりする人たちがいる。

黒瀬は手荷物検査を待つ長蛇の列の方へ歩き出すが、決して傍にいる藍子を忘れない。

藍子がはぐれてしまうのを防ぐように、しっかり手を握っていた。

『レイラ！　やっと出たな。今どこだ？』

黒瀬がそこはどこか、何が見えるか、傍に何があるのかなど矢継ぎ早（やつぎばや）に問う。そして、急に方向転換して別の場所へ向かった。

「いた！」

列に並ぶレイラの姿を見つけると、黒瀬は小走りで彼女に近づいた。彼女は彼を目にするなり満面の笑みが広がるが、隣に藍子がいるのを見て、それを消した。

『深夜の便だと言っていたのに、嘘を吐いたな』

『まあね。だって、あたしへの気持ちはもうないってわかったのに、いつまでもミナトの傍にいても意味ないもの。それにしても、まさか空港まで来てくれるとは思わなかった』

そう言って、レイラが藍子に目を向ける。

彼女の目が、〝これが最後なの。お願い、二人きりにさせて〟と伝えてきた。

「あっ……、わたし——」

離れようとした藍子だったが、黒瀬に止められる。

『俺の心には、もう恋人としてのレイラの住む場所はない。だけど、レイラが俺にしてくれたことは決して忘れない。レイラは日本人の俺を質の高いディベートに誘ってくれた。あれがあったから、俺は優秀なプログラマーと知り合えたし、仕事を越えた友人を作れた。日本に居たら、あの人たちと出会えなかった。本当に感謝している。ありがとう、レイラ。俺は——』

黒瀬が言葉を続けるが、レイラが手を上げて彼の口に触れた。

『わかってる。女としては見られないけど、仕事の面では認めてくれてるんだって。残念だけど……諦めなきゃね。じゃ、あたしはもう行くね』

『ああ、元気で。皆にもよろしく』

別れの挨拶をして、レイラが二人に背を向けて歩き出した。だが、一歩踏み出したところで振り返る。

『アイコ、一つ訊いていい？　あたしがミナトとキスしているのを見たのに、どうして怒らなかったの？　日本人って、自分の男が他の女とキスしても嫉妬しないわけ？』

まさかそんなことを訊かれると思っておらず、動揺してしまう。そのせいで何も答えられずにいると、彼女は藍子に詰め寄ってきた。

藍子はおろおろしつつも、慌てて口を開ける。

『レイラ、わたしは……嫉妬しなかったわけではありません。ただ――』

藍子は隣に立つ黒瀬を窺い、顔を歪めた。

どこまで自分の気持ちを話していいのだろう。

でも、こうして自分の気持ちをはっきり示すレイラを前にすると、藍子も正直になって彼女と向き合いたいという思いが込み上げてきた。

藍子は浅くなる呼吸を落ち着かせるため、静かに深く息を吸う。そして、レイラと目を合わせた。

『嫉妬する資格がないと思ったんです。わたしには、黒瀬くんが仕事をしやすい環境を整える能力しかない。けれど、レイラは違う。彼と対等に話せて、彼に刺激を与えられる、同じ方向を目指して歩んでいける。わたしはそれを間近で見て、自分が黒瀬くんにとって邪魔者でしかないと感じたんです』

一瞬、藍子の手を握る黒瀬の力が強くなった。しかし、彼は何も言わない。その代わりに、レイラが気の抜けた声を漏らした。

『あたしたち、同じことを考えていたのね。どちらがミナトに相応しいか、彼の役に立てるのかって。でも……その件については、もうわかってるでしょ？　アイコが思うとおり――』

身を乗り出したレイラが、藍子の耳元に顔を寄せる。

『ミナトは日本に留まるべきではなく、アメリカへ来るべきよ。彼の才能を潰さないで』

「レイラ……」

藍子の胸にレイラの言葉が突き刺さる。

まさしく彼女の言うとおりだからだ。

黒瀬の才能は、傍でずっと見てきたためわかっている。だからこそ、彼は日本ではなく、世界で、能力を高め合える人たちと共に刺激し合うのが一番いいのだと。

黒瀬が藍子に背を向けて旅立つ日が訪れると思っただけで、感情が乱れ始めた。

藍子が黙っていると、レイラがゆっくり躯を離して藍子と黒瀬の腕を優しく叩いた。

『今度は観光で来るから、その時はきちんとホストをしてね。あと……あたしはミナトの恋人になれなかったけど、仕事のパートナーを諦めたわけじゃないから。それじゃ、またね！』

レイラはセキュリティチェックの列を進み、数分後には扉の奥に消えた。

黒瀬と二人きりになっても、藍子はまだ気持ちを立て直せない。リピート再生モードにした音声データのように、レイラの言葉が頭の中で流れ続ける。

どれくらいの時間、不安に苛まれていただろうか。

隣に立つ黒瀬との間に、妙に張り詰めた空気が漂っている。

そのことにようやく気付いた藍子は、恐る恐る黒瀬に意識を向けた。

黒瀬は携帯で誰かと話をしている。いつ彼が電話を取ったのか、それに気付けないほど藍子の心はここになかった。

それが気に障ったのだろうか。

「ええ、そちらで構いません。では、よろしくお願いします」

黒瀬が電話を切り、携帯を無造作にポケットへ入れた。何か話してくれるかと思ったが、彼は身動きせず、ただ藍子の隣で黙っている。

「あの、……帰りますか？」

会話のない二人に漂う不穏な空気を変えようと、藍子は口を開いた。

すると、黒瀬がそれを待っていたかのように藍子の手を掴み、歩き出す。しかし藍子の問いに対する返事はない。

「黒瀬くん？」

「俺についてきて。今すぐに二人きりで話さないと、どうにかなりそうだ」

「えっ？」

黒瀬はそれ以上何も言わず、藍子の手を引いて行き交う人波を縫って歩く。外へ出ると、空港から出ている循環バスへ藍子を促した。

いったいどこへ向かうのか訊ねたいが、黒瀬の顔を見ると、軽々しく話しかけられる雰囲気ではなかった。

藍子は口を閉じ、すべて黒瀬に任せる。バスを降りるように言われても、逃げるのを防ぐように手を引かれてもだ。

でもそれは黒瀬が藍子をシティホテルに誘い、開放感のあるロビーを通り抜けてフロントへ行くまでだった。

「く、黒瀬くん！」

藍子は小さいながらも咎める声で黒瀬の名を呼んだ。だが彼は、藍子の方を見もしない。

先ほど部屋を予約したと告げて、宿泊カードに記入している。

「お部屋へご案内いたします」

ベルボーイが傍に寄るが、黒瀬は案内を断った。煌びやかに輝くシャンデリアの下を引っ張る形で、藍子をエレベーターホールへ連れていった。

「先ほどって、いつホテルを予約していたんですか⁉」

エレベーターに入って二人きりになるなり、藍子は訊ねた。だがそこまで言って、彼が出国ロビーで電話をしていたのを思い出す。

「もしかして、あの時に予約を？」

さらに問うが、黒瀬は応じない。今もなお、レイラを見送ったあとと変わらない態度で前だけを見ている。

どうしたらいいのかと悩むが、答えは出ない。

ハッと気付いた時は既に遅く、藍子は部屋のドアを開けた黒瀬に背中を押されていた。

間接照明が灯された部屋に足を踏み入れた瞬間、ダブルベッドが目に飛び込んできた。

大きな窓からは、羽田空港の滑走路とたくさんの飛行機が見える。

「進んで」

黒瀬に言われて、藍子はおずおずと部屋の中央に歩き出す。極力ダブルベッドには目を向けないようにして、背後にいる彼を振り返った。

黒瀬は暑くて堪らないと言いたげに上着のボタンを外しながら、藍子に近づいてくる。

野性的な眼差しで射られてドキッとしたが、黒瀬は藍子の脇を通り過ぎた。そして上着をソファに投げる。

気怠い仕草で髪を掻き上げた黒瀬が、ゆっくり向きを変えた。

照明のせいか、顔にできる陰影が妙に色っぽい。

レイラと別れて以降の黒瀬の態度を思うと、そんな風に感じる雰囲気ではない。にもかかわらず、藍子は黒瀬に目を奪われてしまう。

その時、不意に黒瀬がシャツのボタンを一つ外した。彼は藍子の揺れ動く些細な仕草も見逃さないとばかりに、じっと見つめている。

「本当は俺の家へ連れて帰り、そこで訊くつもりだった。でもレイラに伝えた言葉を聞いて、俺の感情が持たないと判断した。それで部屋を取った。……藍子、あれはどういう意味？」

黒瀬の声音は低く、藍子の心を締め付けてしまうほど冷淡だった。にもかかわらず、怒りをぐつぐつと滾らせている。

黒瀬の様子に、藍子の手のひらが湿り気を帯びた。

「あれって、何ですか？」

「レイラに、藍子は嫉妬する資格がないと言った。そして藍子が俺にとって邪魔者だとも。どうしてそういう風に思うんだ？」

「それは……」

　藍子は俯くが、黒瀬の足元が目に入りハッとなる。顔を上げると、手を伸ばした黒瀬に顎に触れられ、仰ぎ見るよう促される。

「俺と付き合い始めてから、藍子はよく目を逸らすようになった。言ったはずだよ。心を隠す真似はするなと。さあ、言ってくれ。どうして藍子は俺から離れようとしてる？」

「それは！　……それは、わたしが――」

　徐々に言葉尻が小さくなる。だが、それすらも彼は許さない。

　黒瀬は目に力を入れ、〝俺にすべてを話せ〟と迫ってくる。

　心と躯が引きちぎられそうな痛みに襲われた。

　瞼の裏に刺すような刺激が走り、藍子の目が潤み始めた。

「〝わたしが〟……何？」

　黒瀬が藍子の言葉を繰り返し、さらに詰め寄る。逃げるのは許さないと目で訴えながら圧力をかけてきた。

　黒瀬を想うのなら、この愛は退くべきだ。彼を自分に縛り付けてはいけない。

それはわかっている。だけど……っ！

我が儘で薄汚い感情が、藍子の心の中で渦巻く。

こんな自分勝手な藍子を知れば、黒瀬は嫌になるだろう。それでも、藍子は彼と一緒にいたかった。

唐突に、彼の手を離すのではなく、彼の仕事を応援しつつ、傍らで支えながら愛を育てていきたいという衝動が湧き起こる。

「あっ……」

この時、藍子は初めて気付いた。秘書としての地位を捨ててもいいと思うほどに、黒瀬への想いが滾っているのを。

黒瀬と出会う前は、ただひたすら秘書として生きる道に邁進していた。

だが黒瀬と仕事をするようになり、恋に落ちた。そして今、藍子は過去に一度も考えなかった身の振り方をしようとしている。

これほど黒瀬くんを愛していたなんて！

心を開こう。藍子が何故、失敗をひた隠しにしてきたのか、その理由を知ってもらわなければ。

たとえ、黒瀬に飽きられてしまう結果になったとしても、藍子の正直な気持ちをきちんと話すべきだ。

黒瀬への、永遠の愛を……

「さあ、そういう思いに至った理由を俺に話して」

藍子は弾む呼吸を整えるように深く息を吸い込み、心を覗き見ようとする黒瀬を仰ぐ。

「実は、わたしは黒瀬くんの専属秘書になって以降、仕事の失敗が増えたんです。最初はちょっとしたミスだったんですが、それが何度も重なり、ついには秘書室長の耳に届くほどになっていました。でもわたしは、それを黒瀬くんに知られたくなかった」

「どうして？」

「わたしが黒瀬くんの目に留まったのは、与えられた仕事を逃げずにやり遂げたからですよね？　つまり、秘書として役に立つと判断されたから。だから……失敗を知られて、無能だと思われたくなかった。それに、今回の問題は秘書室内での出来事。それで、高市主任に相談に乗ってもらっていたんです」

「藍子の言いたいことはわかる。でも俺としては、彼にではなく俺に相談してほしかったけどね」

藍子は素直に「すみません」と謝る。だがそこで、黒瀬が驚かなかったと気付いた。

潤む目を見開き、彼を振り仰ぐ。

「もしかして、知って……？」

「何かが起きてるというのは、知ってたよ。だから何度も俺に話してほしいと言ったんだ。藍子を信じてはいたけど、それより心配が勝っていた。顔色がどんどん悪くなるし、俺から目を逸らすし。まあ、高市主任といるのを見るたびに嫉妬に駆られたのは隠さないけどね」

藍子の顎を掴んでいた黒瀬の手が移動し、頬を片手で包み込まれた。

黒瀬は苦々しい表情を浮かべつつ、藍子から決して目を逸らそうとしない。

何も話さなかったのに、ずっと藍子を気に留めてくれていた黒瀬。また藍子の気持ちを汲み、強制的に訊き出そうとしなかったその心遣いにも胸が打たれた。

「黒瀬くん……」

思わず黒瀬の名を囁く。そして、彼の胸に手を置いた。

このまま黒瀬の背に両腕を回して抱きつきたい。でも、まだすべて話せていない。

レイラの登場でどういう風に感じたのか、黒瀬に告げて初めて自分の心を曝け出せる。

藍子は浅く息を吸うと、話をもとに戻すように口を開いた。

「先ほど話したように、わたしの心は不安でいっぱいだったんです。黒瀬くんに嫌われるかもしれないって。そんな時に、レイラが来日した。彼女はわたしと違って、黒瀬くんと同じ道を歩める人だった。そこに、わたしの入る隙なんてなかった……」

「何を言って――」

呆れた顔をする黒瀬に、藍子は小さく首を横に振る。そんな藍子の腰に彼が腕を回した。藍子の言葉を打ち消すように、彼の方へ引き寄せる。躯で、藍子の入る隙はあると主張してきた。

黒瀬の体温が、衣服を通して伝わってくる。

嘘偽りのない温もりに、胸が高鳴る。

「黒瀬くん、言いましたよね？　最先端の国で勉強したいけど、大切にしたい人ができたから日本を離れたくないと。もしその人物がわたしだとしたら、わたしは、黒瀬くんの邪魔になりたくないって思ったんです」

「つまり、俺と別れたいと？」

黒瀬の声が低くなる。

まるで藍子の言葉に怒りを覚えているとしか取れない口調に、藍子の躯の芯が冷たくなっていく。

拒絶されるかもしれないと怖くなるが、藍子は退かなかった。少し背伸びをして、黒瀬に詰め寄るように体重をかける。

「最初はそう思いました。黒瀬くんを自由にするべきだと。黒瀬くんの枷になりたくないなら、わたしは退くべきなんだって」

「藍子！　俺は——」

藍子は感情的になる黒瀬の唇に指をあて、言葉を遮る。

彼が口を閉じたのを感じて、その手を離した。そして彼の首に腕を回し、肩に顔を埋める。

「ごめんなさい。でも、できなかった。黒瀬くんへの気持ちを断ち切るなんて、そんなの無理！」

切実な気持ちを黒瀬に告げる。

そしてほんの少しだけ躯を離して、至近距離で彼と目を合わせた。

「わたし、黒瀬くんの傍にいていいですか？　黒瀬くんがアメリカへ行く時は、決して邪魔しません。応援します。でもその代わり、黒瀬くんを追いかけてもいいですか？　その権利をわたしに――」

藍子の腰に触れていた黒瀬の手が、僅かに背の方に滑った。二人の吐息がまじり合うほど、彼が顔を近づけてくる。

「もちろんだ。追いかけてきてほしい。俺がそう願う相手は藍子だけなんだから。だけど、今はアメリカに戻る予定はない。知ってた？　俺はね、日本の脆弱なセキュリティを強化したくて向こうへ行き、そして戻ってきた。アメリカで仕事をしたければ、最初から日本の会社に就職してないよ」

黒瀬の声がかすれるが、真剣な想いを藍子に伝えようとする彼の言葉はとても力強かった。

「そうは言っても、将来的にはわからない。日本の状況も今のままでいいわけがないから。でもその時が来たら、藍子に付いてきてほしいと思ってる。……来てくれるよね？」

黒瀬のプロポーズとも取れる言葉に、藍子の胸の鼓動が速くなる。息遣いが弾み、呼吸も浅くなっていった。

藍子は自ら、彼の方へ顔を寄せる。

「……はい」

「ああ、藍子！」

黒瀬は感嘆の声を上げて、自分の鼻で藍子の鼻を擦る。恋人同士だからこそできる、愛情の籠もった触れ合いだ。藍子の胸の奥に火が点く。

「絶対に離さない」

黒瀬の堅固な気持ちに、藍子の躯が燃え上がった。

心持ち顎を上げさえすれば、キスができる。その距離で、藍子の口から誘うような息が零れた。すると、もう我慢できないとばかりに黒瀬に唇を塞がれる。

「っんぅ……」

藍子の背を抱く黒瀬の力がさらに強くなる。でも藍子を求める口づけはとても優しく、焦れったさを感じるほどだ。

もっとと望むように唇を開くと、ぬちゅっと音を立てて温かな舌が差し込まれる。お互いの湿った息や喘ぎが口腔を行き来し始めた。

「ン……っ、ふぁ……」

深く吸っては角度を変え、黒瀬は藍子の唇を求めてエロティックなキスを繰り返す。

「藍子……、あい……こ！」

口づけの合間に愛しげに名前を呼ばれる。胸の高鳴りを抑えられずに喘ぐと、大胆に唇を貪られた。

思わず呻くが、黒瀬はちゅっと唇を吸ってキスを終わらせる。

「俺がどれほど藍子を求めているのか、今夜はそれを証明して見せる。二度と……俺から離れたいと思わないようにね」

情緒たっぷりに誘う言葉は、藍子の鼓膜だけでなく躯中の細胞を甘く蕩けさせていく。

「黒瀬くん……」

どちらからともなく、互いの距離を縮め相手を求めた。

口づけを交わしながら、着ている服を脱がし合う。そこに性急さはない。愛する人を慈しむ触れ合いに、信頼が加わっているせいかもしれない。

藍子は黒瀬の手で簡単にブラジャーのホックを外されても、羞恥など湧かなかった。

こうして黒瀬の前に立てることがどれほど幸せか、身をもって知ったからだろう。

黒瀬のズボンのボタンを外した時、藍子の手の甲に硬い昂りが触れた。

藍子を求めて反応しているのがわかった途端、躯が急激に発火して燃え上がる。漏れる吐息も甘いものになっていった。

黒瀬に腕を掴まれ、優しくベッドに押し倒される。彼は藍子にのしかかるが、まだ触れようとはしない。その代わり、賞賛するような目で藍子の裸体を眺めた。

「藍子、想像してみて」

「何を?」

かすれ声で返す藍子に、黒瀬は欲望の色を濃くする。

「俺にどうされたら気持ちいいかを。……覚えてるよね?」

黒瀬は藍子に手を伸ばし、顎のラインに軽く指を這わせる。感じやすい首筋、鎖骨、さらに柔らかな乳房に触れ、みるみるうちに硬くなる乳首を弾いた。

「ンっ!」

「ここを弄り、舐めて……舌先でくすぐったら、藍子は甘い声を漏らした」

黒瀬の言葉で、淫らに感じた記憶が鮮明に甦る。

そしてそうされるのを期待して、躯がぶるっと震えた。

でも黒瀬は、これまで重ねてきた愛撫の軌跡を辿るように手を下げる。

乳房のカーブに沿って指を走らせ、脇腹、お臍へ移る。そして、パンティに覆われた部分を手の甲で撫で上げた。

「ここも、そう。俺が触れると、藍子は躯をくねらせて身悶えする。そしてビクンってしなるたびに、俺は藍子をもっと愛したくなるんだ」

黒瀬の言葉と触れ方に、藍子は何も言えない。

次の瞬間を待って躯の芯が燃え上がり、波紋となって四肢にまで広がっていく。

でも、これ以上焦らされたら、長く持たないかもしれない。

藍子は潤む目で黒瀬に訴えるが、彼は特段気にする様子もなく大腿へと手を滑らせた。

「でも、まずは足先からいく？　藍子の爪先がギュッと丸まるぐらいに指一本一本舐めて、くるぶし、膝の裏、腿の内側、そして……付け根へ戻る？」

まるで、本当に舐めているかのように、黒瀬の指がその部分を撫でる。

言葉と行動で心をくすぐられて、藍子の双脚の付け根からとろりとした蜜があふれてきた。

「黒瀬――」

切羽詰まった声が漏れるが、黒瀬の指がパンティを引っ掛けた途端、言葉が喉の奥で詰まった。彼は慣れた手つきで余計な布地をはぎ取ると、上体を傾け、藍子の首筋に何度も口づけを落とした。

「藍子、想像して……。俺の舌がどこに這うのか、指がどう動いて肌を撫でるのかを」

「や……ぁ、んふ……ぅ」

黒瀬の言葉にどんどん導かれていく。想像するだけで藍子の息遣いが乱れて、下腹部の深奥が滾り、秘所が疼き出した。

不意に黒瀬の手が藍子の黒い茂みに触れ、そのまま淫唇へ滑る。

「あ……っ！」

藍子の上体が跳ね上がるのと同時に、黒瀬がクスッと笑みを零した。

「俺が触れるのを想像してくれたんだ。藍子のここ、こんなにも濡れてる。つまり――」

前触れもなく、黒瀬が濡れそぼる蜜壺にするりと指を挿入させた。藍子は息を詰まらせながらも、彼の指を受け入れる。

黒瀬はうっとりした息を吐きながら、指を動かし始めた。

既に柔らかくなった蜜孔に指が埋められ、抜かれ、回転をかけて突かれる。そのたびに、勢いよく情火の熱が広がっていく。

「あ……っん、は……ぁっ！」

藍子はすすり泣きを零し、枕の上で髪を乱した。

「すぐに俺を受け入れられるぐらい柔らかい。そして収縮も。俺に愛された記憶を大事にしていたんだね。それぐらい俺を想ってくれてた？」

藍子は何度も頷く。もう返事ができなかったからだ。

聴覚をも刺激するくちゅくちゅっと淫靡な音が響くのに合わせて、藍子の躯が快感で打ち震える。

「ひぅ……ん……っ、あんっ、は……ぁ」

絶え間なく艶っぽい声が零れた。

あふれる蜜を掻き出す抽送に、腰が甘怠くなる。早くも小さな潮流に引きずり込まれそうになっていた。

もう、ダメ……！

首を竦めてしまうほどの快いうねりを受け止めた時、稲妻に似た疼きが尾てい骨から背筋へと走り抜けた。

「ンッ……あぁ……」

藍子は悦びの声を零して、心地いい波間に漂う。

でもこれで終わりではない。

さらにもっとと望むように、躯が身悶えた。藍子は甘い息を吐き、黒瀬の腕に手を伸ばす。

「お願い。早く黒瀬くんと……結ばれたい」

その一言で、黒瀬が素早く動いた。ズボンとボクサーパンツを脱ぎ捨てて、藍子を愛する準備をする。

黒瀬もまた、藍子を求める想いを漲らせていた。藍子がほしいとしなる彼自身が、それを物語っている。

二人の想いが通じ合う幸せに包まれていると、黒瀬が藍子に覆いかぶさってきた。受け入れようと下肢の力を抜いた藍子を、黒瀬が抱き上げる。そして彼の下腹部に跨らせ、上体を起こすように腕を持たれた。

「あっ！」

柔らかなお尻に触れる、黒瀬の硬くて熱い象徴。

藍子はその体位に頬が染まるのを感じながら、下から藍子を見つめる黒瀬と目を合わせた。

「黒瀬くん？　あの――」

「藍子、腰を上げて。そのまま俺を受け入れて」

えっ？　それって……騎乗位!?

知識はあるが、実際にこの体位で愛し合ったことはない。藍子の顔がどんどん火照っていく。

これまでの藍子の経験してきたセックスは、相手が作るリズムを受け止める形だけだった。でもこの体位は、女性主導となるもの。つまり、藍子が彼を悦ばせるということだ。

経験のない藍子に、黒瀬の欲求を煽ることができるだろうか。気持ちよくさせられるだろうか。

不安に駆られて、黒瀬の引き締まった腹部に置く手に力を込める。

でもそこで〝黒瀬を追いかけたい、その権利がほしい〟と強く願った自分の気持ちを思い出した。

黒瀬と離れたくない。彼の恋人としてだけではなく、彼を支えたり、時には頼りにされたり、そんな対等なパートナーとして、隣に立ちたかったのだ。

黒瀬を愛する者として……

藍子は腰を上げて、片手を後ろに回した。

天高く突き上げる硬茎に軽く触れる。

手のひらに伝わる、太く漲った黒瀬自身。それは、藍子の手の中で脈打った。

黒瀬は低い声で呻くものの、決して藍子の手を止めようとはしない。それどころか、藍子がどういう風に彼を悦ばせるのかと、期待の目を向けていた。

藍子はそっと視線を落として、黒瀬の昂りを見る。

藍子の秘められた蕾に口づけをしたいとぴくぴくするその光景に、早く彼を迎え入れたいと蜜蕾が戦慄いた。

「さあ、藍子」

黒瀬が先を促すように、藍子の大腿を撫で上げる。藍子の下肢の力が抜け、彼のぷっくり膨れた先端が濡れた柔襞に触れた。

「っん……ぁ」

そこから伝わる温かな感触に躯が震えると、もう意識はそこにしか向かなくなっていた。

ゆっくり腰を落とす。蜜口を押し広げて侵入する黒瀬の楔が奥へ進むにつれて、じゅぶじゅぶと音が響き渡る。

蜜壁を四方八方に押し広げられる刺激に、藍子は堪らず背を反らして天を仰いだ。

「あ……っ、んぅ」

黒瀬の怒張が、藍子の濡壷に完全に埋められた。下腹部を圧迫するこれまでと違う感覚に息が詰まりそうになり、藍子は少し身じろぎしてしまう。

その時、藍子の尾てい骨から背筋にかけて強い快感が走った。

「んぁ！」

それは一瞬にして藍子を骨抜きにしてしまうほどの悦楽だった。

「藍子の好きなように動いていいよ。さあ、俺を愛してくれ」

黒瀬が藍子の大腿を撫でる手を、少しずつ上へ滑らせて腰骨に置く。そして最初のリズムを教えるように、滑らかな動きで突き上げてきた。

「あ……っ、は……ぁ、んんっ！」

敏感な内壁を擦り上げられるたびに、甘い喘ぎが零れる。でも、先ほど感じた疼きには襲われなかった。

「黒瀬、くん！」

藍子は懇願を目に宿してもっと急かすが、黒瀬はこれ以上は手を貸さないとばかりに、ゆったりした拍子を刻むばかりだ。

激しく突いてほしいのであれば、もう藍子が率先して動くしかない。

藍子は黒瀬の腹部に手を置いて体重を支えながら、躯を上下に揺らし始めた。

ベッドのスプリングが軋む音、藍子の喘ぎ、そしていやらしい粘液音が部屋に充満していく。

「あっ……、んぁ、はぁ……っぁ！」

これまでは、黒瀬の手によって煽られていた。順番を経て絶頂へ押し上げられるのが常だったが、今はいつ弾けてもおかしくないほど熱いうねりが膨張している。

こんな風になるとは思いもしなかった。

藍子がほんの少し上体を反らして腰を揺らすだけで、黒瀬の先端が違う箇所に擦れる。そのたびに、藍子の脳天に響くほどの甘い快楽が躯を支配する。

黒瀬に愛される体位とはまた違う乱れ方に藍子自身戸惑うが、もう欲望から抜け出せない。

「黒瀬くん！　……んぅ、好き！」

藍子は黒瀬への想いを潤む目に宿して囁く。すると、黒瀬が藍子の腰を掴み、下から藍子の総身を揺すり始めた。

激しい突き上げは、藍子が刻んだリズムとは全然違う。

黒瀬は男らしい力強さで、藍子を穿った。

「ンっ、ふぁ……ぅ」

「藍子に任せようと思ったのに、俺が藍子を求めるほど藍子にも欲してもらいたいと思ったのに。藍子、男は愛する女性にそんな風に告白されたら、悦ばせたくなるんだよ」

黒瀬が抽送を速めて、主導権を藍子から奪う。

貫かれるたびに、藍子は悦びの声を上げた。

声がかすれてしまうほどの甘い激流へ攫われる。

「あっ、あっ……んっ、……ふぁ」

雄々しい昂りで掻き出す愛蜜の音さえも、藍子を最上の高みへと押し上げる。

藍子は躯を縮こまらせて快い潮流をやり過ごそうとするが、もう堪えられなかった。

ふっと意識を緩めて、全身に走る愉悦に身をゆだねる。

「ダメ！　ああ……っ、もう……イク！」

藍子の頬が染まり、唇から漏れる吐息は熱をはらんでいく。

悦楽が高まるにつれて、自分の喘ぎ声と淫靡な音が遠ざかる。代わって、早鐘を打つ拍動音が耳の奥で大きく鳴った。

その時、急に黒瀬が上体を起こした。充血してぷっくり膨らんだ花芯が強く擦れ、熱だまりが一気に弾け飛んだ。

「あぁ……っ！」

藍子は黒瀬の背に両腕を回して嬌声を上げ、強い絶頂に身を投じた。

快感で躯を震わせた直後、黒瀬が呻き声を上げ、藍子の深奥に精を迸らせる。そして、誰にも渡したくないと伝えるように藍子を抱きしめた。

漏れる熱い吐息でお互いの肌が濡れていく。

そんなことは気にせず、藍子は早鐘を打つ鼓動音に耳を傾けながら、湿り気を帯びる黒瀬の肌を撫でた。

「藍子」

黒瀬に呼ばれて、藍子はゆっくり腕の力を抜く。至近距離で見つめ合うと、彼が藍子の唇を求めてきた。

大胆にぬちゅと音を立てて舌を絡める。

情熱的に肌を合わせたばかりなのに、黒瀬の口づけだけで、躯の芯に焦げるような熱が広がっていく。

「っん……ぁ、……んふっ！」

藍子に埋めたままの黒瀬自身が、再び芯を持ち始めた。硬くなる感触に躯を震わせ、
彼が名残惜しげに口づけを終わらせた。

「もう藍子しか見えないよ」

黒瀬のかすれ声に、藍子は彼の額に自分の額をコツンと押し付けた。

「いつまでも、わたしを離さないでください」

「絶対に離さない。約束する。だから藍子も誓ってほしい。……今すぐにとは言わない、
少しずつでいいから、その丁寧な言葉遣いを止めて心から俺を受け入れると」

黒瀬がからかいながらも、それさえも好きだと伝えるように藍子を愛しげに抱く。

黒瀬から伝わる揺るぎない愛情に、藍子の胸の奥に温かいものが広がっていった。

もう恋など不要だと頑なに決めて、仕事に生きていた藍子。

その心の鍵を黒瀬は開けた。そして彼は、好きな人に好かれる幸せ、愛される悦び、
また心を焦がす想いがあることを教えてくれた。

たまに大胆な行動に出るものの、決して強引ではなく、むしろ藍子の手を取ってじっ
と耐えて……

こんな恋には、もう二度と巡り合えない。

お願いです。これからも黒瀬くんの傍にいさせてください――そう心の中で囁き、藍子は彼を愛する気持ちを目に浮かべた。

「湊人、大好き……」

藍子が囁くと、黒瀬は嬉しそうに「俺もだよ」と言って頬を緩めた。

黒瀬は愛を証明するかのように、藍子の背に手を滑らせて抱き寄せる。そしてもう一回とばかりに軽く腰を動かし、藍子の唇を求めた。

二人の想いが、再び空高く舞い上がっていく。それに合わせるように、窓の外で、飛行機が滑走路から飛び立っていった。

書き下ろし番外編

愛こそすべて

青空は澄み渡り、清々しい風がそよぐ九月下旬。

高校時代の親友の大澤弓子が、飲食店を経営する川西陽介と北海道で結婚式を挙げるため、藍子は札幌市に来ていた。

東京では残暑が厳しいのに、ここはなんと涼しいことか。

ダークグリーンの袖付きロングプリーツワンピースを着た藍子は、そっと袖を撫でる。この時期、東京でこれを着ていたら汗をかいていただろう。

「良かった……」

ふっと頬を緩めて伊達眼鏡を押し上げた時、チャペルにパイプオルガンの音色が響き渡る。Aラインのウエディングドレスを着た弓子が、父親の腕に手を添えて入場した。

厳かに進む式を見守ったのち、新郎新婦をフラワーシャワーでお祝いし、披露宴が開かれるホテルの回転展望スカイレストランへ移動した。

テーブルには新婦のキャスケードブーケに合わせて、白色と薄いピンク色の薔薇が飾られている。

藍子は、同じテーブルに着いた新郎新婦の友人、岸田と南野に挨拶した。

岸田は軽く日焼けした三十代ぐらいの男性で、南野は笑顔が素敵な四十代ぐらいの女性だ。とても親しみやすい人たちだったのもあり、藍子は彼らとたわいもない世間話を楽しんではコース料理を堪能した。

道産をメインにした野菜のプティスープ、平目のカルパッチョ、牡丹海老のマリネ、蝦夷黒アワビのポワレ金箔添え、白老産黒毛和牛のロースト。それらはどれも風味が良く、特に鹿追産ヨーグルトは絶妙だった。

「とても美味しいでしょう？」

岸田に話しかけられ、藍子は素直に頷いた。

「ええ。濃厚でありながらさっぱりもしてて……」

「特産品の一つなんです。川西の店でも出してるんですが、空港にも置いてあるので、帰京される際には是非お土産の候補に……。あっ、もしよろしければ、僕が茅野さんの家に送りましょう。こうして出会えたのは何かのご縁ですし」

「えっ？　あ、あの――」

「あっ、新郎新婦のスピーチが始まる！　またあとで連絡先を教えてください」

岸田に耳打ちされるが、藍子はただ苦笑いでかわし、正面に意識を向けた。

新郎新婦のスピーチが始まる。

思い出や感謝の言葉はどれも涙を誘うが、一番印象に残ったのは、地元を離れることを極端に嫌っていた弓子が〝愛する夫と手を携えて、ここで幸せな家庭を築きます〟と伝えた言葉だった。彼女は自分の考えを覆すほどの〝運命の人〟に出会えたのだ。弓子の幸せそうな姿を、藍子は笑顔で見つめていた。


――十数分後。

披露宴がお開きになり、招待客が引き出物を持って退席し始めた。

藍子は同席した南野に挨拶して立ち上がり、ちらっと横を確認する。岸田は他の女性と談笑中だ。今が逃げ時だと思い、藍子は足早に出入り口へ向かった。

「藍子！　今日は来てくれてありがとう」

招待客を見送る新郎新婦の前に立つと、弓子が藍子の手を握る。

「こっちこそ呼んでくれてありがとう。とても素敵な結婚式だった」

「本当⁉　そう言ってもらえるのがどれほど嬉しいか。ねえ、今日はもう帰るのよね？」

「うん。ごめんね……」

「残念だけど仕方ないよ。今度こっちに来た時は、必ず連絡してね」

「わかった。旦那さまと幸せにね」

にこやかに頷く弓子から、新郎の川西に視線を移す。

「川西さん、弓子を幸せにしてあげてくださいね」

「はい、必ず幸せにします。今日はありがとうございました」

二人に会釈して別れを告げた藍子は、ゆっくり会場内を振り返った。ちょうど岸田が誰かを探すかのように周囲をきょろきょろと見回している。

藍子は慌ててエレベーターに乗ってフロントへ移動した。

引き出物を家へ送る手配をして身軽になると、次はクロークで着替えを受け取るため、エレベーターホールへ引き返す。

その時、藍子の行く道を塞ぐように立つ、セピア色の髪に薄茶色の瞳をした外国人男性と目が合った。ハリウッドスターではないかと見まがうほどの容姿端麗な相貌、堂々とした佇まい、百九十センチはある高身長の彼に、藍子の心臓が飛び跳ねる。

でもそれは、男性の姿に目を惹かれたからではない。彼が藍子をまじまじと凝視したためだ。

男性の気に障る真似でもしてしまったのだろうか。もしや目を合わせたのがいけなかった？

触らぬ神に祟りなし――とばかりに目線を逸らし、藍子は男性の脇を通り過ぎた。難を逃れたとホッとしたのも束の間、何故か足音が自分の方に迫ってくる。

『子猫ちゃん！』

「Kitten ?」

眉間に皺（しわ）を寄せた瞬間、藍子はいきなり背後から誰かに抱きつかれた。

「キャッ！」

無理やり振り向かされた拍子に、藍子がかけていた伊達（だて）眼鏡が勢いよく吹き飛ぶ。

いったい何が起きているのかわからずに、藍子が目をぱちくりさせると、そこには満面の笑みを浮かべる容姿端麗の外国人がいた。

『ああ、生の子猫ちゃんだ！　どれほど会いたかったか！』

『子猫？　あの、どなたかとお間違いではありませんか？』

藍子がおずおずと話しかけて抱擁を解こうとするが、男性はお構いなし。再び彼の腕の中に引き寄せられた。

「あっ、あの！」

『間違えるものか！　ずっと、ずっと……子猫ちゃんの話を聞かされてたし、動画も見せられてたんだ』

男性が少し距離を取って藍子の顔を覗き込む。

直後、不意に男性の表情が消え、藍子に目を凝（こ）らしてきた。

「Ohhhh. I see...」

どういう意味？　何が〝わかった〟と？

しかし追及はせず、藍子は自分の肩に触れる男性の手を払おうとする。

『もう一度言いますが、人違いされていると――』

『僕にキスを……』

そう言って、男性が藍子の頬に顔を寄せてきた。

えっ？　ええっ⁉

突然のことに頭の中が真っ白になる。

刹那(せつな)、誰かに後ろへ引っ張られて口元を手で覆(おお)われた。

「駄目だ、これは俺の！」

肩で息をするように呼吸を荒らげているが、聞き慣れた声音に藍子は目を剝(む)く。

黒瀬くん⁉　どうして彼がいるの？　――と疑問を抱くが、それはすぐに頭の片隅へ追いやられる。彼がここにいることの方が嬉しくてたまらない。

黒瀬への熱い想いが胸の奥で広がり、藍子の口元は自然とほころんでいった。

『子猫ちゃんに挨拶(あいさつ)していただけだろう？』

『子猫ちゃんだって⁉　そう呼んでいいのは俺だけだ！』

『ハハハッ、ミナトのジェラシーを初めて見たよ』

もしかして、二人は知り合い？

途中スラングがまじって意味不明なところもあったが、外国人男性に気分を害した様子は見受けられない。黒瀬も同様だ。つまり、親しい間柄なのだろう。

ただ、藍子はきちんと説明してもらいたくて、自分の口を塞ぐ黒瀬の腕を叩いた。彼が手を離す。

「説明してもらえます？」

「ああ。彼は、俺がアメリカに出向していた時に知り合ったアレックス。切磋琢磨した友人だ」

そこで言いにくそうに目を泳がせて、藍子の伊達眼鏡を床から拾い上げる。

「実はアレックスには、以前から藍子の話をしてて……」

藍子は片眉を上げて〝黒瀬くんの友人がわたしを子猫ちゃんと呼ぶ理由は？〟と目で問うが、そこでふっと頬を緩める。

今、黒瀬が藍子の話をしていると告白したではないか。初めて会った時、彼は藍子を〝子猫ちゃん〟とからかい、その後はまるで子猫を可愛がるかのように触れた。

仲が良いのであれば、男性二人の会話の中に、その話題が出てもおかしくない。

藍子はアレックスに向き直り、軽く会釈した。

『初めまして。茅野藍子と申します』

『アレックス・レイノルズです。子猫ちゃんは、本当にミナトより年上？　こうして直に会うと、まだ学生にしか見えない』

黒瀬はアレックスの言葉に苦笑いしながら、藍子に伊達眼鏡をかけた。

「今日はずっと眼鏡をかけてて……。アレックスに目を付けられたら一巻の終わりだ」

『終わりってなんだよ。誰も彼もが僕になびくわけないだろう！　ミナトこそ次から次へと僕のガールフレンドをかっさらっていったくせに』

「おい、それは俺の意思とは無関係の話だろう⁉」

黒瀬の言葉にすぐさま反応するのを見ると、どうやらアレックスは日本語がわかるみたいだ。

日本語と英語で応酬する姿は、なんと面白いことか。

藍子は口元をほころばせて、ずり落ちそうな眼鏡を押し上げた。

「ところで、黒瀬くんはどうして北海道に？」

「藍子が結婚式に出席すると聞いて、俺も追いかけてきたんだ。なのに、出しなにいきなりアレックスから電話がかかってきて、日本に着いたって言うじゃないか。仕方なく一緒に連れてきたんだよ」

『北海道は初めてなんだ！　たとえ、僕がお邪魔虫でも連れてきてくれて嬉しいよ』

アレックスの言葉に、藍子は小首を傾げる。

出向時代の友人が来日したのなら、まずは自宅へ招けばいいのに、何故こうして彼と一緒に北海道へ来たのだろうか。

「お友達が来られたのなら、わざわざ札幌に来なくても良かったのに」

「あっ、うん……」

黒瀬が何度も咳払いして顔を背(そむ)けると、アレックスがにやりと口角を上げる。

『アイコ、ミナトはそれができないから飛んできたんだよ』

アレックスの言葉に、黒瀬の頬はほんのりと赤く染まっていく。

「黒瀬くん？」

「笑うなよ……。俺が白状しても、絶対にだ」

「わたしが何を笑うと？」

藍子が不思議がると、黒瀬は言いにくそうにしたが、視線はしっかりと藍子だけに向けてきた。

「結婚式って、一種の合コンの場だろう？」

合コン⁉　確かに一理あるが、藍子がそれに乗るとでも？

藍子が黒瀬を責めるように目を眇(すが)めると、黒瀬は決まり悪げに顔を歪(ゆが)めた。

「藍子にその気がなくても、男たちが言い寄ってくる。現に、隣に座った男に話しかけられていたじゃないか」

「み、見て⁉」

「偶然覗いたら目に入ったんだ。だが、俺の予想どおりだっただろう？」

黒瀬の行動に呆れつつも、次第に藍子を大事にしてくれていることを嬉しく思う気持ちの方が勝っていく。自然と笑みが零れた。

「わたしの黒瀬くんへの気持ちは知ってるのに」

ボソッと呟いた藍子だったが、隣にいるアレックスに目をやり、すぐに黒瀬に視線を戻した。

「ところで、これからの予定は？」

「今夜は一泊して札幌を満喫する。一緒にアレックスを楽しませてほしい」

「わかりました」

「まずは予約したホテルにチェックインし、それから市内を散策しよう」

「では、わたしはクロークで荷物を取ってきますね」

途中で飛行機のチケットをキャンセルしないと――と思いながら、廊下の奥を指して行こうとする。でもそうする前に、黒瀬が片手を前に出して、藍子を押し留めた。

「一緒に行く。アレックス、ホテルのロビーで待っててくれ」

『ごゆっくり』

アレックスが意味深にウィンクしてその場を去ると、黒瀬が藍子の手を取って歩き出した。

クロークで荷物を受け取り、来た道を引き返している最中、黒瀬が不意に咳払いする。

「さっきは言えなかったが……今着てるワンピース、とても素敵だ。アップにした髪型にも似合ってる」

急に褒められて、藍子の頬が上気してくる。

「あ、ありがとうございます」

「本当なら伊達眼鏡を外してほしいが、外してほしくない俺もいる。アレックスに限らず、ドレスアップした姿を他の男に見られたくない。嫉妬だ……」

黒瀬の素直な想いがストレートに響き、胸の奥が熱くなる。

藍子が感情の赴くまま黒瀬を仰ぐと、彼も熱情を瞳に宿して藍子に目線を落とした。

二人の想いが一つになるのがわかる。

こうして幾度も黒瀬と見つめ合ってきたから……

「藍子、君がたまらなく愛おしい」

そう言うなり、黒瀬は藍子を誘惑するかの如く壁に押し付けた。

「黒瀬くん、ここは廊下でいつ誰が来るか――」

「わかってる。人の気配がしたら離れる」

黒瀬が藍子に覆いかぶさり、藍子の伊達眼鏡を外す。

「俺に触って」

黒瀬が藍子に顔を近づけ、小声で懇願（こんがん）する。それに応えたくて、藍子は彼の胸に手を置いた。顎（あご）を上げるや否（いな）や、彼が藍子に口づけた。

「ンっ……ぅ」

最初は優しくついばんでいたが、だんだん貪欲（どんよく）に求めてくる。唇を割り、熱い舌を差し入れて、藍子のそれに絡めた。

ちゅくっ、ちゅくっと何度も音を立てては吸い付く。

「んぅ……ぁ、っんく……」

黒瀬の手が腰に添えられる。薄いシフォン生地から伝わる、彼の熱と力強さに、一気に藍子の躯（からだ）の芯が蕩（とろ）けそうになった。

こんなに早く反応するなんて信じられない。

夫を愛する弓子の幸せそうな姿に、あてられたせいかも……

藍子がうっとりとキスに酔いしれていると、腰を抱く黒瀬の手が上がり、乳房を手のひらに包み込んだ。

「うんぁ……だ、ダメ……こんなところで……っんん」

黒瀬のいやらしい手つきに感じてしまい、藍子は上体を縮こまらせて耐えようとするも上手くいかない。下肢の力が抜ける前に、彼の腕を強く掴んだ。

その時、女性たちの話し声が聞こえてきた。明らかに藍子たちの方に近づいてくる。

それは、徐々に大きくなっていった。

黒瀬は名残惜しげに唇に吸い付いたあと、藍子を解放した。でも藍子の脚に力が入らず、ふらついてしまう。

咄嗟に黒瀬が支えてくれた。

「大丈夫か？」

「……うん。黒瀬くんのキスに酔わされただけ」

かすれ声で伝えると、黒瀬は嬉しそうに目を細めた。

「俺も藍子に感じさせられた」

黒瀬が藍子の頬をそっと手の甲で撫でた時、廊下の奥に三十代ぐらいの女性たちが現れた。先ほどまでぺちゃくちゃ話していたのに、やにわに声が小さくなる。

藍子は居心地が悪くなり、黒瀬の袖をこっそり引っ張った。

「行きましょう」

「ああ……」

黒瀬から眼鏡を受け取ってかけると、気持ちを切り替えて歩き出した。

女性数人たちとすれ違って廊下を曲がるなり、黒瀬が藍子の腕と触れ合うぐらい傍に寄る。

「今夜、藍子を啼かせていい？　藍子が蕩けてしまうぐらい、今よりもっとめちゃくちゃに感じさせてあげる」

耳元で甘く囁かれて、藍子の心臓が跳ねる。

「く、黒瀬くん！」

黒瀬の腕を叩くが、彼にそうされたいと願う自分もいて、顔が火照っていくのを止められなくなる。

たまらず頬に手を当てて冷やそうとすると、黒瀬が藍子の袖を摘まんだ。

「藍子の肌を舐めるように、このワンピースを脱がせたい」

黒瀬の行動が、自然と藍子の脳裏に鮮明に浮かぶ。

たまらずワンピースのスカートをぎゅっと握り締めて羞恥を隠そうとするが、その思いとは裏腹に静かに首を縦に振っていた。

「あの、汚さないでくださいね」

恥ずかしさで声がかすれてしまう。

そんな藍子の耳元に、黒瀬が顔を近づけた。

「努力する。……さあ、アレックスのところに戻ろう。遅くなると文句を言われるから」

藍子の手を引っ張って先を急ぐ。

ロビーに入ると、藍子たちに気付いたアレックスが『二人とも遅い。いったい何をしてたんだよ！』と叫んだ。

ほらな——と言わんばかりに、黒瀬が片眉を上げて藍子に合図を送る。彼と笑みを交わし、すぐにアレックスと合流した。

「お待たせ。さあ、行こう！」

黒瀬たちは藍子を間に挟むように立って、エントランスへと誘う。

藍子の口元は、タクシーに乗ってホテルへ向かう間もずっとほころんでいた。

鳴海優花には、学生時代ずっと好きだった男性がいた。その彼、小鳥遊に大学の卒業式で告白しようと決めていたが、実は彼には他に好きな人が……。失恋しても彼が心から消えないまま時は過ぎ二十九歳になった優花の前に、突然小鳥遊が！　再会した彼に迫られ、優花は小鳥遊と大人の関係を結ぶことを決め――

片恋スウィートギミック
不純な関係は
エタニティCOMICS
禁断の独占愛

B6判　定価：本体640円+税　ISBN 978-4-434-27513-5